LES

ANCÈTRES DU VIOLON

ET DU VIOLONCELLE

LES LUTHIERS ET LES FABRICANTS D'ARCHETS

PARIS. — L. MARETHEUX, IMPRIMEUR, 1, RUE CASSETTE.

LAURENT GRILLET

LES

ANCÊTRES DU VIOLON

ET DU VIOLONCELLE

LES LUTHIERS ET LES FABRICANTS D'ARCHETS

PRÉCÉDÉS D'UNE PRÉFACE

PAR

Théodore DUBOIS

Membre de l'Institut, Directeur du Conservatoire national de Musique.

TOME PREMIER

PARIS

LIBRAIRIE GÉNÉRALE DES ARTS DÉCORATIFS

CHARLES SCHMID, ÉDITEUR

51, RUE DES ÉCOLES.

1901

A

THÉODORE DUBOIS

MEMBRE DE L'INSTITUT

DIRECTEUR DU CONSERVATOIRE NATIONAL DE MUSIQUE

Je dédie, en témoignage d'admiration et de reconnaissance, cet
ouvrage dont il a bien voulu me faire l'honneur d'écrire la préface.

 Laurent GRILLET.

PRÉFACE

Ce livre, fruit d'un long et patient labeur, a nécessité des recherches nombreuses et minutieuses ; il mérite vraiment l'attention du monde musical, de celui surtout qu'intéresse l'origine des instruments à archet formant aujourd'hui la base la plus précieuse et la plus noble de nos orchestres modernes.

Chacun sait que le quintette à cordes est le fond essentiel sur lequel les grands maîtres ont bâti leur édifice sonore, et que la musique n'a complètement pris son essor mélodique, expressif et passionné que du jour où le violon s'est emparé en roi du domaine orchestral et symphonique. — L'histoire du violon est donc du plus haut intérêt, et le présent ouvrage « Les Ancêtres du violon et du violoncelle », fait par M. Laurent Grillet avec un soin scrupuleux, une érudition et une compétence indéniables, une sagacité éclairée, comble une lacune réelle. — Pour la première fois, il est démontré que jusqu'à l'apparition du violon, et même longtemps encore après celle-ci, les instruments à archet furent surtout des instruments d'accompagnement, dont la destination principale était de faire entendre des harmonies soutenues.

Cent cinquante figures pour la partie historique, vingt-

quatre modèles de violons, altos et violoncelles des différentes écoles d'Italie, plus de treize cent cinquante notices biographiques sur les luthiers et les fabricants d'archets italiens, allemands, anglais, français, etc., quatre cents facsimilés de leurs étiquettes, tout cela puisé aux meilleures sources, attestent l'importance exceptionnelle de ce bel ouvrage, sorte de monographie aussi complète que possible des instruments à archet, résumant, avec des recherches personnelles et des aperçus nouveaux, tous les ouvrages publiés sur ce sujet.

L'auteur a retrouvé et donne les noms de deux cent dix violons du roi, de Louis XIII à Louis XVI, avec les dates de leurs nominations, ainsi que ceux de soixante-dix violonistes et violoncellistes qui se sont fait entendre au Concert spirituel de 1725 à 1790, accompagnés de comptes rendus du Mercure de France et du Journal de Paris.

Il démontre aussi, avec preuves à l'appui, que les sons harmoniques, dont jusqu'ici on avait attribué le premier usage à Paganini, étaient déjà employés par Mondonville, célèbre violoniste et compositeur français, en 1740.

Cet ouvrage se lie donc intimement à l'histoire de la musique elle-même. Tous les esprits curieux lui feront une place dans leur bibliothèque, et je suis particulièrement heureux de le présenter au public en lui souhaitant le succès qu'il mérite, en remerciant l'auteur d'avoir bien voulu m'en offrir la dédicace, et lui adressant en même temps mes vives félicitations.

THÉODORE DUBOIS.

ORCHESTRE DE DANSE (XVII° SIÈCLE)

INTRODUCTION

I

L'ORIGINE des instruments à archet est encore assez
obscure, et cela malgré les remarquables travaux
publiés sur ce sujet et les nombreuses recherches
des savants et des archéologues.

Il y a environ un siècle que l'on s'occupe de l'histoire du
violon d'une façon sérieuse. Jusque-là on s'était contenté
de le décrire avec soin dans de rares ouvrages techniques,
mais sans se préoccuper de sa provenance, sans s'inquiéter
le moins du monde s'il avait toujours eu la forme qu'on lui
voyait, sans se demander si d'autres instruments plus rudi-
mentaires ne l'avaient pas précédé.

En consultant les vieux traités de Prætorius et de Mer-

senne, on se rendit compte qu'aucun changement n'avait
été apporté dans sa construction depuis le xvi° siècle; qu'à
part de légères différences dans les contours extérieurs de
la caisse de résonance et dans la voûte des tables, le violon
d'André Amati, de Gaspard da Salò et de Maggini était le
même que celui de Stradivarius et de Lupot. Seulement,
ces ouvrages contenant également des descriptions très
détaillées des violes et ne disant pas si celles-ci étaient plus
jeunes ou plus âgées que le violon, on pouvait croire ces
instruments aussi anciens les uns que les autres.

Ceux qui entreprirent les premières recherches devaient
forcément suivre des pistes plus ou moins heureuses; tout
étant à faire, les tâtonnements devenaient inévitables. Il
fallut d'abord commencer par réunir des documents épars,
puis les commenter, les annoter, et, comme il arrive souvent
en pareille matière que la découverte de la veille est contre-
dite par celle du lendemain, il en est résulté une longue
suite d'indécisions et de contradictions.

Les difficultés étaient d'autant plus grandes que les seules
sources où l'on pouvait puiser n'étaient pas toujours d'une
pureté irréprochable.

Où retrouver la figure des instruments, si ce n'est sur les
sculptures des anciens monuments, les miniatures des vieux
manuscrits, les verrières, les peintures et les dessins? Or,
les artistes imagiers du Moyen Age, qui mettaient les instruments usités de leur temps entre les mains des anges,
des saints et des personnages de la Bible, ont-ils toujours
été d'une grande exactitude dans leurs reproductions? Est-
ce que la matière première qu'ils employaient, la pierre,
leur permettait d'y faire figurer tous les détails? Avaient-ils
une connaissance suffisante de ces instruments pour atta-

cher de l'importance au nombre et à la disposition des cordes, ainsi qu'à l'emplacement du chevalet? Si l'on ajoute à cela les proportions souvent minuscules du personnage représenté, on ne doit pas être surpris que l'instrument dont il se sert, devenant un accessoire, ne conserve plus que ses grandes lignes.

Aussi n'est-il pas étonnant de rencontrer des instruments à archet sans archet, d'autres sans cordes ou avec une seule corde au lieu de trois ou de quatre; quelquefois, il n'y a pas de chevalet, ou bien celui-ci se trouve placé d'une façon fantaisiste entre l'archet et les doigts de la main gauche. Bien heureux quand les chevilles sont figurées par des trous, car il est alors possible d'en connaître le nombre, et, par suite, celui des cordes.

Les miniatures des manuscrits, les verrières ainsi que les peintures offrent les mêmes défauts que les sculptures. Du reste, nos artistes modernes ne sont pas beaucoup plus fidèles copistes que leurs devanciers, et de ce fait nous aurons plusieurs exemples à signaler.

Quant aux dessins, ils sont exacts lorsqu'ils proviennent d'ouvrages techniques, mais on a bien souvent à y regretter l'absence de profil des instruments qui y sont généralement reproduits de face; de sorte que l'on ne peut pas toujours se rendre compte si leur caisse de résonance était à fond bombé ou plat.

Faut-il en vouloir à ces braves artistes de toutes ces petites imperfections? Assurément non, et malgré les ennuis qu'ils causent par leur manque de fidélité, on doit, au contraire, leur savoir beaucoup de gré et les remercier de nous avoir laissé des documents, aussi incomplets qu'ils soient.

Les anciennes poésies étaient également intéressantes à consulter, car les instruments de musique y sont quelquefois cités; seulement le mot violon ne s'y rencontre jamais et il arrive qu'un même instrument y porte plusieurs dénominations différentes. Malgré cela, grâce à l'étymologie des mots, on sut bien vite les noms portés par les instruments de musique pendant le Moyen Age et la Renaissance.

Connaître les noms et les formes des anciens instruments n'était pas tout : il fallait encore découvrir leur origine, savoir d'où ils venaient, trouver le pays où l'on avait eu, pour la première fois, l'idée de mettre les cordes en vibration par le frottement d'un archet.

La tâche était ardue, aussi les théories les plus diverses furent-elles émises, et le violon ne tarda pas à avoir un nombre très respectable de pays d'origine.

Un voyageur, un missionnaire, parcourait-il une contrée peu connue, s'il y voyait un indigène en train de racler sur une noix de coco ou sur un morceau de bois mal dégrossi, de suite il déclarait que c'était là le violon primitif, et cela, sans la moindre hésitation, sans se demander s'il se trouvait en présence de l'original ou d'une grossière imitation.

II

L'Inde est un des premiers pays auquel on fit l'honneur de l'invention de l'archet. Cette opinion avait une certaine vraisemblance, la civilisation indienne étant une des plus anciennes, et le ravanastron, grossier instrument à archet, dont la table d'harmonie est faite avec une peau de serpent tendue, est encore joué par les religieux indiens qui vont mendier de porte en porte.

D'après la légende, le ravanastron devrait son nom à Ravana, le célèbre géant hindou à dix têtes, qui enleva Ceylan à son frère Coméra et devint le roi de cette île, environ cinq mille ans avant l'ère chrétienne.

On objecta qu'il était difficile de concilier l'aversion bien connue des peuples de l'Inde pour tout ce qui tenait du règne animal après sa mort avec l'existence, dans l'antiquité de ces peuples, d'instruments de musique montés de cordes fabriquées avec des intestins d'animaux. On ajoutait que ces cordes eussent été certainement pour eux des objets impurs dont ils n'auraient osé se servir sans se croire souillés.

A cela, on pourrait répondre que rien ne prouve que le ravanastron ait été monté de cordes à boyau, que ces cordes pouvaient très bien être faites avec de la soie, ou tout autre produit végétal. La sonorité en eût été bien plus faible assurément, mais les instruments de musique de l'Orient, sauf ceux à percussion, ne brillent pas par l'éclat du son. Du reste, le ravanastron qui a passé de l'Inde en Chine, à une époque certainement assez rapprochée de nous, et où il s'appelle r'jeenn, y est monté avec des cordes de soie.

Mais, si le ravanastron a pu pénétrer dans la Chine, qui n'a pas été jusqu'à ce jour un pays très ouvert, comment admettre qu'il soit resté ignoré des Persans dont les relations avec l'Inde datent des temps les plus reculés? Et que, par suite, il n'ait pas été connu des Egyptiens, puis des Grecs? Ainsi l'archet aurait été usité pendant plusieurs milliers d'années dans l'Inde, sans parvenir à la connaissance des peuples les plus voisins, des peuples avec les-

quels ceux de l'Inde ont toujours été en communication?
Cela paraît bien invraisemblable.

En tous cas, jusqu'à ce jour, il n'existe pas d'autre preuve
de l'antiquité du ravanastron que la légende, et, en Orient,
tout tient du merveilleux.

Pour les Indiens, c'est Brahma lui-même et Seresswati,
déesse de la parole, qui ont inventé la musique. Leur fils, le
dieu Narada, a complété leur œuvre par l'invention du vina,
curieux instrument à cordes pincées, fait d'une tige de
bambou et de deux calebasses remplissant la fonction de
caisses sonores. Non seulement les instruments y sont toujours d'origine divine, mais la musique y produit les effets
les plus extraordinaires.

Les ragas[1] ou chants, composés par le dieu Mahedo et la
déesse Parbutéa, sa femme, ont tous un pouvoir magique.
— Lorsque Mia-tusine, chanteur fameux du temps de l'empereur Abker, faisait entendre le raga de la nuit, aussitôt
le soleil disparaissait et l'obscurité la plus profonde régnait
aussi loin que le son de sa voix pouvait s'étendre. — Le raga
d'heepuck possédait la funeste propriété de consumer celui
qui l'interprétait. Le malheureux Naik-Gopaul, obligé par
l'empereur Abker de chantér cet air, étant plongé jusqu'au
cou dans la rivière Djemmah, ne l'eut pas plus tôt commencé que des flammes sortirent de son corps et le réduisi-
rent en cendres. — Maid mulaar raug est le nom de la mélodie
qui avait le don de faire pleuvoir abondamment; on raconte
qu'une jeune fille étudiant ce chant attira de nombreux
nuages et fit tomber une pluie douce et bienfaisante sur les
rizières du Bengale. Avait-elle la voix juste? Hum! C'est

---

1. Le mot raga signifie une passion, une affection de l'âme.

depuis cet événement, sans doute, que l'on dit à une personne qui chante faux : Vous allez faire pleuvoir !

Selon les auteurs grecs, Orphée apprivoisait les animaux
féroces aux sons de sa lyre, et les chants d'Amphion bâtis-
saient des murailles ; mais tout cela paraît bien pâle en comparaison de la puissance attribuée aux anciens chants de
l'Inde[1].

En Chine, la musique n'évoque pas la nuit, le feu et l'eau ;
la Grande Muraille n'y a pas été bâtie par des chants ; mais on
a le soin, à ce que dit Amiot, d'allumer des bâtons d'odeurs
avant de jouer du kin[2], et de les laisser brûler pendant toute
la durée du concert. De sorte que les sons de cet instrument, savamment combinés avec les parfums, procurent
une douce quiétude, dissipent les ténèbres de l'entendement
et calment les passions ; seulement, il n'y a que les hommes

---

1. Un des modes grecs, appelé dorien, avait entre autres propriétés celle
d'inspirer la chasteté. On raconte que lorsque Agamemnon partit pour le siège
de Troie, il laissa un musicien dorien auprès de Clytemnestre, son épouse, pour
l'entretenir dans la continence. Le prince Égisthe, qui en était devenu passionnément amoureux et qui la trouvait inflexible, reconnut bientôt que c'était l'effet
des chants du musicien dorien qui élevaient chaque jour un mur de chasteté
entre elle et lui. Cette découverte fut fatale à ce pauvre homme, le prince Égisthe
le fit empoisonner et le remplaça adroitement par un musicien très habile dans
le chant myxo-lydien. Or, le chant myxo-lydien est un mode perfide et insidieux ;
devant lui, la vertu fond comme la glace au soleil. Plutarque en parle dans son
Traité de l'amour.
Ainsi attaquée, Clytemnestre se trouva sans défense, et il devint facile à Égisthe
de la rendre sensible ; ce fut l'affaire de quelques airs et de quelques jours de
régime myxo-lydien. La pauvre Clytemnestre succomba.
F. Halevy, auquel nous empruntons cette anecdote (*Souvenirs et Portraits*,
t. I, p. 106-107), dit encore : « En général, les jeunes gens bien faits, dont l'œil
est doux et la taille bien prise, ont du myxo-lydien ; il faut s'en défier, monsieur,
et encore, dans certains cas, les chants les plus doriens du monde n'y pourraient rien. » « Anne de Boulen, femme d'Henry VIII, roi d'Angleterre, savait trop
bien chanter pour être sage. Elle avait une intrigue amoureuse avec son musicien Smetton (ce qui se voit assez souvent). Ce monarque, qui n'entendait pas
raillerie, fit trancher la tête à la pauvre femme. Quant à Smetton, il fut tout simplement pendu et coupé par quartiers. Tout cela était probablement encore un
tour du myxo-lydien. »
2. Instrument à cordes pincées.

profondément versés dans l'étude et la sagesse qui en obtiennent ces beaux effets.

C'est l'empereur Fou-hi qui inventa le kin plus de trois mille ans avant notre ère. Inutile d'ajouter qu'il en tirait des sons célestes.

Un curieux instrument de musique chinois mérite d'être mentionné ici, car il contient le principe du frottement. C'est le chat ou tigre de bois de Kieou, qui porte sur son dos vingt-sept chevilles sonores accordées par demi-tons égaux, et que l'on frotte alternativement avec une petite planchette de bois pour en tirer des sons. On ne trouve pas d'autre exemple de ce genre, et, par suite, de rapprochement avec l'archet chez les autres peuples de l'antiquité.

Les Romains passent aussi pour avoir fait usage de l'archet. Une pierre gravée et une médaille furent les causes de cette croyance. Mais après un sérieux examen, il a été reconnu que la pierre gravée, où l'on voit Orphée jouant du violon, est l'œuvre d'un artiste de la Renaissance, et que la médaille représentant un autel ou une margelle de puits, sur lequel il y a une espèce de viole, est une maladroite restauration d'un monument romain.

Il est bien évident que si l'archet avait été connu en Orient ou en Europe, au temps de la domination romaine, les historiens, qui se sont étendus avec complaisance sur les usages et les coutumes des peuples conquis, n'auraient pas négligé de le signaler. Or, il n'en est pas plus question dans la littérature que sur les monuments.

La similitude de nom, entre la rubèbe du Moyen Age (qui s'appela aussi rebec) et le rebab africain, fit supposer que l'archet nous avait été apporté par les Maures lors de la conquête de l'Espagne, et, de là, s'était répandu dans le reste de l'Europe. On donnait comme preuve de ce fait que le violon est encore appelé rabaquet dans certaines provinces espagnoles. Or, bien avant l'invasion mauresque, les bardes bretons cultivaient déjà un instrument à archet connu sous le nom de crouth, lequel offrait plus de ressources que le rebab puisqu'il était monté d'un plus grand nombre de cordes.

D'après une autre version, l'archet aurait été rapporté de la Palestine par les Croisés.

C'est peut-être le contraire qui a dû se produire, et il n'y aurait rien d'impossible à ce que l'archet eût été importé en Orient par les ménestrels, les trouvères et les troubadours qui accompagnaient les princes chrétiens, car ces artistes, poètes, chanteurs et musiciens, pratiquaient les instruments à archet bien avant le départ de Godefroy de Bouillon pour la Terre-Sainte. Il fallait même que ces instruments fussent très répandus en France à cette époque, car ils figurent en assez grand nombre parmi les sculptures de nos belles églises romanes des xie et xiie siècles.

Notre goût pour les fioritures et les ornements musicaux date certainement des Croisades. Quant à l'archet, si l'un des deux belligérants l'a réellement communiqué à l'autre, il y a bien des chances pour que ce soient les infidèles qui aient été appelés à en profiter.

III

Tout porte à croire que les instruments à cordes pincées ont précédé ceux à cordes frottées et que les premiers sont originaires de l'Orient, car de nombreuses harpes, lyres,

cythares, etc., sont reproduites sur les monuments figurés
que nous ont laissés les Egyptiens, les Assyriens, les Grecs
et les Romains, tandis que l'on n'y voit pas un seul instrument à archet.

Le dieu Hasard, qui joue un si grand rôle dans la plupart
des inventions, ne resta sans doute pas indifférent à la
naissance de l'archet, qui fut peut-être découvert par suite
d'une circonstance fortuite. Cependant, afin d'apporter la
plus grande lumière possible sur ce point, il est utile de
rechercher si cet agent du son, qui donne l'expression, la
chaleur et la vie à la corde, n'est pas la conséquence d'un
besoin musical, si nous n'en sommes pas redevables au
désir bien naturel d'imiter la voix humaine sur les instruments; en un mot, si sa création ne s'imposait pas comme
moyen d'exécution pour produire certains effets impos-
sibles à rendre en pinçant les cordes. Or, puisque l'archet
permet non seulement de soutenir un son, mais encore de
faire entendre plusieurs sons soutenus à la fois, qu'il rend
possible la prolongation du son, et par conséquent des
harmonies, examinons donc les genres de musique qui
réclamaient son emploi.

Si l'on s'en tient au premier de ses effets, qui s'applique
à toute espèce de mélodie, l'archet aurait pu venir au
monde sur n'importe quel point du globe, aussi bien à
Pékin qu'à Paris, à Bombay qu'à Moscou, et cela, quel que
fût le système musical employé dans le pays d'origine;
que la gamme s'y trouve construite par tons, par demi-
tons, par quarts de tons, ou que ces intervalles y soient
combinés de n'importe quelle façon.

Pour le second effet, qui implique une échelle de sons
comportant des harmonies naturelles, la préférence devrait

être accordée à l'Occident, car non seulement les gammes orientales ne se prêtent pas toujours aux combinaisons de sons simultanés, mais les peuples eux-mêmes n'ont pas un goût harmonique très prononcé. Villoteau cite un fait bien caractéristique à ce sujet : « J'ai connu à Paris, dit-il, un Arabe qui aimait passionnément la *Marseillaise*, et qui me demandait souvent de lui jouer cet air sur le piano ; mais lorsque j'essayais de le jouer avec son harmonie, il arrêtait ma main gauche en me disant : *Non, pas cet air-là ; l'autre seulement*. Ma basse était, pour son oreille, un second air qui l'empêchait d'entendre la *Marseillaise*. »

Quoi qu'il en soit, que l'archet ait été trouvé par hasard ou que l'on doive sa création à un besoin musical quelconque, ce n'est pas en Orient, mais en Europe, en France, qu'il est signalé pour la première fois.

Venantius Fortunatus, évêque de Poitiers, à la fin du vie siècle, cite le crouth breton, dont nous avons déjà parlé, comme un instrument aussi connu de son temps que l'achillienne grecque, la lyre romaine et la harpe. Pour être mentionné de la sorte, il fallait bien que le crouth fût déjà d'un usage très ancien.

Il n'était cependant pas encore connu en Gaule lors de la conquête romaine, et Jules César n'en parle pas dans ses *Commentaires*, où il constate le goût musical des Gaulois. Le grand capitaine évite, il est vrai, d'y parler avantageusement des peuples vaincus, et s'étend, au contraire, avec beaucoup de complaisance sur tout ce qui est favorable aux Romains, mais comme il était très passionné de musique[1], cet instrument l'aurait sans doute vivement intéressé par sa

---

1. Jules César attira de nombreux musiciens près de lui ; Suétone porte à dix ou douze mille le nombre de ceux qui vivaient à Rome de son temps.

nouveauté, et, de même qu'on avait fait venir des musiciens grecs à Rome, on y aurait certainement appelé des bardes bretons. Mais rien de semblable ne s'est passé, l'histoire est muette à ce sujet.

Diodore de Sicile, qui voyagea dans les Gaules un peu après la conquête, raconte que : « Les Gaulois ont aussi des poètes qu'ils appellent bardes et qui chantent la louange et le blâme en s'accompagnant sur des instruments semblables aux lyres. »

Quatre siècles plus tard, Ammien Marcelin dit aussi, à propos de la Gaule : « Les hommes de ce pays s'étant peu à peu policés, firent fleurir les études utiles que les Bardes, les Euhayes et les Druides avaient commencé à cultiver. Les Bardes chantèrent en vers héroïques, au son de leurs lyres, les hauts faits des hommes célèbres. »

On est donc autorisé à croire que l'archet n'était pas encore connu à la fin du iv° siècle, car ces textes ne peuvent s'appliquer qu'à des instruments à cordes pincées, dans le genre de ceux qui étaient cultivés à Rome. De sorte que l'entrée en scène du crouth a eu lieu après les invasions qui chassèrent les Romains de la Gaule, et nous croyons être bien près de la vérité en disant que c'est vers le milieu du v° siècle que ce fait si important pour l'histoire de la musique a dû se produire.

Mais voici un autre fait non moins intéressant : Les bardes bretons connaissaient déjà l'harmonie grossière qui porta le nom de diaphonie pendant le Moyen Age, et ils la pratiquaient sur le crouth.

Décrite pour la première fois par Isidore de Séville, à la fin du vi° siècle, la diaphonie consistait en des successions de quartes, de quintes et d'octaves simultanées, très faciles à exécuter sur le crouth, et comme les Bretons passent pour avoir chanté, des premiers, à plusieurs parties, il était tout naturel que l'instrument des bardes imitât et produisît les mêmes effets que les voix.

L'archet a donc été, sinon inventé, tout au moins utilisé dès ses débuts, pour faire entendre des harmonies soutenues.

Ce fut aussi son principal rôle sur la plupart des instruments du Moyen Age et de la Renaissance, qui étaient disposés et accordés non seulement en vue de jouer des mélodies, mais encore pour exécuter des accords, ou plutôt des consonances, ce que Jérome de Moravie appelle : le plus difficile, le plus solennel et le plus beau dans l'art. Aujourd'hui, le violon est devenu l'instrument brillant que l'on connaît, et c'est encore à l'archet que l'on s'adresse pour obtenir les belles sonorités, chaudes et vibrantes de l'orchestre.

Un autre instrument à archet, non moins ancien que le crouth, était également connu en Europe, sous le nom de lyra. On ne trouve son dessin qu'au ix° siècle, mais il est hors de doute qu'il devait exister bien longtemps avant cette époque. Monté d'une seule corde, on ne pouvait y faire des successions d'accords, il servait vraisemblablement pour doubler les voix, soit à l'unisson ou à l'octave.

Voilà qui est bien établi, l'Europe possédait deux instruments à cordes et à archet, vers le milieu du v° siècle. Venaient-ils du nord ou du midi? On n'en sait rien au juste; mais on connaît très exactement leurs noms, leurs figures, la disposition et le nombre de leurs cordes ainsi que les services musicaux qu'ils rendaient, et c'est déjà quelque chose, c'est même beaucoup. L'histoire ne s'établissant pas avec des hypothèses, nous ferons commencer cette étude des ancêtres du violon et du violoncelle en partant du crouth et de la lyra.

IV

L'archet, qui donne la vie à la corde en la faisant vibrer, ne constitue pas le violon à lui seul; il remplit à peu près le même office sur les instruments à cordes, que l'embouchure et le bec sur les instruments à souffle humain. Dans ceux-ci, les proportions de la colonne d'air décident du volume et du timbre qu'aura le son, et il ne suffit pas de les jouer avec une embouchure ou un bec, pour qu'ils aient le caractère de la trompette ou de la clarinette. De même pour les instruments à cordes, qui ne sont pas des violons par le seul fait d'être joués avec un archet, la quantité et la qualité du son dépendent tout à la fois de la dimension et de la forme de la caisse de résonance, ou de renforcement, qui sert à augmenter les vibrations des cordes.

De tout temps, la caisse avec un fond plat a été reconnue plus avantageuse au point de vue de la sonorité que celle à fond bombé. Cette forme, généralement adoptée pour les instruments à archet de tendance artistique au Moyen Age et pendant la Renaissance, est aussi celle du violon. On la retrouve déjà dans le crouth, fait d'une table et d'un fond reliés par des éclisses ou lames de bois circulaires et possédant un manche, isolé, au milieu et dans le haut de la caisse, par deux ouvertures pour le passage des doigts; tandis que la lyra était à fond bombé, dans le genre de la mandoline, et n'avait pas de manche, son corps sonore allant en s'amincissant jusqu'au cheviller.

Le violon, qui, de même que le crouth, est formé d'une caisse de résonance plate, composée de deux tables réunies par des éclisses, à l'extrémité de laquelle se trouve un manche, descend donc de celui-ci et non de la lyra; car le crouth contenait tous les principes de construction du violon et la lyra n'en possédait aucun.

Mais l'archet est-il la première application du frottement de la corde? S'en est-on servi avant ou après la roue? Cette question d'un si haut intérêt n'a pas encore été posée, mais elle mérite de l'être, quoiqu'il soit impossible de la résoudre à l'heure actuelle, faute de documents.

Le manuscrit de saint Blaise, publié par Gerbert [1], qui renfermait la figure de la lyra, contenait aussi le dessin de l'organistrum, qui était bien un instrument diaphonique dans toute l'acception du mot.

Ayant la forme d'une grande guitare, il était monté de trois cordes passant sur un chevalet et mises en vibration par le frottement d'une roue que l'on faisait tourner à l'aide d'une manivelle. Son manche consistait en une petite caisse renfermant huit sillets mobiles que l'on pouvait relever ou baisser à volonté, de façon à venir presser les trois cordes en dessous et, par suite, raccourcir ou allonger la partie vibrante de ces cordes, que l'on accordait à la quinte et à l'octave.

L'organistrum produisait donc trois sons à la fois et l'on pouvait les soutenir indéfiniment.

Il fut très répandu et usité pendant longtemps, car on en trouve des représentations aux xiie et xiiie siècles, en France, en Espagne et en Allemagne, où il est toujours joué par deux

1. De cantû et musicâ sacrâ.

personnages qui le tiennent sur leurs genoux. Tout en ayant l'air de chanter, l'un d'eux tourne la manivelle de la main droite et maintient l'instrument de la main gauche, tandis que l'autre fait mouvoir les sillets.

L'organistrum était perfectionné pour son époque, et comme il est naturel que toute invention procède du simple au composé, d'autres instruments à roue, montés seulement d'une ou de deux cordes ont certainement dû le précéder. De sorte que le frottement de la corde par la roue peut très bien être antérieur ou, tout au moins, contemporain du frottement par l'archet.

On ne trouve, il est vrai, le dessin de l'organistrum qu'à la fin du viiie siècle ou au commencement du ixe. Mais celui du crouth ne se voit qu'au xie siècle, et si ce n'était les deux vers de Fortunatus, on pourrait croire que ce dernier est le moins ancien.

Espérons que l'on découvrira un jour le document qui permettra de faire la lumière sur ce point si délicat.

Il était de notre devoir d'établir ces comparaisons et si la figure de l'organistrum n'est pas donnée ici, c'est parce que cet instrument ayant été reproduit dans un très grand nombre d'ouvrages traitant de la musique, il sera facile au lecteur de la connaître, si toutefois il ne l'a pas déjà vue.

V

Du xie au xve siècle, les instruments à cordes frottées ont porté le nom de vièle.

Les vièles du Moyen Age représentaient plutôt un ensemble qu'une famille d'instruments. Leur forme n'était pas homogène. Aucune d'elles n'était la reproduction d'un modèle-type.

Elles portaient bien chacune une dénomination particulière, mais le public, qui appelle encore aujourd'hui la contrebasse à cordes *un grand violon*, ne les connaissait que sous le nom générique de vièles. De là l'expression : viéler, employée aussi bien pour désigner celui qui jouait de la vièle que celui qui jouait de tout autre instrument à cordes.

Il est à remarquer que la masse du public n'est pas seule à désigner différents instruments de musique par un terme collectif. Les beaux spécimens de la lutherie italienne et française exposés au musée de Cluny sont, pour la plupart, indiqués au catalogue avec des mentions de fantaisie venant de cette habitude que nous signalons.

C'est ainsi que le n° 7004 (*Catalogue du Musée des Thermes et de l'hôtel de Cluny*, par E. du Sommerard, Paris, 1884, p. 560) est désigné :

« Grande mandoline italienne à long manche, décorée d'incrustations en nacre représentant des oiseaux, des rinceaux et des fleurs; garnie de vingt clefs, dont douze à la base du manche et huit à l'extrémité. L'instrument complet porte 1^m,55 de longueur, dont 1^m,05 de manche. Fin du xive siècle. »

Or, cet instrument est un archiluth et non pas une mandoline.

Erreur similaire pour le n° 7006. Le catalogue dit :

« Mandoline incrustée d'ivoire avec manche orné d'arabesques en incrustations, signée par Alexandre Roboam[1]

1. Il y aussi erreur pour le nom, c'est Voboam et non pas Roboam. Deux luthiers du nom de Voboam (Alexandre et Jean) ont exercé à Paris, à la fin du

b

en 1682. Donnée par M. Chabanne, à Paris, en 1872. »

Cet instrument est une guitare française, comme en fait foi la signature mentionnée au catalogue.

Prenons le n° 7007 :

« Mandoline vénitienne du xvii° siècle, à douze cordes, ornée d'incrustations d'ivoire et de nacre. Le manche est en ivoire plaqué, décoré d'ornements incrustés en bois, d'un côté ; de l'autre, il est formé de plaques de nacre gravée, représentant des maisons et des paysages.

« Le talon porte une plaque gravée avec cette inscription : *Matheo Sellas alla corona in Venetia.* Ladite inscription est surmontée d'une couronne. Cette mandoline a une longueur de 0ᵐ,80. »

Cette mandoline est une grande mandole vénitienne, différant de la mandoline par sa taille (la mandoline a généralement 0ᵐ,60 de longueur), le nombre des cordes (douze au lieu de huit) et par son cheviller en forme de crosse.

« N°ˢ 7008 et 7009. Mandolines italiennes du xvii° siècle, renfermées dans leur boîte du temps.

« Ces mandolines sont de la même main et ne diffèrent que par la disposition et surtout par la dimension de l'instrument.

« La première mesure 1ᵐ,06.

« La deuxième mesure 0ᵐ,54.

« La plus grande est en marqueterie de bois et d'ivoire qui forme des dessins prismatiques simulant des étoiles. Cette décoration est d'une conservation parfaite. Le même dessin se reproduit sur le manche, qui est large et plat et porte douze clefs à sa partie principale et douze autres à

---

xvii° siècle et au commencement du xviii°. (Voir les *Facteurs d'instruments de musique*, par Constant Pierre, Paris, 1893, p. 67 et 68.)

son extrémité, laquelle, par l'effet du profil renversé de l'instrument et du retour du manche, affecte une forme toute spéciale. Ce manche est orné de plaques d'ivoire gravées avec une rare perfection, représentant Apollon, Mars, Vénus et les Amours.

« Une grande plaque d'ivoire gravée représente Apollon et Daphné. Ces gravures sont exécutées de main de maître et témoignent du soin qui a présidé à l'exécution de l'instrument.

« La seconde (7009), qui est renfermée dans la même gaine et qui est pour ainsi dire la contre-partie ou le complément de la première, est également en marqueterie de bois et d'ivoire, seulement le dessin en est moins riche et consiste en côtes formées de bandes d'ivoire et de bois de couleur; sa forme est celle d'une mandoline ordinaire à douze clefs.

« La crosse qui forme l'extrémité du manche est décorée d'une plaque d'ivoire gravée, exécutée par la même main que celle de la grande mandoline et représente Léda avec le cygne et un Amour jouant de la mandoline. Le manche est en outre décoré de filets et d'incrustations en ivoire.

« Ces deux instruments, qui forment avec leur gaine une sorte de nécessaire de musique, sont dans un parfait état de conservation. »

La mandoline portant le n° 7008 est un téorbe, comme le montrent et la grandeur de sa caisse et le nombre de ses cordes et son double cheviller.

Quant au n° 7009, c'est une petite mandole vénitienne qui ne diffère que par les dimensions du n° 7007.

« N° 7011. Mandoline incrustée en ivoire, travail italien du temps de Louis XIII. »

Cette mandoline, qui n'a que 0ᵐ,20 de longueur, est un petit luth de fantaisie, comme le prouve son cheviller presque en équerre.

En réalité, nous n'avons trouvé au musée de Cluny qu'un seul instrument de musique à cordes pincées ayant au catalogue une désignation exacte. C'est le n° 7010 :

« Mandoline en bois sculpté enrichie d'incrustations en écaille et en nacre, ouvrage du temps de Louis XVI. »

C'est en effet une mandoline. Il faut être juste!

VI

Les jongleurs, ménestrels et troubadours se servaient de vièles à archet et de vièles à roue.

Les vièles à archet étaient : la vièle proprement dite; la rote, grande vièle se jouant pendue au col ou placée entre les jambes, comme le violoncelle; la rubèbe, un peu plus grande que la vièle; et la gigue, qui était la plus petite de toutes.

Cet ensemble ou réunion de quatre individus contenait deux modèles différents de caisse de résonance. De ce chef, on doit donc diviser les vièles en deux groupes distincts l'un de l'autre.

Dans le premier, qui comprend la vièle et la rote, que l'instrument soit rond, ovale ou carré, en un mot, quel que soit le dessin de ses contours, la caisse de résonance est toujours plate, des éclisses relient les deux tables et le manche se trouve complètement dégagé. Ce sont ces deux vièles qui descendent du crouth. Comme ce dernier, elles sont à fond plat avec éclisses, et la seule amélioration

apportée à l'instrument primitif consiste dans le dégage-
ment du manche, obtenu par la suppression de l'encadrement qui l'entourait. De même que le crouth, la vièle et la
rote sont toujours montées d'un assez grand nombre de
cordes et, de plus, elles ont, ainsi que le crouth à six cordes
qui sera décrit plus loin, des bourdons ou cordes basses,
attachées en dehors du manche et ne passant pas au-dessus
de la touche. La vièle était donc un dessus de crouth, et il
est probable que la rote avait conservé ce nom, qui est le
diminutif de chrotta, parce qu'elle était presque de même
taille et se jouait de la même façon que le crouth.

Dans le deuxième groupe, composé de la rubèbe et de la
gigue, instruments qui dérivent de la lyra, le manche n'est
pas complètement dégagé et a plutôt l'air d'être la continuation de la caisse de résonance, qui est à fond bombé, sans
éclisses, à peu près comme celle de la mandoline. Il est bon
aussi de faire remarquer que la lyra n'avait qu'une seule
corde, et que ses dérivés, la rubèbe et la gigue, n'étaient
montés que de deux ou de trois cordes au plus.

Ces deux instruments n'ont jamais changé de nom et se
sont toujours appelés : rubèbe ou rebec et gigue. Il n'en a
pas été de même pour ceux du premier groupe, auxquels on
a donné celui de viole, vers la fin du xive siècle.

Les violes étaient très nombreuses, il y en avait de différentes dimensions; mais qu'elles fussent petites ou grandes,
toutes étaient construites d'après les mêmes principes et
formaient ce que l'on peut appeler une famille. L'instrument, devenu plus élégant, plus facile à jouer, se composait
toujours d'une caisse sonore plate, avec des échancrures
sur les côtés et d'un manche dégagé.

Ces échancrures, que l'on remarque déjà au xiie siècle,

sur la rote du chapiteau de Boscherville, n'ont été pratiquées que beaucoup plus tard sur la caisse des vièles de
petite taille, qui se jouaient, soit appuyées contre la poitrine
ou placées sous le menton comme le violon ; or, ce détail ne
se voit pas avant la fin du xive siècle, ou le commencement
du xve siècle. Cela tient à ce que la caisse de la rote étant
beaucoup plus large, il aurait fallu un chevalet extrême-
ment haut pour éviter que l'archet ne frottât sur les bords
de la table en même temps que sur les cordes ; tandis
qu'avec les petites vièles, cet inconvénient était moins
grand.

Le violon, qui n'est qu'un pardessus de viole modifié et
simplifié, fit son apparition pendant la première moitié du
xvie siècle. Ses débuts furent très pénibles, on ne le considérait que bon pour faire danser et remplacer avantageusement le rebec et la gigue. Il attendit plus d'un siècle avant
d'être admis à faire partie des concerts, et à entrer bien
modestement dans l'orchestre où il joue aujourd'hui un rôle
si brillant. Ses dérivés, l'alto, le violoncelle et la contrebasse, durent faire antichambre encore plus longtemps, car
les violes ne pouvaient consentir à leur céder la place.

Les ancêtres directs du violon sont donc : le crouth, la
vièle à archet et la viole. Quant à la lyra, la rubèbe, la
gigue et les instruments similaires de l'Orient, ils n'ont que
l'archet de commun avec lui.

Ce sont tous ces instruments qui vont être présentés indi-
viduellement ici, avec les raisons des transformations successivement apportées au crouth primitif, et qui ont permis
d'en faire un instrument aussi parfait que le violon.

La trompette marine, qui a servi de basse au rebec et à la
gigue, et les instruments à archet de l'Orient y figureront

aussi, et une liste complète des luthiers italiens, allemands, anglais et français terminera le tout.

Il ne nous a pas été possible, à cause de notre format, de faire reproduire tous les instruments à la même échelle. Pour obvier à cet inconvénient, les principaux sont accompagnés de leurs dimensions.

Nous ne voulons pas commencer notre récit avant d'avoir adressé nos bien sincères remerciements à M. A. Berthier, un chercheur, un érudit, avec lequel nous avons entrepris une *Monographie de la vielle*, et auquel nous devons les premiers éléments des articles que nous avons fait paraître dans le *Ménestrel*, en 1895, articles qui avaient pour titre *Les ancêtres du violon* et qui furent le modeste prélude du volumineux ouvrage que nous présentons aujourd'hui au public; à C.-M. Giroux, notre cher et regretté dessinateur de la première heure; aux maîtres peintres L. Couturier, J.-L. Laronze, Lutz et Mangonot, qui ne nous ont ménagé ni leur peine ni leur talent; à MM. les luthiers, auxquels nous sommes redevables d'importants documents; enfin, à toutes les personnes, et elles sont nombreuses, dont le précieux concours nous a permis de mener à bien une œuvre qui, espérons-le, sera de quelque utilité pour l'histoire de l'art musical.

FRAGMENT D'UN BAS-RELIEF DE LA CATHÉDRALE DE STRASBOURG
(xive siècle).

LES

ANCÊTRES DU VIOLON

ET DU VIOLONCELLE

LE CROUTH

I

CET instrument à table d'harmonie, à éclisses, à manche, à âme, à cordes et à archet est cité pour la première fois dans les vers suivants de Venantius Fortunatus, évêque de Poitiers, à la fin du vie siècle :

> Romanusque lyra plaudat tibi, Barbarus harpa,
> Græcus archilliaca; chrotta britana canat.
>
> (Livre septième, chant VII, *De Lupo duce.*)

Et que le Romain t'applaudisse sur la lyre, le barbare sur la harpe, le Grec sur l'achilienne; que le crouth breton chante.

1

Encore, qu'il ait été usité depuis le milieu du v° siècle[1], la plus ancienne figure du crouth, connue jusqu'à ce jour, se trouve dans un manuscrit latin du xi° siècle, provenant de l'abbaye de Saint-Martial de Limoges, actuellement à la Bibliothèque nationale.

CROUTH A TROIS CORDES
Manuscrit de Saint-Martial de Limoges
(xi° siècle).

Une miniature de ce précieux manuscrit représente un personnage couronné, assis sur un trône, tenant l'instrument appuyé sur son genou gauche et l'archet de la main droite.

La caisse de résonance du crouth est plate, sans échancrures sur les côtés; elle se compose d'une table et d'un fonds réunis par des éclisses ou lames de bois circulaires. Dans le haut de cette caisse, au milieu, il y a un manche. Deux ouvertures pratiquées de chaque côté du manche, permettent au musicien de passer les doigts de la main gauche, afin de pouvoir actionner les cordes, qui sont au nombre de trois. Celles-ci, attachées au bas de la caisse, car il n'y a pas de cordier, sont tendues sur toute la longueur de l'instrument et passent sur un chevalet assez élevé, dont la partie supérieure, celle où reposent les cordes, est plate. La table devait avoir des ouïes que l'artiste peintre a négligé de représenter.

1. Voir l'*Introduction*.

De forme peu gracieuse, lourd d'aspect, le crouth rappelle une lyre antique ayant une caisse sonore très allongée et se rapproche beaucoup comme construction de la cythara teutonia, à cordes pincées, dont on voit deux exemples dans le manuscrit de Saint-Blaise, du ix⁰ siècle, publié par Gerbert[1]. Si cette dernière avait un manche surmonté d'une touche au-dessous de ses cordes, elle ressemblerait à un crouth et réciproquement.

En résumé, le crouth du manuscrit de Limoges, n'est autre qu'une lyre à trois cordes et à archet; mais une lyre disposée pour produire plusieurs sons, soutenus à la fois. Le moindre examen de son chevalet tout à fait plat, ne laisse pas de doute sur ce point; car il devait être impossible de passer l'archet sur la corde du milieu sans toucher les deux autres et, par suite, on y faisait forcément entendre des harmonies successives, d'autant plus faciles à obtenir, que tous les doigts de la main gauche, y compris le pouce, passaient par l'ouverture à droite de la touche : cette main appuyait donc complètement à plat contre le manche, et chacun des doigts venait presser naturellement les trois cordes à la fois. Ce fait ne saurait être mis en doute, car le pouce ainsi que les autres doigts de la main gauche, sont dessinés avec beaucoup de précision.

Il existe une autre représentation du crouth à trois cordes : crowth trithant, parmi les sculptures extérieures de l'abbaye de Melrose, en Écosse, qui fut construite au début du xiv⁰ siècle, sous le règne d'Édouard II.

En France, on perd la trace du crouth depuis le ix⁰ siècle, mais en Angleterre, dans le pays de Galles, l'usage s'en est continué jusqu'à la fin du xviii⁰ siècle.

Le crouth était l'instrument des bardes, qui s'en servaient, ainsi que de la harpe, pour accompagner leurs chants.

1. *De cantû et musicâ sacrâ*, déjà cité.

On disait *crwt* en Armorique; *cruit, crwth, crudh, crowd* dans la Grande-Bretagne[1].

II

Ce sont les prêtres du paganisme qui fondèrent les premières associations d'artistes. La Grèce vit éclore plusieurs de ces confréries, qui se livraient, dans l'intérêt du culte, à différents travaux d'ornementation, de peinture, de sculpture, de ciselure et de musique, ajoutant même à ces fonctions celles de composer des hymnes et de cultiver la danse pour former des chœurs autour des autels.

Chez les Germains, les Gaulois et les Bretons, l'institution des bardes, laquelle réunissait les chanteurs et les musiciens de la nation, était comme une branche de l'ordre des Druides.

L'association des bardes avait une hiérarchie et se divisait en trois classes : les bardes aspirants, les simples bardes et les bardes en chef. Les bardes aspirants étaient les disciples de ces derniers. « Ils formaient, dit Hersart de la Villemarqué, diverses catégories et subissaient, durant plusieurs années, divers stages ou épreuves devant un chef des bardes, qui, d'après leur plus ou moins de génie poétique, les admettait dans l'ordre ou les repoussait. Les aspirants ayant part aux largesses des chefs, et recevant des rétributions en argent lorsqu'ils chantaient dans les banquets ou assistaient aux mariages, devaient au chef des bardes, pour prix de ses leçons, le tiers de leur gain. Toutefois, s'ils quittaient leur instituteur, soit pour manque de capacité et après avoir échoué dans les épreuves, soit pour toute autre cause, ils avaient droit à une harpe; la loi leur assurait leur gagne-

---

1. D'après Fétis, le mot crwth vient du celtique primitif *crinsigh*, musique, qui tire lui-même son origine du sanscrit *Krus*, crier, produire des sons puissants.

pain. Au contraire, l'aspirant qui était sorti vainqueur de toutes les épreuves parvenait au second degré de l'ordre, et prenait place parmi les bardes royaux[1]. »

Après la chute du druidisme, les bardes perdirent leur caractère sacré, ils occupèrent une situation moins prépondérante et finirent par se confondre avec les ménestrels proprement dits chez la plupart des nations. Mais il n'en fut pas de même en Angleterre, en Irlande, en Écosse et dans l'Armorique, où ils conservèrent leurs principaux privilèges pendant plusieurs siècles. Ils avaient, entre autres, le droit de conduire au roi tout homme qui en insultait un autre et de protéger celui qui manquait de protecteur. D'après Kastner[2], ce rôle de médiateurs fut commun aux bardes et aux ménestrels, ils s'interposaient entre le peuple et le souverain pour faire rendre justice au faible et à l'opprimé.

Les bardes étaient très honorés et occupaient un poste élevé à la cour des princes.

Le barde de la chaise, ou barde en chef, portait sur la poitrine un objet d'or ou d'argent qui avait la forme d'une chaise, ou bien un bijou figurant une harpe, ce qui était tout à la fois une récompense de son mérite et la marque ditinctive du grade de maître en musique qui lui avait été conféré.

Le barde royal logeait chez le préfet du palais et était admis à la table du roi.

Ses terres étaient libres d'impositions.

Le roi lui donnait un cheval et des vêtements de laine, la reine des vêtements de lin.

Il recevait des vêtements neufs aux trois fêtes principales de l'année.

1. HERSART DE LA VILLEMARQUÉ. *Poèmes des bardes bretons du vi[e] siècle*, Paris, 1850. Cet ouvrage est la traduction française, revue et annotée de l'*Archéologie galloise de Myvyr* « Myvyrian Archeology of Wales », par Owen Jones, Londres, 1801-1807.

2. *Les Danses des morts.*

Le roi lui donnait un échiquier à jouer en ivoire et la reine un anneau d'or.

La dot de sa fille était de soixante-dix deniers, le douaire de sa femme d'une livre et demie, sa dot à lui de trois livres.

S'il était insulté, l'injure se payait : six vaches et soixante-dix deniers.

Son meurtre était estimé soixante-seize vaches.

Quand il allait piller avec les soldats du roi, s'il chantait devant eux, il avait droit au meilleur taureau du butin.

Le jour du combat, il devait chanter l'hymne bardique : *Unbeniaeth Prydain*, chant national de la monarchie bretonne.

Si le roi lui demandait de chanter, il devait faire entendre trois chants de différents genres. — Si c'était la reine qui l'en priait et qu'elle le fît appeler dans sa chambre, il devait s'y rendre et lui dire trois chants d'amour, mais à demi-voix, pour ne pas troubler la cour. — Si un noble lui demandait de chanter, il était aussi tenu de lui faire entendre trois chants. Mais si un paysan l'en prie, qu'il chante jusqu'à l'épuisement, dit le législateur, voulant montrer par là que le barde appartient bien plus au peuple qu'aux rois, aux reines et aux nobles.

Les bardes aspirants recevaient un instrument de musique lorsqu'ils passaient maîtres, soit une harpe, un crouth ou une cornemuse.

Ces détails sont consignés dans le recueil des lois galliques, publiées par le roi Howell Dda, surnommé le Bon, qui régna de 904 à 948, et dans lequel il assigne les privilèges et les devoirs à chaque classe sociale [1].

Les nouveaux bardes étaient classés dans une assemblée

---

1. Les premières lois écrites sont celles de *Dyunwal Moelmuth*, roi de la Grande-Bretagne, environ 440 ans avant l'ère chrétienne; puis vinrent celles de *Martha*, reine de ce pays, qui furent traduites en saxon par le roi *Alfred* et enfin les lois du roi *Howell*, qui renferment la plus grande partie des premières. Ces lois ont été réunies et traduites en latin par Wotton et Moses William, sous le titre de *Leges Wallicæ*, Londres, 1730.

nommée Eisteddvod, qui avait lieu tous les trois ans. Des statuts édictés, au xiiᵉ siècle, par le prince de Galles, Graffied ap
Cynan, réglaient tous les détails de ces concours. Le candidat qui ne réussissait pas dans les épreuves devait un pour-
boire au chef des bardes et était ajourné à l'Eisteddvod suivant. Cette organisation dura jusqu'au xviᵉ siècle, elle fut
supprimée sous le règne d'Élisabeth. Depuis cette époque,
des Eisteddvod ont été néanmoins réunis à des dates indé-
terminées, mais ils n'avaient pas conservé le même but ni le
même caractère, si l'on y conférait parfois le grade de barde,
ce n'était plus que comme un titre purement honorifique.

En Irlande, les bardes étaient également estimés et honorés, mais ils perdirent de leurs prérogatives après l'asser-
vissement de ce pays par l'Angleterre, et ne furent plus
admis à la table des princes lorsque Richard II eut achevé
de soumettre les chefs des quatre comtés indépendants,
auxquels on donnait le titre de roi.

Un récit curieux de Froissart peint les rapports intimes
de ces chefs avec leurs bardes et leurs serviteurs, et fait en
même temps connaître l'époque où ces anciennes coutumes
cessèrent, c'est-à-dire vers la fin du xivᵉ siècle.

Quoique les bardes irlandais passent pour n'avoir cultivé
que la harpe, il sera intéressant, à cause de la situation similaire des bardes gallois, de connaître ce que raconte Froissart, d'après ce que lui a dit le chevalier Richard Scury, qui
avait accompagné Richard II en Irlande :

« Quand les Roys estoient assis à table, et servis du premier mets, ils faisoyent seoir devant eux leurs menestriers
et leurs prochains varlets, et manger à leur escuelle, et boire
à leurs hanaps, et me disoient que tel étoit l'usage du païs,
et qu'en toutes choses, réservé le lict, ils étoyent tous com-
muns. Je leur souffri tout ce faire trois jours ; et au quatrième
je fei ordonner tables, et couvrir en la salle, ainsi comme il
appartenoit; et fei les quatre Roys seoir à haute table, et les
menestriers à une table bien ensus d'eux, et les varlets

d'autre part; dont par semblant ils furent tous courroucés, et regardoyent l'un l'autre, et ne vouloyent manger, et disoyent qu'on leur vouloit oster leur bon usaige auquel ils avoient esté nourris. Je leur respondy, tout en souriant, pour les appaiser, que leur estat n'estoit point honneste, n'honorable, à estre ainsi comme au-devant ils avoyent fait, et qu'il le leur convenoit laisser, et eux mettre à l'usaige d'Angleterre, car de ce faire j'estoye chargé, et me l'avoit le Roy et son conseil baillé par ordonnance. Quand ils ouïrent ce, ils souffrirent (pourtant que mis s'estoyent en l'obéissance du Roy d'Angleterre) et persévérèrent en celuy estat assez doucement, tant que je fu avecques eux[1]. »

III

Edward Jones, harpiste et crouthiste habile, barde du prince de Galles à la fin du XVIIIᵉ siècle, a publié deux ouvrages remarquables[2] sur l'histoire des bardes ses prédécesseurs, parmi lesquels figurent deux héros des romans de la Table Ronde, l'enchanteur Merlin[3] et le roi Arthur ou Artus, ce dernier comme barde amateur.

Grâce à de persévérantes recherches, Edward Jones a pu établir cette histoire des bardes d'après des chroniques et des manuscrits remontant jusqu'aux premiers siècles de notre ère.

1. Froissart. *Chron.*, liv. IV, chap. XLIII.
2. Edward Jones. *Musical and poetical relicks of the wels bards*, etc., London, 1794. — *The Bardic museum of primitive british literature*, etc., London, 1802. Ce dernier ouvrage n'est que la suite du premier. Une nouvelle édition complète de *Musical and poetical*, etc., a été publiée à Londres en 1825.
3. Il y a eu plusieurs bardes du nom de Merlin au IVᵉ siècle. Dans le chant de *Merlin-Barde*, publié par Hersart de la Villemarqué, dans les *Chants populaires de la Bretagne*, t. I, p. 109, il est dit :
« Si tu m'apportes la harpe de Merlin, qui est tenue par quatre chaines d'or fin;
« Si tu m'apportes sa harpe, qui est au chevet de son lit;
« Si tu viens à bout de la détacher; alors, tu auras ma fille... peut-être. »

Nous lui devons la connaissance d'un très curieux document du xiie siècle, qui détermine la hiérarchie des bardes
dans le pays de Galles. Cette hiérarchie comprenait huit
ordres de bardes, dont quatre gradés et quatre non gradés[1].
On y trouve deux joueurs de crouth, l'un appartenant au
quatrième ordre des bardes gradés, l'autre classé parmi les
bardes non gradés. Le premier jouait du crouth à six cordes,
le second du crouth à trois cordes ou crwth trithant.

Le dessin du crouth à six cordes qui est donné à la
page 11 a été emprunté à Edward Jones.

Pas plus long qu'un violon, il mesure :

Longueur totale.	57	centimètres.
Largeur du bas.	27	—
— du haut . . . . , ...	23	—
Longueur de la touche.	28	—
Hauteur des éclisses	5	—

Cet instrument est bien du même système que celui de
Limoges. Nous pensons qu'il est inutile de disserter sur les
petites différences qui existent dans les contours extérieurs
de la caisse, aussi bien que sur le cordier, dont le crwth
trithant n'est pas muni.

Si les ouïes étaient figurées sur le dessin de celui-ci, peut-
être y verrions-nous aussi le pied droit du chevalet appuyé
sur la table, tandis que le pied gauche, pénétrant à l'intérieur de la caisse par l'ouïe gauche, porte sur le fond. Cette
particularité est fort remarquable, car elle permet de mettre
simultanément la table et le fond en vibration par le frémis-

1. Les bardes gradés étaient : 1° *Priv-vardd*, le barde en chef; 2° *Pos-vardd*, le
barde diplomatique; 3° *Arwydd-vardd*, le barde généalogiste; 4° *Prydydd nen
Bardd Caw; a hvnw o dri rhyw; sew Telynawr; Crythawr; Datceiniad*, c'est-à-dire
le barde poète, ordre qui admettait trois genres : le harpiste, le crouthiste et le
chanteur. Les ordres inférieurs comprenaient : *The piper*, le joueur de cornemuse; *the juggler*, le jongleur; *the crowder that plays on the three stringed crwth*,
ménétrier jouant du crouth à trois cordes; *and the tabourer*, le joueur de tambour ou de tambourin. Chacun de ces quatre ménestrels recevait un penny, et
devait jouer debout.

sement des cordes. C'est le principe de l'âme des instruments
à archet, et c'en est probablement la première application.

Edward Jones décrit ainsi le chevalet du crouth :

« Le chevalet n'est pas placé à angles droits avec les côtés
du crouth, mais dans une direction oblique; et, ce qui est à
remarquer en outre, un des pieds du chevalet sert aussi
d'âme. Il passe par une des ouïes, lesquelles sont circulaires
et s'appuie sur la table inférieure; l'autre pied, plus court,
est posé sur la table près de l'autre ouïe[1]. »

L'âme des instruments à archet, n'est autre que la petite
tige de bois arrondie, qui est placée à l'intérieur de la caisse,
perpendiculairement, entre les deux tables, à droite, un peu
en arrière du chevalet. Cette pièce, qui a une si grande
influence sur la qualité du son, d'après ses proportions, la
place qu'elle occupe, et son plus ou moins d'adhérence aux
tables, leur est indispensable; sans elle, la table supérieure
céderait à la tension des cordes; car celles-ci, passant sur
un chevalet assez élevé, exercent une pression d'autant plus
forte, que le tirage ne se fait pas horizontalement. Elle sert
encore à transmettre les vibrations de la table supérieure
à la table inférieure, et remplit, de ce fait, un rôle acous-
tique de la plus haute importance. Avec sa construction
toute spéciale, le chevalet du crouth accomplissait donc à la
fois les fonctions d'un chevalet ordinaire et celles de l'âme.

Ce système devait offrir bien des inconvénients, dont le

1. The bridge is not placed at right angles with the sides of the crwth, but in
an oblique direction; and, which is farther to be remarked, one of the feet of
the bridge serves also for a sound post; it goes through one of the sound-holes,
wich are circular, and rests on the inside of the back, the other foot, which is
proportionably shorter, rest on the belly before the other sound hole. (*A Dissertation*, p. 115.)

A l'Exposition universelle de 1889, à Paris, nous nous souvenons d'avoir vu
un violon ayant un chevalet-âme, imité du chevalet du crouth, qui figurait dans la
section des États-Unis d'Amérique, et que M. Dion, son auteur, présentait comme
une invention nouvelle. Il est vrai qu'ici, c'était le pied droit du chevalet-âme qui
passait par un trou pratiqué dans la table, pour aller s'appuyer sur le fond;
tandis que dans le crouth, c'est le pied gauche du chevalet qui joue le même rôle
en passant par l'ouïe gauche. Mais il n'y avait pas d'autre différence entre le
chevalet du crouth et celui de M. Dion.

moindre était l'instabilité du chevalet, qui subissait certainement des déplacements chaque fois que l'on tendait ou détendait une corde. Il a fallu tout le respect de la tradition pour qu'il fût conservé jusqu'au xviii° siècle, alors que le violon était connu depuis si longtemps, et qu'il aurait été si simple de doter le crouth d'un chevalet ordinaire et d'une âme.

La présence de ce chevalet sur le crouth à six cordes, à une époque aussi rapprochée de nous, est la preuve certaine qu'il en a toujours été ainsi, et que les bardes du v° siècle se servaient d'instruments ayant des chevalets semblables à celui-ci.

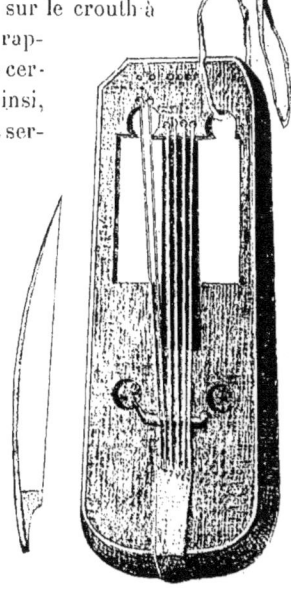

Les instruments à archet sont dans l'obligation d'avoir chacun un chevalet et une âme. Le premier facilite beaucoup le jeu de l'archet, en maintenant les cordes à une certaine hauteur, et sert en même temps à communiquer leurs vibrations à la table supérieure. Quant à la seconde, nous venons de voir son incontestable utilité ; c'est sans doute en raison de son rôle vital et mys-

CROUTH A SIX CORDES
D'après Edward Jones.

térieux, car elle ne se voit pas à l'extérieur, que cette modeste pièce de bois a reçu le nom si poétique d'âme.

L'âme n'existe pas dans les instruments à cordes pincées ; elle n'y serait d'aucune utilité, du reste, car les cordes ne reposent pas sur un chevalet, leur tirage se fait horizontalement, elles n'exercent donc aucune pression sur la table.

IV

La table supérieure du crouth paraît être absolument plate, sur le dessin d'Edward Jones, donné plus haut, ainsi que sur celui publié par Daines Barrington [1], et l'on serait porté à croire que la table du fond l'était aussi. Cependant, une description du crouth à six cordes, laissée par le barde gallois Gruffydd Davydd ab Howel, qui vivait au xve siècle, nous apprend que le dos du crouth était voûté. Voici ce document en vers galliques, et sa traduction d'après la version anglaise d'Edward Jones.

CRWTH.

Prennol t'eg bwa a gwregis
Pont a br'an, punt yw ei bris ;
A thalaith ar waith olwyn,
A'r bwa ar draws byr ei drwyn
Ac e'i ganol mac dolen,
A gwàr hwn megis gwr hên ;
Ac ar ei vrest gywàir vrêg,
O'r Masarn vo geir Miwsig,
Chwe yspigod o's codwn,
A dynna hell dannau hwn ;
Chwe' thant a good o vantais,
Ac yn y llaw yn gun llais ;
Tant i bôb b'ys ysbys œdd,
A dau-dant i'r vawd ydoedd [2].

LE CROUTH.

Un joli coffre (sonore) avec un archet, un lien, une touche, un chevalet ; sa valeur est d'une livre. Il a la tête arrondie comme la courbe d'une roue, et perpendiculaire à l'archet au petit crochet ; et de son centre sortent les accents plaintifs du son ; et le renflement de son dos est semblable à celui d'un vieillard ; et sur sa poitrine règne l'har

---

1. DAINES BARRINGTON. *Archæologia, or micellanæus*, etc., London, 1775, t. III.
2. EDWARD JONES, ouvrage déjà cité.

monie. Dans le sycomore nous trouvons la musique. Six chevilles,
lorsque nous les vissons, tendent les cordes, et ces six cordes sont
ingénieusement imaginées pour produire cent sons sous l'action de la
main; une corde pour chaque doigt est vue distinctement, et les deux
autres sont pour le pouce [1].

On voit que ce brave Gruffydd Davydd ab Howel tenait
son instrument en très haute estime. Mais nous savons,
par lui, qu'au xv° siècle, le crouth à six cordes était construit en bois de sycomore, qu'il valait une livre, que sa tête
était encore arrondie comme celle du crouth à trois cordes
du xi° siècle, que son dos était voûté et que l'on en tirait des
sons plaintifs. De plus, que les cordes étaient disposées de
la même manière qu'elles le seront encore trois siècles plus
tard.

Cette disposition des six cordes du crouth est des plus
intéressantes à étudier. Établie d'après une règle généralement adoptée, on la retrouve absolument semblable sur le
dessin d'un manuscrit anglais du xi° siècle [2], sur le dessin
de Strutt [3], et sur celui de Daines Barrington [4].

Quatre cordes seulement passent au-dessus de la touche,
les deux autres se trouvent en dehors, à gauche du manche.
Ces deux dernières étaient des cordes pédales, qui ne pouvaient être actionnées par les doigts pour en changer l'intonation, et qui, par suite, sonnaient toujours les mêmes
notes.

Par ses cordes pédales, placées en dehors de la touche, le
crouth à six cordes contenait le principe du téorbe, qui s'est
d'abord appelé chitarrone (grande guitare), dont certains
auteurs attribuent l'invention à Bardella, musicien du
xvi° siècle, au service du duc de Toscane; et d'autres à
Téorba, qui lui aurait donné son nom.

1. Cette traduction est empruntée à Fétis, *Antoine Stradivari*, p. 20.
2. Voyez Kastner. *Les Danses des morts*, p. 240.
3. Strutt. *Angleterre ancienne*.
4. Daines Barrington. *Archæologia*, déjà cité.

On verra dans les chapitres suivants que la vièle à archet et les premières violes ont aussi été montées avec des cordes basses indépendantes ou pédales. Appelées vyrdon dans la Grande-Bretagne, ces cordes portaient en France le nom de bourdon, qui est certainement le même mot passé dans la langue romane. Le nom de bourdon a été donné aux cordes basses des instruments à archet, pendant le Moyen Age et jusqu'au début du xixᵉ siècle ; en dernier lieu, il ne servait plus que pour désigner les cordes filées, qui portent aujourd'hui le nom des notes qu'elles sonnent à vide [1].

Le chevalet du crouth à six cordes étant aussi plat que celui du crouth à trois cordes, et sa caisse de résonance n'ayant pas d'échancrures sur les côtés pour le passage de l'archet, celui-ci devait forcément toucher plusieurs cordes, sinon toutes, à la fois, et par conséquent, produire une harmonie quelconque en raison de l'accord et du doigté.

Edward Jones constate la nécessité de faire entendre l'harmonie de plusieurs cordes lorsque l'on joue du crouth, et dit encore que le crouth à trois cordes était le moins estimé des deux, parce qu'il ne pouvait pas produire une harmonie aussi complète. Il s'exprime ainsi à ce sujet :

« Les joueurs et ménestrels de cet instrument n'étaient pas tenus en la même estime, en le même respect que les bardes de la harpe et du crouth, parce que le crouth à trois cordes n'exigeait par la même habileté et harmonie [2]. »

Une note sur le crouth, lue, le 3 mars 1770, à la Société des Antiquaires de Londres, par Daines Barrington, alors juge des comtés de Caernarvon et d'Anglessey, dans le pays de Galles, et publiée, en 1775, dans les Annales de cette société, vient confirmer le dire de Jones :

1. Dans sa méthode de violon, publiée en 1756, Léopold Mozart, père de l'illustre auteur de *Don Juan*, désigne la quatrième corde du violon, le sol, sous le nom de bourdon.

2. The performers, or Minstrels of this instrument were not in the same estimation and respect as the Bards of Harp and Crwth, because the three stringed crwth did not admit of equal skill and harmony. *A Dissert.*, etc., p. 116.

« Le chevalet du crouth est tout à fait plat, de sorte que
les cordes sont touchées toutes à la fois, et offrent une
perpétuelle succession d'accords [1]. »

Daines Barrington avait non seulement vu le crouth dont
il parle ; mais de plus, il l'avait entendu jouer par John
Morgan, né en 1711, à Newburg, dans l'île d'Anglessey, et
qu'il considérait alors comme le dernier barde devant s'en
servir ; car il dit : « L'instrument est destiné à mourir avec
lui d'ici à peu d'années. »

John Morgan accordait son crouth ainsi :

Cet accord, qui est conforme à celui que donne Edward
Jones, ne devait pas être immuable et pouvait sans doute
subir diverses modifications, d'après le caractère et la tonalité du morceau que l'on avait à jouer ou à accompagner. Nous
en trouvons la preuve dans l'accord du crouth d'un vieux
barde de Caernarvon, qui, en 1801, fit entendre plusieurs
airs anciens à M. W. Bingley, et que voici :

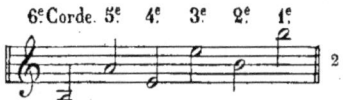

En réalité, les six cordes du crouth résonnant à vide, ne
produisaient que trois sons différents redoublés à l'octave.
Elles font l'effet d'être accouplées deux par deux, et si
Gruffidd Davydd ab Howel n'avait pas dit : « Ces six cordes
sont ingénieusement imaginées pour produire cent sons

1. The bridge of the crwth is perfectly flat, so that all the strings are necessaril
y struck at the same time, and afford a perpetual succession of chords. *Archæologia*, etc., t. III, p. 32.
2. Ouvrage déjà cité.

sous l'action de la main; une corde pour chaque doigt est vue distinctement, et les deux autres sont pour le pouce »; on pourrait croire, d'après ces deux accords du crouth, que celui-ci était monté simplement de trois cordes doubles.

L'accouplement des cordes existant dans l'accord du crouth, nous pensons que leur nombre fut porté de trois à six, afin d'obtenir une plus grande sonorité; mais que les premiers crouthistes ne s'en servaient que comme des cordes doubles, et que ce n'est que plus tard, lorsqu'ils furent devenus plus habiles, qu'ils doigtèrent séparément chacune des cordes passant sur la touche et cela, incidemment, et seulement quand un passage exigeait une harmonie plus riche, plus variée.

Le fait d'accoupler et d'accorder des cordes soit à l'unisson ou à l'octave, se nommait *magadiser*[1]. Ce système, qui a pour but d'augmenter la sonorité, était déjà employé dans l'antiquité. Il fut appliqué à la plupart des instruments à cordes[2], et l'est encore de nos jours à la mandoline ainsi qu'au piano, où chaque marteau fait vibrer deux cordes à l'unisson dans le grave et trois dans le médium et dans l'aigu.

Les cordes accouplées sont toujours actionnées simultanément, elles jouent donc le même rôle qu'une corde simple, c'est-à-dire qu'elles ne font entendre qu'un seul son à la fois, mais redoublé à l'unisson ou à l'octave.

Ainsi monté, le crouth à six cordes du xviii° siècle offrait moins de ressources que la vièle à archet du Moyen Age, et

---

1. « MAGADISER, v. n. C'étoit, dans la musique grecque, chanter à l'octave, comme faisoient naturellement les voix de femmes et d'hommes mêlées ensemble; ainsi les chants *magadisés* étoient toujours des antiphonies. Ce mot vient de *magas*, chevalet d'instrument, et, par extension, instrument à cordes doubles, montées à l'octave l'une de l'autre, au moyen d'un chevalet, comme aujourd'hui nos clavecins. » J.-J. Rousseau, *Dictionnaire de musique*, p. 271.

2. On trouve parfois des cordes doubles sur la vièle à archet.

Le goudok, violon rustique russe, à fond bombé, possède trois cordes ainsi disposées. La plus basse donne la note finale de la mélodie, et les deux autres sonnent la quinte de cette note redoublée à l'octave.

que les violes de la Renaissance. Il est donc fort probable, même certain, qu'aucun changement n'y avait été apporté depuis le vi° siècle, et que la disposition des cordes était la même qu'au temps des anciens bardes gradés.

Selon Fétis, les cordes basses du crouth étaient destinées à être pincées à vide, avec le pouce de la main gauche[1]. Il avait sans doute fondé son opinion d'après la dernière phrase de Gruffydd Davydd ab Howel, que l'on connaît déjà : « Et les deux autres sont pour le pouce »; phrase qui manque de clarté.

Certes, les vyrdons ne pouvaient être actionnés avec les doigts pour en changer l'intonation, et devaient toujours sonner à vide; mais rien, à notre avis, n'empêchait qu'ils fussent mis en vibration avec l'archet, puisqu'ils passaient sur le chevalet près des quatre autres cordes.

Or, Daines Barrington dit que ce chevalet était plat :

« Le pont du crouth est parfaitement plat[2]. »

W. Bingley répète la même chose :

« Les cordes sont toutes supportées par un pont plat au sommet, et non pas convexe comme celui du violon[3]. »

Si le fait est vrai, et tout porte à le croire, ces deux auteurs ayant vu les instruments qu'ils décrivent, l'archet devait forcément toucher toutes les cordes à la fois, et il devenait inutile, sinon impossible, d'en pincer une ou deux en même temps qu'on les frottait avec l'archet.

Edward Jones est un peu moins affirmatif :

« Le pont de cet instrument, dit-il, diffère de celui du violon, en ce qu'il est moins convexe dans le haut[4]. »

Mais sur le dessin qu'il donne, le haut du chevalet présente une ligne droite.

---

1. Voyez *Antoine Stradivari* et *Histoire générale de la musique*, t. IV.
2. The bridge of the crwth also is perfectly flat. *Archæologia*, ouvrage déjà cité.
3. These strings are all supported by a bridge flat at the top, and not, as in the violin convex. *North Wales*, etc., t. II.
4. The bridge of this instrument differt from that of a violin, in being less convex at the top. Ouvrage déjà cité.

2

On voit que son texte ne s'accorde pas avec son dessin.
Toutefois, si l'on ne voulait, à la rigueur, considérer que le
premier seulement comme exact, on conviendra avec nous
qu'il était tout aussi facile de faire sonner les vyrdons avec
l'archet que de les pincer avec le pouce, et que l'exécutant
restait toujours le maître de s'en servir selon son gré.

Reste à savoir ce que Gruffydd Davydd a voulu dire.
N'oublions pas qu'il était poète, et admettons qu'il a pu
sacrifier à la rime ou à l'élégance de sa phrase, plutôt que
de mal interpréter son texte.

Ccmme conséquence de son dire, Fétis a donné une table
d'accords se faisant sur le crouth, où l'on voit la première
corde combinée avec la cinquième pour obtenir :

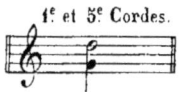

1ᵉ et 5ᵉ Cordes.

(le ré se fait par le doigté et le sol à vide). N'insistons pas.

Tout porte à croire que les combinaisons harmoniques
employées sur le crouth se composaient uniquement de
quartes, de quintes et d'octaves, faciles à obtenir en doig-
tant. De sorte, que les bardes pratiquaient déjà, au vᵉ siècle,
l'harmonie grossière qui a porté le nom de diaphonie pendant le Moyen Age. Les bardes occupent aussi une place
non moins grande dans l'histoire de la poésie; c'est à ceux
de l'Armorique que l'on est redevable des *lais*, qui sont
devenus des modèles pour les poètes des autres nations.

Quoique le crwth trithant fût encore usité à la fin du
xviiiᵉ siècle, on ne sait rien de son accord. Les auteurs
anglais ont sans doute négligé de le faire connaître, parce
qu'il devait être imité de l'accord du crouth à six cordes.

V

Il est bien évident qu'un instrument ne possédant qu'une seule corde peut à la rigueur ne pas avoir de manche proprement dit, et qu'il sera toujours possible d'y doigter tant bien que mal, surtout à la première position, la seule connue et pratiquée avant le xvii⁰ siècle.

Mais il ne saurait en être de même avec un instrument monté d'un certain nombre de cordes, car il est indispensable, alors, que les doigts puissent les atteindre toutes.

Le crouth, à trois ou à six cordes, ne pouvait donc se passer d'un manche; et si l'on y voit ce manche encadré, ou plutôt encastré, dans la table, c'est, il ne faut pas l'oublier, parce que le crouth, imité d'une ancienne lyre pincée, avait conservé de celle-ci les deux montants ou supports qui soutenaient le cheviller; lesquels devinrent des contreforts très utiles au manche du crouth, qui, placé au même plan, et horizontalement avec la table, n'était pas renversé en arrière comme celui du violon, et ne pouvait avoir, par conséquent, la force nécessaire pour résister au tirage des cordes.

La présence de cet encadrement du manche, qui devait être si incommode pour l'exécutant, ne s'explique donc que parce qu'il existait déjà sur l'instrument ayant servi de modèle pour les premiers crouths, et aussi, à cause de la solidité qu'il apportait à ceux-ci. Mais du jour où l'on eut l'idée de construire le manche presque aussi épais que la caisse ou de le renverser légèrement en arrière, afin de lui donner ainsi toute la résistance désirée, l'encadrement devenant inutile fut supprimé, ce qui rendit l'instrument plus élégant, plus commode, et il a fallu tout le respect de la tradition, inhérent à la race bretonne, pour que le crouth nous fût conservé dans son état primitif, jusqu'aux premières années du xix⁰ siècle.

Ainsi que nous l'avons déjà dit, le crouth n'était autre qu'une lyre pincée à caisse plate, et aménagée pour être jouée avec l'archet afin de pouvoir y faire entendre des harmonies soutenues. Cet aménagement consistait dans l'adjonction : 1° d'un chevalet, servant à surélever les cordes au-dessus de la table, et remplissant en même temps les fonctions de l'âme; 2° d'un manche, surmonté d'une touche, et placé en dessous des cordes.

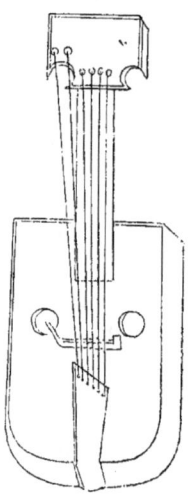

CROUTH A SIX CORDES
Dont on aurait supprimé
l'encadrement du manche.

Le lien, dont parle Gruffydd Davydd, est sans doute la courroie qui se voit sur le dessin du crouth à six cordes. On pouvait donc le jouer soit assis, comme sur le manuscrit de Limoges, ou bien debout, en le suspendant au cou.

Nous donnons le dessin d'un crouth à six cordes, dont on aurait abattu les deux angles du haut de la caisse, depuis le bas des ouvertures jusqu'à la place occupée par les chevilles, afin de dégager le manche et de le rendre complètement libre. Ainsi allégé, le crouth ressemble à un battoir, auquel il suffira d'arrondir les coins, selon le caprice et la fantaisie, pour obtenir les différents modèles de vièles du Moyen Age; et si l'on y pratique alors des échancrures, en forme de C plus ou moins ouverts, sur les côtés, pour le passage de l'archet, on aura la forme de la viole et celle du violon.

Ajoutons que les instruments ci-dessus désignés, la vièle, la viole et le violon, ont toujours été montés d'un assez grand nombre de cordes, et que, parfois, la vièle et la viole possédèrent des bourdons; tandis que le rebec et la gigue, instruments qui dérivent de la lyra, n'eurent jamais plus de deux ou trois cordes.

Peut-être le corps sonore des premiers crouths a-t-il été fait avec un morceau de bois creusé sur lequel on fixait la table de dessus. Si l'on admet cette hypothèse, on ne peut nier qu'à cause de la forme de sa caisse de résonance, il n'en contenait pas moins le principe des éclisses, base de la construction des instruments à archet modernes.

Pour cette raison, le crouth doit être considéré, à juste titre, comme le Protée de l'art instrumental. En se modifiant à diverses époques, il a produit des types principaux qui méritent de fixer l'attention par la place importante qu'ils occupent dans l'histoire de la musique.

Son premier dérivé, la vièle à archet des ménestrels et des trouvères, a joué un rôle prépondérant pendant tout le Moyen Age. Les violes qui vinrent ensuite, alimentèrent presque à elles seules la musique instrumentale des xvᵉ, xviᵉ et xviiᵉ siècles. Quant au violon, sa dernière et définitive transformation, nous lui devons la famille des instruments à cordes et à archet composant le quatuor moderne, qui est l'assise solide de nos orchestres.

Si le crouth a mis onze siècles pour atteindre son état de perfection sous forme de violon, chaque étape de cette longue période est marquée par une heureuse modification apportant de nouveaux moyens d'exécution dont l'art musical fut appelé à bénéficier. Ici, comme en toute chose, le progrès n'est venu qu'après l'invention ou le perfectionnement dont il était la conséquence naturelle. Et ceux qui, au début du xviᵉ siècle, donnèrent la forme définitive au violon, ne devaient guère prévoir le brillant avenir qui était réservé à cet instrument, ni la variété d'effets et les nombreux moyens d'expression dont ils venaient d'enrichir la langue musicale.

LA LYRA

I

L A lyra ne rappelait aucunement la lyre antique, c'était un instrument à archet dont on faisait usage dans les églises pour doubler et soutenir les voix.

Le nom de lyra ne lui appartenait peut-être pas en propre, car il a été parfois employé, durant le Moyen Age, comme nom collectif d'instruments à cordes, tantôt du genre pincé, tantôt se jouant avec un archet.

On s'explique aisément que les premiers instruments à archet aient porté pendant un certain temps les noms de leurs devanciers à cordes pincées et que, dans plusieurs contrées, on se soit d'abord servi du mot ancien pour désigner la chose nouvelle. Il n'y a donc rien d'étonnant à ce que les nations modernes, imitant en cela l'antiquité, aient donné indistinctement le nom de lyre à des instruments à cordes de divers systèmes. Plus tard, des désignations particulières, en raison de la taille et de la manière de jouer, furent ajoutées au terme générique et finirent par le remplacer complètement. C'est sans doute ainsi que se sont établies les dénominations collectives qui créent tant de difficultés, car en embrassant trop de choses à la fois, elles ne s'appliquent jamais bien à une seule et finissent par confondre et brouiller les idées attachées à leurs diverses acceptions.

Cependant, comme la figure de l'instrument qui nous intéresse se retrouve, à quatre siècles de distance, toujours accompagnée de la même dénomination, il faut bien convenir qu'il portait réellement le nom de lyra.

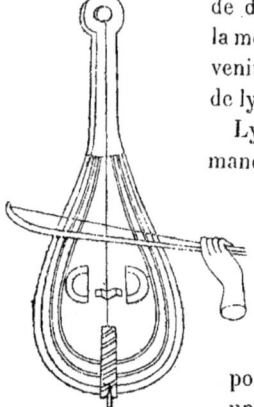

LYRA
Manuscrit de Saint-Blaise
(IXᵉ siècle).

Lyra a fait *lir* dans la langue allemande. *Lyra mendicorum*, — *Lyra rustica*, — *Lyra pagana*, s'y disait de la vielle à roue, parce que cet instrument était regardé comme une sorte de lyra commune ou de violon rustique. *Liren* et plus tard *lieren* est le verbe qui répond à notre vieux mot vièler qui a eu un sens très étendu, aussi bien en Allemagne qu'en France, et semble s'être appliqué en général à l'action de jouer des instruments à cordes.

Au XVIᵉ et au XVIIᵉ siècles, différentes violes portaient encore le nom de lyra en Allemagne et en Italie. Mais à l'inverse de la lyra primitive qui n'était montée que d'une seule corde, celles-ci en possédaient un plus grand nombre que les autres violes, parfois jusqu'à vingt-deux.

Gerbert a publié le dessin de la lyra, d'après un manuscrit des premières années du IXᵉ siècle, qui existait autrefois à l'abbaye de Saint-Blaise, dans la Forêt-Noire, dont il était prince-abbé.

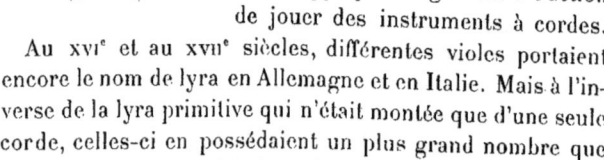

.Ce dessin montre que la lyra avait à peu près la forme d'une mandoline; elle ressemblait à la moitié d'une poire coupée en deux dans sa longueur. Sa caisse de résonance était faite d'une seule table fixée sur un corps creux et arrondi allant en s'amincissant jusqu'au cheviller, car la lyra n'avait pas de manche, à proprement parler, la partie de l'instrument que le musicien plaçait dans sa main gauche afin de pouvoir toucher la corde avec ses doigts ne se dégageait pas complètement de la caisse et n'en était que la continuation.

Deux ouïes, formant un demi-cercle, sont percées dans la table de chaque côté du chevalet sur lequel passe l'unique corde tendue sur l'instrument. Cette corde est attachée, d'un bout au cordier qui occupe la place habituelle, et de l'autre, à une cheville enfoncée dans le haut, au centre du cheviller qui est en forme de disque. La touche semble figurée par une partie unie qui paraît être au même niveau que la table. L'archet posé en travers, sur la corde, est tenu par une main prête à le faire mouvoir.

C'était donc un instrument à fond bombé, sans éclisses et sans manche.

II

Le célèbre manuscrit, du XIIᵉ siècle, de la bibliothèque de Strasbourg, intitulé : *Hortus deliciarum*, contient une autre représentation de la lyra.

Ce précieux ouvrage, composé par Herrade de Lansberg, abbesse du monastère de Sainte-Odile, en Alsace, renferme parmi ses vignettes une personnification de la philosophie et des sept arts libéraux, qui y sont représentés par sept tympans.

Sur l'un d'eux, au centre, la jeune fille qui figure la musique joue d'une harpe à neuf cordes, désignée sous le nom de cithara[1]; devant elle, est accrochée une lyra, semblable à celle du manuscrit de Saint-Blaise que nous venons de décrire; derrière elle se trouve un organistrum, instrument monté de trois cordes mises en vibration par une roue, ancêtre de la vielle actuelle, dont il a été parlé dans l'introduction.

Mais la lyra n'était pas seulement en honneur sur les bords du Rhin, il semble même qu'elle fût très répandue,

ORGANISTRUM, CYTHARA ET LYRA
Manuscrit de Herrade de Landsberg (xii⁰ siècle).

car nos belles églises romanes des xii⁰ et xiii⁰ siècles en possèdent de nombreux exemples. On en voit un peu partout, à Vézelay (Yonne), à Saintes et à Aulnay (Charente-Inférieure), mais principalement sur le portail occidental de Moissac (Tarn-et-Garonne), du xii⁰ siècle.

Le tympan de ce portail représente la vision de saint Jean, sujet qui fut bien souvent traité par les artistes de ce

1. La harpe est souvent désignée au Moyen Age sous le nom de cithara.

temps-là. Cette sculpture, déjà fort avancée comme art, est toute symbolique, et le texte de l'apôtre est assez exactement rendu, avec quelques modifications cependant. Ainsi, les quatre animaux de l'Apocalypse n'ont que deux ailes au lieu de six et sont dépourvus de ces yeux innombrables dont parle l'évangéliste. De plus, et c'est là le point le plus intéressant, les harpes de l'Écriture sont ici remplacées par des instruments à archet, que les vingt-quatre vieillards, vêtus de longues robes avec des couronnes sur leurs têtes, tiennent dans leurs mains gauches.

Tous ces personnages tournent leurs regards vers le trône de Dieu et la position occupée par deux d'entre eux ne permet pas de voir s'ils ont chacun un instrument. Un seul, celui qui est tout en haut à droite du Père Éternel, frotte l'archet sur le sien (cet archet est brisé, il n'en reste que la partie se trouvant au-dessus des cordes); les autres, tenant tous un vase ou une coupe dans leurs mains droites, ne font pas le simulacre de jouer, mais plutôt de chanter.

En somme, il y a vingt-deux instruments sur ce tympan, parmi lesquels on compte : trois vièles à cinq cordes, dont l'une a deux paires de cordes doubles et une corde simple, et dix-neuf lyras. Trois de ces dernières sont brisées, et sur les seize à peu près intactes, deux semblent être munies de deux cordes; mais il est bien difficile de préciser, étant donné l'état actuel de la pierre. Aussi, comme elles sont exactement de même forme que les quinze à une seule corde, qui ne sont pas brisées, nous croyons devoir les compter au nombre des lyras. C'est de celles-ci que nous allons nous occuper tout d'abord, réservant les vièles pour plus tard.

Les trois personnages, que nous donnons, sont ceux de droite du linteau en bas du tympan.

Quoique les archets ne soient pas représentés (cela serait assez difficile, les vieillards ayant déjà un objet dans chacune de leurs mains), on se trouve bien en présence d'instruments à archet; le cordier, le chevalet élevé, ainsi que l'emplace-

ment des ouïes le démontrent surabondamment. Il n'y aurait
ni cordier, ni chevalet élevé avec un instrument pincé, et un
seul trou rond, percé au milieu de la table, figurerait certainement l'ouïe; en tous cas, s'il y en avait plusieurs, ces
ouvertures n'occuperaient pas la même place que sur la
sculpture. Mais la corde unique est encore la preuve la plus
convaincante, car il n'a jamais existé, à notre connaissance,
de monocorde pincé, lequel n'offrirait aucune ressource.

Absolument semblables, ces trois instruments qui ont
presque la forme d'un losange, sont plus élégants et plus gracieux que ceux des manuscrits de Saint-Blaise et de Strasbourg. C'est sans doute pour un besoin décoratif et afin qu'il
s'harmonise mieux avec les ornements qui l'entourent, que
celui du personnage de droite est un peu plus allongé que
les deux autres; mais il n'en diffère que par ses proportions.

Les ouïes sont conformes au dessin publié par Gerbert et
représentent aussi un demi-cercle finement découpé, sauf
sur la lyra du milieu, où ce sont des flammes, comme la
viole d'amour en aura à la fin du xviie siècle.

Le chéviller est également arrondi; quant au cordier, très
primitif, son examen nous montre que l'on ne se mettait pas
en frais pour confectionner cet accessoire. Celui qui se voit
sur la lyra de droite est simplement fait avec une corde ou
une lanière de cuir, doublée et nouée au quart de sa longueur
de façon à former deux boucles. A la plus longue de ces
boucles est attachée la corde dont est monté l'instrument,
tandis que la plus petite s'accroche au bas de la caisse.

C'était très rudimentaire, mais bien suffisant pour attacher une seule corde, et il est fort probable que la lyra du
ixe siècle avait aussi un cordier fabriqué de la même manière,
avec des bouts de corde assemblés; les torsades dont ce
cordier est orné autorisent cette supposition.

Une adhérence complète de la pierre étant indispensable
pour maintenir les lyra aux places respectives qu'elles occupent, l'artiste de Moissac s'est trouvé, par suite de ce fait,

LES ANCÊTRES DU VIOLON

VIEILLARDS DE L'APOCALYPSE TENANT CHACUN UNE LYRA

Portail occidental de l'église de Moissac (Tarn-et-Garonne). XII⁰ siècle.

dans l'impossibilité de montrer toutes les faces de leurs
caisses de résonance. Sans cela, nous verrions certainement celles-ci avec les fonds bombés que l'on devine, car le
soin avec lequel il a rendu les plus petits détails, qu'il n'a
pu inventer, est une preuve évidente qu'il a copié et reproduit fidèlement des instruments du temps. Or, ces instruments possédant, de face, tous les caractères de la lyra,
leurs caisses de résonance devaient les posséder aussi.

Nous croyons que ces caisses étaient faites d'un seul
morceau de bois creusé, car, avec les contours en losange
de la table, il aurait fallu un luthier assez habile pour leur
donner une forme bombée sans y mettre des éclisses autour.

Parmi les moulages que M. Pillaut a eu l'heureuse idée
de rassembler au musée du Conservatoire national de musique, à Paris, se trouve la reproduction d'une lyra du portail de Moissac, qui est classée sous le nom de petit rebec
monocorde [1]. Il y a là une erreur assez excusable, car la lyra
et le rebec avaient tous deux une caisse sonore à fond
bombé, sans éclisses.

En général, les exemples de la lyra qui se trouvent sur
les anciens monuments religieux sont, le plus souvent,
d'une exécution si sommaire, que leur classement devient
très difficile. Cependant, toutes les fois que l'on rencontre
un instrument de ce genre où les accessoires ne sont pas
indiqués, s'il possède un cheviller petit et arrondi en forme
de disque, comme ceux que l'on vient de voir, c'est incontestablement une lyra; car un petit cheviller sous-entend
généralement une seule corde. Tandis que si le cheviller
est plus grand et fait, par conséquent, supposer trois chevilles, on doit considérer l'instrument comme étant une
rubèbe ou un rebec, car ces deux noms s'appliquent au
même instrument, qui est un dérivé ou plutôt une augmen-
tation de la lyra, par le nombre des cordes.

1. Nᵒ 1214, *Premier supplément au catalogue de 1884*, par Léon Pillaut, conser-
vateur du musée, Paris, 1894, p. 47.

La vièle à archet se distingue par sa caisse plate et son manche dégagé. Toutefois, il arrive que ces détails ne sont pas suffisamment caractérisés, surtout sur celles de forme ovale ou ronde, soit par suite de l'adhérence de la pierre ou de la négligence de l'artiste. Dans ce cas, en l'absence d'indications par le manque d'accessoires, c'est encore le cheviller qu'il faut interroger, car il devra être plus grand puisqu'il doit contenir quatre ou cinq chevilles. Lorsque ces dernières sont indiquées par des trous ou des petits reliefs, on peut connaître facilement le nombre exact des chevilles, et, par suite, celui des cordes.

Ces explications démontrent qu'il n'est pas commode de débrouiller toutes ces variétés d'instruments à archet.

III

Rien ne prouve que la lyra soit moins ancienne que le crouth, il est plus que probable qu'ils sont nés vers la même époque et aussitôt que l'archet a été connu ; car tous deux ne sont que l'application de cet agent du son à des instruments à cordes pincées existant avant eux. On a vu dans le chapitre précédent que le crouth n'était qu'une lyre à archet. Quant à la lyra, elle devait être la continuation du monocorde des anciens, et toute sa supériorité sur son prédécesseur consistait dans la faculté qu'elle avait acquise par l'archet, de pouvoir soutenir les sons.

Deux applications différentes ont été faites du monocorde, l'une dans la théorie, l'autre dans la pratique de l'art. De là deux espèces qu'il ne faut pas confondre, bien qu'elles aient la même origine.

La première, qui était déjà connue dans l'antiquité, a été employée au ii⁵ siècle par Ptolémée, pour démontrer les rapports mathématiques des sons par la longueur des cordes. Ptolémée désigne son monocorde sous le nom de canon qui signifie règle, dans ses *Éléments harmoniques*. Puis, on se servit bientôt du même instrument pour enseigner la musique vocale, afin d'apprendre l'intonation des sons aux élèves.

Le monocorde employé à cet usage fut d'abord une simple caisse carrée, oblongue, à surface plane en bois de cèdre ou de sapin, à chaque extrémité de laquelle se trouvait un chevalet immobile. Une corde de boyau ou de métal était tendue sur ces deux chevalets, attachée à demeure d'un côté de la caisse et de l'autre à une cheville qui permettait de la tendre à volonté. Sous cette corde, on promenait un chevalet mobile, nommé *magas*, que l'on fixait de distance en distance aux différents endroits indiqués sur la table de l'instrument, par une ligne parallèle à la corde, qui rendait un son plus ou moins élevé, selon la place occupée par le chevalet.

Régulateur par excellence, il fut appelé indifféremment : canon harmonicus, regula harmonica, monocorde, et quelquefois aussi du nom de son chevalet diviseur ou sillet mobile, c'est-à-dire *magas* ou *magadis*, sous lequel on a également désigné une sorte de petite harpe grecque, d'une espèce particulière et d'origine orientale.

Presque tous les anciens traités de musique et de mathématiques contiennent des descriptions et des dessins de cet instrument dont la forme a peu varié. Celui qui est reproduit ici a été dessiné d'après Gerbert [1].

L'emploi du magas ou sillet mobile devait offrir de grands inconvénients pour l'étude de la musique vocale. Il fallait, en effet, quand l'élève avait chanté une note et saisi l'intonation, qu'il attendît que le chevalet fût d'abord déplacé, puis replacé à un autre endroit avant d'obtenir l'indication d'un nouvel intervalle.

1. Ouvrage déjà cité.

A ces désagréments devait s'en joindre un autre non moins grand; on ne pouvait utiliser cet instrument, toujours à cause de son chevalet diviseur, pour accompagner une mélodie quelconque, aussi lente soit-elle. La seule chose possible, dans ce cas, était de s'en servir comme d'un diapason, pour donner la première note du ton.

Un autre instrument, plus commode et plus pratique, s'imposait donc pour soutenir la voix, surtout dans les premiers temps du déchant[1], et comme on songea tout d'abord à remplacer le sillet mobile par les doigts, qu'il devenait alors indispensable d'en rendre l'application facile, on ne put conserver la forme du monocorde scolastique, et l'on adopta celle que nous voyons à la lyra, forme qui doit être imitée d'un instrument pincé plus ancien.

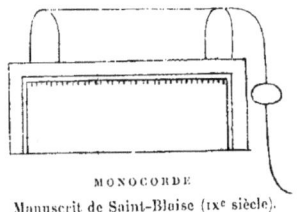

MONOCORDE
Manuscrit de Saint-Blaise (ixe siècle).

En y comprenant la note donnée par la corde à vide, la lyra ne produisait que cinq sons différents; car, à cette époque, la main gauche restait en place, on ne démanchait pas; du reste, il aurait été impossible de le faire, puisqu'il n'y avait pas de manche et que la caisse allait en s'élargissant depuis le cheviller. Cet instrument, qui paraît n'avoir joué un rôle que dans la musique sacrée, offrait donc de bien modestes ressources, et l'on ne s'expliquerait guère sa présence dans nos orchestres modernes. Toutefois, ses cinq notes devaient suffire pour doubler les anciens plains-chants, dont l'étendue ne dépasse pas un intervalle de quinte ou de sixte au plus, et l'on pouvait à la rigueur faire une sixième note par l'extension du petit doigt de la main gauche.

Mais, aussi modiques que fussent ses moyens, ils étaient

1. Déchant ou Discant est le terme par lequel on désignait primitivement le contrepoint.

3

encore plus grands qu'il ne fallait pour soutenir la monotone psalmodie sur deux seuls degrés conjoints, comme par
exemple, mi, fa, mi, fa, mi, que l'on appelait *chanter en ison*[1]
et qui a été pratiquée, depuis le vi^e siècle à ce que l'on
croit, par quelques ordres de moines, qui n'eurent pas
d'autre chant.

Dans cette psalmodie, qui rappelle le Moyen Age et qui
date peut-être du temps où les premiers chrétiens se réunissaient dans les catacombes de Rome, une des deux notes
est souvent répétée cinq ou six fois de suite avant que l'on
utilise l'autre. C'est donc plutôt un récit qu'un chant proprement dit.

Sa tradition s'est conservée dans certains couvents où
l'on ne chante pas d'autre façon. Mais une troisième note
ayant été ajoutée aux deux premières, on y récite sur
trois degrés conjoints au lieu de deux, et comme celui du
milieu est le principal, que les deux autres ne sont employés à tour de rôle qu'un peu avant la fin de chaque verset,
lequel se termine généralement sur le son central, cela
produit l'effet d'une dominante du mode mineur, qui serait
ornée, tantôt par l'une et tantôt par l'autre de ses deux notes
voisines. C'est ainsi que nous avons entendu psalmodier il
y a quelques années, à la messe de la communauté du couvent de la Visitation, à Paray-le-Monial (Saône-et-Loire).

Placées dans le chœur derrière une grille qui les met à
l'abri des regards profanes, les nonnes ont chanté, pendant
toute la durée de l'office divin, soit en soli, soit ensemble à
l'unisson, des antiennes et des cantiques, sur trois notes,
mi, fa, mi, ré, mi, répétées lentement, d'une voix nasillarde,
presque à bouche fermée et sans l'accompagnement d'aucun
instrument. Nous croyions que l'air allait changer après
le premier cantique, mais pas du tout, il n'en fut rien, les
antiennes se sont succédé les unes aux autres, et toujours

1. On désignait ainsi un chant ou une psalmodie qui ne roulait que sur deux
notes.

sur trois notes jusqu'à la fin de la messe. Cependant, la terminaison se faisant parfois sur le premier degré, on avait alors l'impression d'un récit construit avec les trois premières notes d'une gamme mineure.

Ce chant monotone provoque la tristesse au bout d'un certain temps, exécuté surtout par des voix tremblotantes de femmes; et c'est sans doute ainsi que doivent chanter les âmes qui errent à la porte du Paradis.

A partir du xiiie siècle, on ne trouve plus guère de représentations de la lyra, qui fut sans doute abandonnée depuis cette époque à cause de son peu de ressources.

Certaines locutions populaires, imitées des Grecs et des Latins, peuvent se rattacher à la lyra. Ainsi on dit en France : Qu'a de commun l'âne avec la lyre? Et en Allemagne : L'âne que fait-il de la lyre[1]? — Donner à l'âne une harpe ou une lyre[2]. — Que doit faire le corbeau de la harpe, l'âne de la lyre[3]? — On voit qu'en tout pays, maître Aliboron passe pour être à la fois le type de l'ignorance et insensible à la musique.

Peut-être s'est-on inspiré du crouth et de la lyra, pour faire les premières vièles à archet, et a-t-on combiné les principes du premier avec la forme de la seconde, qui était plus petite et par conséquent plus facile à manier? En tous cas, la lyra ne doit pas être considérée comme l'ancêtre direct du violon, parce qu'elle ne possédait aucun des caractères principaux de celui-ci, qui sont les éclisses et le manche. Cependant, si la lyra ne peut prétendre à cet honneur, elle a du moins celui d'avoir précédé le rebec et la gigue, instruments très estimés des ménestrels et des trouvères, durant tout le Moyen Age, et qui plus tard, exclusivement employés par les ménétriers pour faire danser, provoquèrent la joie et la gaîté.

1. « Was fängt der Esel mit der Leier an ? »
2. « Eir Esel ein Harpffen oder Leyren geben. »
3. « Was soll der Dul die Harpff idem Esel die Leyr? »

FLUTE ET VIÈLE A TROIS CORDES
Manuscrit des Minnesinger (XIII° siècle).

LA VIÈLE

1

VIÈLE
Manuscrit
de Froissart
(XV° siècle).

peu près de même taille que l'alto moderne, la vièle proprement dite, celle dont
le nom servit pour désigner d'une façon
générale, durant le Moyen Age, tous les
instruments de musique à cordes frottées,
se jouait tantôt placée sous le menton,
tantôt appuyée contre la poitrine. Ce qui la
différenciait des autres vièles, telles que la
rubèbe et la gigue, c'est qu'elle avait un manche indépendant de sa caisse de résonance, ne faisant pas corps
avec cette dernière, et que le fond de cette caisse était
le plus souvent plat.

On doit la considérer comme étant imitée du crouth,
à cause de ces deux particularités. Et même, si l'on
admettait, ainsi que nous le laissons entendre à la fin

du précédent chapitre, qu'elle ait été inspirée à la fois du crouth et de la lyra, que l'on ait appliqué les principes du premier à la seconde, pour l'obtenir, on devrait encore lui donner la même origine, car elle aurait, dans ce cas, bien plus emprunté au crouth qu'à la lyra. Mais comme ce sont les principes de construction qui caractérisent un instrument et non sa dimension plus ou moins grande, ni le dessin de ses contours, en réalité, la vièle à archet n'était donc pas autre chose qu'un dessus de crouth à manche dégagé.

Nous avons déjà expliqué, en parlant du crouth, qu'un instrument était dans l'obligation d'avoir un manche indépendant lorsqu'il possédait un certain nombre de cordes, et cela, pour permettre aux doigts de les toucher toutes. Nous n'y reviendrons pas, puisque la vièle était régulièrement montée de cinq cordes, ainsi qu'en font foi les textes d'Elie Salomon et de Jérôme de Moravie, et comme le montrent la plupart de ses reproductions. Mais nous ajouterons que le fond plat était également d'une grande nécessité pour la vièle, non seulement parce qu'elle aurait été plus difficile à tenir, soit sous le menton, ou bien appuyée contre la poitrine si le fond en avait été bombé; mais encore parce que son manche fixé à un des bouts de la caisse ne permettait guère de la construire autrement qu'avec un fond plat et des éclisses.

Tout porte à croire que l'art de la lutherie n'était pas très avancé dans ce temps-là, et si ces vers suivants du *Roman d'Alexandre* :

> Li uns tiennent une vièle, l'arçon fu de saphir;
> Et l'autre une harpe, moult fu boine à oir.

nous montrent que la vièle, l'instrument artistique de l'époque, possédait parfois des ornements d'une grande richesse, il est de toute probabilité qu'on la construisait, le plus souvent, d'une façon assez sommaire, tout simplement d'un seul morceau de bois creusé ou bien de deux :

l'un pour le manche et l'autre pour la caisse, sur laquelle on collait la table.

II

La vièle a occupé une place prépondérante dans la musique au Moyen Age, et son histoire est intimement liée à celle de l'art. On la voit entre les mains des trouvères[1] et des troubadours[2], des jongleurs et des ménestrels[3], au nord, au sud, à l'est, à l'ouest, partout enfin où l'on chante une ballade ou un lai d'amour :

> Li aulcuns chantent pastourelles;
> Les autres dient en leurs vièles
> Chansons, rondiaux et estampies,
> Danses, notes et gaberies;
> Lais d'amour chantent et ballades.
>
> (JEANNINS ALLART.)

C'était bien un instrument à archet :

> J'alai o li el praelet,
> O tote la vièle et l'archet.
> Si li ai chanté le musel.
>
> (COLIN MUSET.)

Fétis, qui cite ces deux vers[4], dit : « L'archet n'a jamais servi à jouer de la vielle. cet instrument s'appelait rote dans le Moyen Age. » Les mots : *la vièle et l'archet*, ne laissent cependant aucun doute sur ce point. Nous nous réservons,

---

1. Les trouvères étaient les poètes chanteurs et musiciens de l'ouest et du nord de la France.
2. Troubadour, en provençal *trobador*, signifie : trouveur de poésie et de musique.
3. Les jongleurs et les ménestrels étaient parfois poètes, mais, le plus souvent, chanteurs et instrumentistes. Ils interprétaient les œuvres des trouvères et des troubadours. lesquels ne cultivaient la poésie et la musique que pour l'honneur; tandis que les autres en faisaient leur métier.
4. *Biographie universelle des musiciens.*

du reste, de revenir sur l'erreur de Fétis, lorsque nous parlerons de la rote.

Les chansons de geste se chantaient avec l'accompagnement de la vièle et de la harpe :

> Quand les tables ostées furent,
> Cil jugléeurs en piés s'esturent,
> S'ont vièles et harpes prises,
> Cançons, sons lais, vers et reprises,
> Et de gestes canté nos ont.
>
> (Hugues de Méry, *le Tournoyement de l'Ante-Crist.*)

C'est aux sons de la vièle que l'on chantait, dans les rues, les exploits de Charlemagne :

> De Karolo clari præclara prole Pipini,
> Cujus apud populos venerabile nomen in omni,
> Ores satis claret, et decantata per orbem,
> Gesta solent melitis aures sopire viellis.
>
> (Egidius Parisiensis, *Carolinus.*)

Les deux vers suivants, du *Roman de A. Mahomet*, par Alexandre Dupont :

> Mainte vièle delicieuse,
> L'apportent li jongléour.

montrent combien la vièle était goûtée, et expliquent les heureux effets que Constantin l'Africain espérait obtenir pour la guérison des malades, lorsqu'il recommandait de jouer devant eux de la vièle, de la rote et d'instruments semblables [1].

---

1. Ante infirmum dulcis sonitus fiat de musicorum generibus, sicut campanula, vitula, rota et similibus. *De morborum curatione*, lib. I.

On a bien souvent employé la musique dans le même but. Wekerlin raconte que : « Thalès de Crète trouva dans la musique un puissant auxiliaire contre la peste. En Béotie, Isménias, par son jeu sur la flûte, guérissait les maux de reins. Asclépiade, au moyen de la trompette, rendit l'ouïe à un sourd... Théophraste affirme que les morsures des serpents venimeux ne sont guérissables que par la musique. » *Musiciana*, chap. vi, p. 122.

On dansait au son de la vièle :

> Ce fut en mai,
> Au dous tems gai
> Que la saison est belle;
> Main me levai
> Joer m'alai
> Lez une fontenelle;
> En un vergier
> Clos d'eiglentier
> Oï une vièle;
> Là vie dansier
> Un chevalier
> Et une damoiselle.
>
> (Moniot, de Paris.)

Les harmonies que l'on faisait sur la vièle embellissaient les mélodies :

> Harpes sonnent et vièles
> Qui font les mélodies bèles.
>
> (*Roman du Renard.*)

On pratiquait aussi le déchant sur la vièle :

> Cil jugleor viellent lais
> Et sons et notes et conduis.
>
> (*Roman de la Violette.*)

car, selon Francon de Cologne, le conduis (*conductus*) était une sorte de déchant dans lequel la mélodie ou partie principale était improvisée par le déchanteur, et la partie qui formait le déchant proprement dit, c'est-à-dire celle qui découlait de la première, appelée souvent *ténor*, était avec ou sans parole, suivant qu'elle devait être chantée ou exécutée sur un instrument.

Quelques auteurs lui donnent le nom de viole :

> Devant eux font li jugleor chanter,
> Rotes, harpes et violes soner.
>
> (*Roman de Garni.*)

Guillaume de Machault emploie tantôt le mot vièle, tantôt celui de viole pour la désigner :

> Orgues, vielles, micamon.
>
> *(Prise d'Alexandrie.)*

> Car je vis là tout en un cerne,
> Viole, rubèbe, guiterne.
>
> *(Li temps pastour.)*

Mais le mot vièle a été généralement employé jusqu'au xvᵉ siècle. A partir de cette époque, il est devenu le nom exclusif de la vielle à roue, qui jusque-là s'était appelée symphonie, chiffonie, cifonie. C'est alors que celui de viole est resté définitivement aux instruments à archet du genre de la vièle. Nous continuerons donc à donner ce dernier nom à celui qui nous occupe.

III

Il est hors de doute que la vièle était déjà connue pendant le xᵉ siècle, car on trouve de ses représentations tout au début du siècle suivant.

Coussemaker parle d'une vièle de forme ovale, ayant le manche dégagé et le fond plat, qui se voit dans une niche de marbre creusée dans le montant de droite de la porte de l'église Saint-Aventin, près de Bagnères, qui, à sa connaissance, est le plus ancien exemple de cet instrument, et dont il regrette de ne pouvoir donner la figure, parce que cette seulpture, de la fin du xiᵉ siècle, est assez grossière, et qu'il en possédait un dessin trop imparfait.

Nous en avons découvert d'antérieures à celle-ci, en Charollais, dans la verte vallée de l'Arconce, sur le portail de l'ancienne église du prieuré d'Anzy-le-Duc (Saône-et-Loire), aujourd'hui église paroissiale de cette commune.

Une inscription moderne, peinte sur bois et appendue intérieurement au-dessus de la porte principale de l'église d'Anzy, par les soins de l'ancien curé M. Gauthier, annonce que ce monument aurait été bâti en huit cent quatre-vingts. Mais l'abbé Cucherat [1] prouve surabondamment qu'il y a là une erreur de date, et que la construction de cette belle église romano-byzantine primaire a eu lieu dans la première moitié du xie siècle, très probablement de l'an mil à mil vingt-quatre, après les miracles opérés par les reliques de saint Hugues, premier prieur de ce monastère, que l'on promenait sur les grands chemins pour les faire figurer dans les assemblées ou Conciles tenus par les évêques, notamment à celui qui eut lieu à Anse (Rhône), vers la fin du xe siècle; et aussi après que le fatal an mil, où l'on s'attendait à la fin du monde, se fut écoulé, car les fidèles, croyant ne plus avoir besoin de rien et espérant gagner ainsi une excellente place au ciel, donnèrent une grande partie de leurs biens aux communautés religieuses. C'est à partir de cette époque que les abbayes et les couvents prirent un grand développement, et qu'à la place de leurs modestes chapelles on construisit de superbes basiliques.

Celle d'Anzy [2] renferme de nombreux chapiteaux, tous plus intéressants les uns que les autres, et sur son portail est représentée la vision de saint Jean. Le tympan est occupé par la figure du Christ assis sur un trône et entouré

1. *Le B. Hugues de Poitiers, le Prieuré, l'église et les peintures murales d'Anzy-le-Duc*, par l'abbé F. Cucherat, Mâcon, 1862.
2. Après la Révolution, l'église ne fut pas comprise dans la vente du prieuré et des terres qui en dépendaient, que l'on vendit comme biens nationaux; elle demeura abandonnée et fut considérée comme une place publique. On y jouait, on y faisait le négoce, dit l'abbé Cucherat, dans plusieurs endroits on avait établi des alambics pour la distillation de l'eau-de-vie. En 1808, elle fut mise en vente par le département et des entrepreneurs, connus sous le nom de *bande noire*, allaient l'acheter pour la démolir, comme le fut la superbe église abbatiale de Cluny, lorsque quatre habitants d'Anzy, MM. G.-M. Grisard, L. Thomas, A. Bachelet et E. Saulnier, formèrent une société, désintéressèrent la *bande noire*, avec 300 francs et se virent adjuger ce bel édifice pour la modique somme de 2,800 francs. Ils l'ont offert à la commune d'Anzy qui en a fait, depuis, son église paroissiale.

par deux anges. Sur l'archivolte se trouvent les vingt-quatre
vieillards de l'Apocalypse qui, de même qu'à Moissac, sont
vêtus de longues robes avec des couronnes sur leurs têtes et
tiennent aussi des vases et des instruments de musique,
qui ne sont pas non plus des harpes.

Cette sculpture, que nous avons examinée de très près, a
été mutilée, soit pendant les guerres de religion, qui ont
été très violentes dans le pays, ou bien lors de la Révolution.
Dans l'état actuel, huit instruments, sur vingt-quatre, s'y

VIEILLARD DE L'APOCALYPSE TENANT UNE VIÈLE A CINQ CORDES
Portail de l'église d'Anzy-le-Duc (Saône-et-Loire) début du XIᵉ siècle.

voient encore à peu près intacts. Nous avons fait dessiner
ceux qui ont le moins souffert.

L'exécution en est assez sommaire, le cordier, le chevalet
et les cordes ne sont représentés sur aucun d'eux ; mais les
ouïes, figurées par deux trous percés en regard de la place
où devrait se trouver le chevalet, montrent que ce sont bien
des instruments à archet, et cela, malgré l'absence des
archets que les personnages ne pourraient tenir puisqu'ils
ont déjà des coupes dans leurs mains droites.

Ces instruments, qui sont tous de même forme, rappellent les lyras de Moissac que nous avons décrites. Toute-

fois, les côtés des caisses de résonance y sont à angles droits, ce qui indique des éclisses; le manche, quoique faisant aussi corps avec la caisse sonore, s'y trouve plus allongé, sauf cependant sur la figure où l'artiste ne disposait sans doute pas d'un emplacement suffisant pour lui donner toute sa longueur; de plus, le cheviller en trifolium

VIEILLARDS DE L'APOCALYPSE TENANT DES VIÈLES A CINQ CORDES
Portail de l'église d'Anzy-le-Duc (début du xıᵉ siècle).

est percé de trous, dont quelques-uns ne se voient plus aujourd'hui; mais comme ceux qui ont été effacés par le temps n'occupaient pas les mêmes places, il est facile d'en connaître le nombre exact en comparant les chevillers des instruments que nous donnons; or, il y avait cinq trous, ce qui veut dire cinq chevilles et, par suite, cinq cordes.

La lyra, n'ayant pas d'éclisses et n'étant montée que

d'une seule corde, on se trouve donc en présence de vièles,
et, si le manche, qui est d'un maniement facile à cause de
sa longueur, n'en a pas tout à fait le caractère, s'il n'est
pas complètement indépendant de la caisse, c'est que
l'artiste a négligé de rendre ce détail auquel il n'attachait
sans doute pas grande importance. Heureusement, il a eu

le soin d'indiquer les éclisses, les
ouïes et le nombre des chevilles,
ce dont on doit lui savoir beaucoup
de gré, car les personnages et leurs
accessoires sont relativement petits,
sur cette sculpture assez simple et
peu avancée en art.

La grande vièle ovale, à cinq cordes, jouée par un personnage à longue barbe, qui se voit sur le portail
de l'église de l'abbaye de Saint-
Denis, du xɪɪ° siècle, doit être la reproduction fidèle d'un instrument
du temps. Sa table est ornée d'une
élégante bordure; les deux ouïes,
allongées, sont plus rapprochées
du manche que sur les instruments
à archet modernes; son manche est
complètement indépendant de la
caisse et tous les accessoires : cordier, chevalet, cordes, etc., sont
exécutés avec beaucoup de soin.

VIÈLE A CINQ CORDES
Portail
de l'abbaye de Saint-Denis
(xɪɪ° siècle).

Sur le portail occidental de la cathédrale de Chartres,
xɪɪ° siècle, se trouve une élégante vièle à cinq cordes, de
forme allongée qui est aussi une copie fidèle. Le fond de
sa caisse est absolument plat; elle a un cordier, mais pas
de chevalet, et un grand trou rond, percé au milieu de la
table, figure les ouïes.

Il n'en est pas de même sur celle qui est jouée, comme

un violon, par un des rois du chapiteau de l'église de Saint-Georges de Boscherville. Ici, tout est incertitude quant au nombre et à la disposition des cordes, car sur le moulage de ce chapiteau, que nous avons étudié minutieusement au Musée des antiquités, à Rouen, il n'y a pas trace d'accessoires. C'est ce qui explique l'indécision de Coussemaker,

VIÈLE
A CINQ CORDES
Portail
occidental de la
cathédrale de
Chartres
(xiie siècle).

qui, après avoir d'abord classé cet instrument sous le nom de vièle[1], le présente ensuite comme étant une gigue[2]. Cependant, en l'absence des petits détails, si précieux, on peut toujours consulter l'instrument lui-même. Or, les côtés de la caisse étant à angles droits, il devait avoir certainement des éclisses ;

VIÈLE
A QUATRE OU CINQ CORDES
Chapiteau de
Saint-Georges de Boscherville
(xiie siècle).

le fond n'y est pas entièrement plat, mais légèrement voûté, comme sur certaines guitares et le cheviller, en trifolium, est disposé pour recevoir quatre ou cinq chevilles. En raison de ces particularités, nous considérons que cet instrument est bien une vièle et que la première classification,

1. *Mémoires sur Huchald.*
2. *Essai sur les instruments de musique au Moyen Age.*

faite par Coussemaker, était la meilleure. La vièle, petit
crouth à manche dégagé, avait conservé à peu près le même
nombre de cordes que son devancier. On vient de voir que
celles d'Anzy-le-Duc et de Saint-Denis en possédaient cinq;
ce chiffre est aussi celui que lui assigne Élie de Salomon,
au xIIIᵉ siècle[1].

IV

Jérôme de Moravie[2] donne trois manières différentes
d'accorder la vièle[3]; voici, d'après M. Perne[4], la traduction de ce précieux document :

« La vièle, dit-il, quoiqu'elle monte plus haut que la
rubèbe, ne monte plus ou moins que selon les différentes
manières dont elle est accordée par diverses personnes,
car la vièle peut être accordée de trois manières. Elle a
et doit avoir cinq cordes. Dans la première manière, elle
s'accorde ainsi : la première corde sonne D (RÉ grave) (1);
la seconde Γ (GAMMA VT, SOL, note ou corde la plus
grave de tout le système); la troisième, G dans les graves
(SOL grave, octave du sol précédent); les quatrième et
cinquième, toutes deux à l'unisson, donnent le D dans l'aigu
(RÉ aigu); et alors la vièle peut monter depuis gamma ut
(SOL le plus grave) jusqu'à ♮♮ double (LA aigu, quinte de
RÉ aigu), de la manière suivante :

« Or, nous disons que la seconde corde donne par elle-

1. « Sicut vidimus, quod in viellâ non sunt nisi quinquæ chordæ et tamen, secun-
dum diversitatem tactum chordarum, puncti et soni viellæ possunt multiplicari
ultra quinquæ punctos, pro voluntate actoris et cantûs qui regitur in illis instru-
mentis, velint vel nolint actores. » — *De scientiâ artis musicæ* (1274), ouvrage dédié
au pape Grégoire X et publié par Gerbert dans *Scriptores ecclesiastici*, t. III, p. 20.
2. Le dominicain Jérôme de Moravie passa une partie de sa vie dans le couvent
de la rue Saint-Jacques, à Paris.
3. *Speculum musicæ*, chap. xxvIII.
4. *Revue musicale*, t. II. Cette traduction a été reproduite par Coussemaker.
5. Ce qui est entre parenthèses dans la traduction n'existe pas dans le texte
primitif.

même Γ (SOL le plus grave); par l'application de l'index, elle donnera A (LA grave); du médiaire B (Si bécarre grave); de l'annulaire C dans le grave (UT grave).

« La seconde corde, qui, la première dans la vièle, est le bourdon des autres, ne rend que D (RÉ grave); et cela parce que, étant attachée en dehors du corps de la vièle, c'est-à-dire sur le côté, elle se dérobe à l'application des doigts; mais les deux sons qu'elle ne peut rendre, c'est-à-dire E et F (MI et FA grave), sont donnés à l'octave par les quatrième et cinquième cordes qui y suppléent.

« La troisième corde donne par elle-même (à vide) G (SOL octave de SOL le plus grave); par l'application de l'index, a (LA octave de LA grave); par l'application du médiaire recourbé sur lui-même, ♭ (b) (SI bémol) et du même doigt tombant naturellement, b bécarre (Si bécarre); par l'application de l'annulaire, c aigu (UT aigu).

« La quatrième corde et la cinquième donnent par elles-mêmes d aigu (RE aigu); en appliquant l'index, on obtient e (MI aigu); par le médium, on a f (FA aigu); par l'annulaire g (SOL aigu) et par l'auriculaire on obtient $\overset{a}{a}$ double (LA aigu). Telle est la vièle, qu'elle embrasse la propriété de tous les modes, ainsi qu'on vient de le voir clairement. C'est la première manière d'accorder la vièle. »

D'après ce qui précède, les cordes à vide de la vièle devaient donner :

la 1re ou bourdon :   la 2e :   la 3e :   la 4e et la 5e à l'unisson :

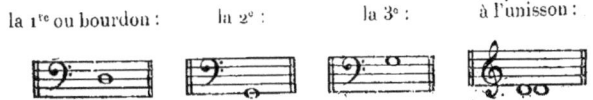

Avec l'application des doigts on obtenait donc l'échelle suivante :

1e Corde. (Bourdon)   2e Corde.   3e Corde.   4e et 5e Cordes. à l'unisson.

4

Mais le passage de la deuxième corde à la première, puis de celle-ci à la troisième, devait être très incommode pour l'archet qui touchait sans doute bien souvent la deuxième corde, soit à l'aller ou au retour. Il semblerait plus logique d'admettre, que, les deuxième et troisième cordes s'employaient simultanément et formaient à elles deux une corde double accordée à l'octave? Cependant, Jérôme de Moravie indique séparément le doigté de chacune d'elles, tandis qu'il donne en même temps celui des quatrième et cinquième, qui sont accordées à l'unisson. Peut-être a-t-il voulu désigner, par là, que la seconde et la troisième étaient bien des cordes simples?

Nous pensons que, si Jérôme de Moravie parle de la seconde corde avant la première, quand il décrit les sons obtenus avec l'application des doigts, c'est parce qu'il a voulu commencer sa démonstration par la note la plus grave de l'instrument, et qu'il a préféré intervertir l'ordre des cordes, plutôt que de présenter une suite de sons ne se succédant pas logiquement de bas en haut. C'est même ce qui nous donne la certitude que la première corde devait son-

ner : 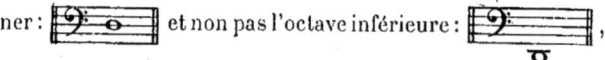 et non pas l'octave inférieure :   ,

qui serait du reste trop grave pour être obtenue, la vièle n'étant pas d'assez grandes dimensions pour cela.

Il est bon de faire remarquer aussi que lorsque Perne fait suivre le nom des notes par les expressions « grave » ou « aigu », il doit interpréter fidèlement la pensée de Jérôme de Moravie, et établir de cette façon une comparaison avec les voix d'hommes que la vièle était appelée à accompagner. Or, depuis que, pour la facilité de l'écriture, et surtout pour la grande commodité des chanteurs, on emploie la clef de sol deuxième ligne, au lieu de la clef d'ut quatrième, pour les parties de ténors, ces voix sont écrites une octave au-dessus de leur diapason réel ; aussi croyons-nous être dans le vrai en plaçant ainsi le *la* aigu :

C'est sans doute conformément à cette première manière que devait s'accorder la vièle à cinq cordes qui est tenue de la main droite par le premier vieillard du deuxième rang à gauche sur le tympan du portail de l'église de Moissac ; car, deux de ses cordes, celles qui sont placées sur le côté gauche, paraissent être accouplées pour former une corde double, tandis que les trois autres, d'abord à égale distance, dans l'espace compris entre le cordier et le chevalet, se séparent légèrement après avoir passé sur celui-ci. Les deux placées au centre continuent leur chemin aussi rapprochées l'une de l'autre qu'elles l'étaient au départ, pen-

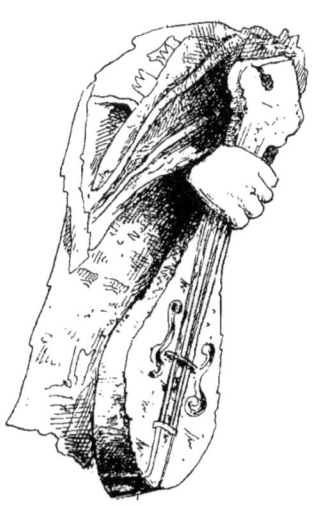

VIÈLE A CINQ CORDES
Portail de l'église de Moissac (XIIe siècle).

dant que celle qui se trouve sur le côté droit s'éloigne d'elles et a l'air de devenir un bourdon. La main qui tient l'instrument empêche de s'assurer quel est exactement le rôle de cette corde, mais nous croyons que c'est un bourdon et nous fondons notre opinion sur les instructions de Jérôme de Moravie que l'on vient de lire et aussi sur celles qui vont suivre. Le bourdon de cette vièle se trouve à la place occupée par la chanterelle sur les instruments à archet

modernes : on rencontre assez souvent des cas semblables à
cette époque.

Il y a trois vièles de forme allongée, avec des éclisses
circulaires et montées de cinq cordes sur le portail de
Moissac ; seulement, les deux autres n'ont pas de cordes
doubles, toutes y sont simples.

Le moulage de celle que nous reproduisons existe au
Musée instrumental du Conservatoire de musique à Paris,
où M. Pillaut lui donne le nom de « rebec du XIIIᵉ siècle[1] ».
Il nous semble impossible d'accepter cette classification, la
disposition de ses cordes, conforme à la première manière
d'accorder la vièle selon Jérôme de Moravie, étant une indication précieuse, qui ne laisse aucun doute sur le genre et
le caractère de cet instrument. La table du fond est-elle
réellement demi-bombée, ou est-ce l'adhérence de la pierre
qui lui donne cette forme? Ces deux hypothèses sont per-
mises. Mais que le fond soit bombé ou non, nous n'avons à
faire ni à un rebec, ni à un instrument de fantaisie, comme
on pourrait l'insinuer. Il n'y a, en effet, qu'à se rendre
compte de l'exactitude scrupuleuse avec laquelle le cordier,
le chevalet, les ouïes, le cheviller et les cordes ont été exécutés, pour être certain que l'artiste est un copiste fidèle.

Cette sculpture figure donc, selon nous, une vièle à archet.

C'est grâce à l'obligeance de M. Pillaut que nous pouvons
en donner le dessin. Il s'est mis à notre entière disposition
avec beaucoup d'empressement, et cela, quoiqu'il nous
sache d'un avis contraire au sien. Nous lui renouvelons ici
tous nos remercîments, car on ne saurait être plus aimable.

Mais revenons à Jérôme de Moravie :

« La deuxième manière est nécessaire aux laïcs qui
veulent parcourir fréquemment dans toute la main (sans
doute l'étendue du système) tous les autres chants, surtout
les chants irréguliers ; alors il est nécessaire que les cinq
cordes de la vièle soient attachées au corps solide (de l'ins-

1. Premier supplément au catalogue.

trument) et qu'il n'y en ait aucune fixée sur le côté, afin
qu'elles soient toutes disposées de façon à recevoir l'application des doigts selon le son (qu'on veut obtenir) et de
manière qu'elles forment, par elles-mêmes, les mêmes notes
que dans la première manière. Dans cette manière d'accorder,
la première corde, c'est-à-dire le bourdon, donne E et F
(MI et FA graves), par l'application de l'index et du médiaire.
La deuxième corde, la troisième et la quatrième sont comme
dans la première manière d'accorder, mais non la cinquième,
qui n'est point à l'unisson de la quatrième, mais qui doit être à
la quarte de *d* (RÉ), c'est-à-dire placée à l'aigu à la quarte
de *y* (SOL), Alors cette cinquième corde, par l'application
de l'index. donnera ♮ (LA suraigu); par l'application du
médiaire recourbé *bb* (SI bémol suraigu) et du médiaire
tombant naturellement B bécarre (SI bécarre suraigu) par
l'application de l'annulaire ♮ (UT suraigu); et enfin par celle
de l'auriculaire ♯ (RÉ suraigu), pour les autres cordes, ainsi
qu'on l'a dit précédemment. »

Accordée ainsi, la vièle offrait de grandes ressources ; on
ne démanchait pas à cette époque, mais à la première position elle avait trois notes de plus dans le grave, et une de
moins dans l'aigu que l'alto moderne :

| 2ᵉ Corde. | 1ʳᵉ Corde. | 3ᵉ Corde. | 4ᵉ Corde. | 5ᵉ Corde. |

Le côté amusant de cette manœuvre, c'est qu'il fallait,
comme avec la première manière d'accorder, passer de la
deuxième à la première corde, avant de revenir à la troisième, pour faire entendre une gamme montante dans toute
l'étendue. Jérôme de Moravie s'est-il expliqué assez clairement ? Les deuxième et troisième cordes ne formaient-elles
pas une corde double, accordée à l'octave ?

« La troisième manière est opposée à la première, en ce

que la première corde donne Γ (SOL le plus grave); la
deuxième C (UT grave), la troisième G (SOL, octave du
SOL le plus grave); la quatrième et la cinquième d (RÉ
aigu). Dans cette troisième manière, à l'exception de ♭ aigu
(SI bémol aigu), qu'on ne peut faire sur la troisième corde[1],
les sons intermédiaires se trouvent comme dans la première
manière susdésignée. En pratiquant ce que l'on vient de
voir et en le fixant dans sa mémoire, on possèdera entièrement l'art de viéler. »

Voici la disposition et l'étendue, avec la troisième manière
d'accorder :

« Finalement cependant, il est à remarquer que ce qui,
dans cet art, est le plus difficile, le plus solennel et le plus
beau, c'est de savoir répondre avec les bourdons par les
premières des consonances à chacun des sons dont se compose chaque mélodie; c'est que le bourdon ne doit être
touché avec le pouce que lorsque les autres cordes, touchées
par l'archet, produisent des sons avec lesquels le bourdon
forme une des susdites consonances, comme la quinte,
l'octave, la quarte, etc.; car la première corde, c'est-à-dire
la supérieure des extérieures, que l'on appelle bourdon dans
la première manière d'accorder, donne D grave (RÉ grave),
et dans la troisième, elle donne Γ gamma (SOL le plus
grave). Or, en suivant la main, ces deux cordes forment
consonances avec ces mêmes lettres. Ce qui est facile pour
une main habile qui n'ajoute ces moyens secondaires qu'en
raison de ses progrès et de la connaissance de la main. »

Kastner, parlant des trois manières d'accorder la vièle

_____
[1] Nous ne nous expliquons pas pourquoi?

d'après Jérôme de Moravie, dit par erreur, que parmi ses cinq cordes : « on comptait deux bourdons, lesquels, résonnant à vide, formaient une basse d'accompagnement à la mélodie que les autres cordes faisaient entendre[1] ». Or, on vient de voir que la vièle avait un bourdon dans la première, ainsi que dans la troisième manière d'accorder ; mais qu'elle n'en avait jamais qu'un seul à la fois.

Nous ferons aussi observer que les anciens auteurs désignent presque toujours, comme première corde, celle qui est la plus grave de toutes, tandis que dans le violon et ses dérivés, c'est la chanterelle, la corde la plus aiguë, qui se nomme ainsi.

On vient de voir avec quel soin Jérôme de Moravie décrit non seulement les diverses manières d'accorder la vièle, mais encore les sons que l'on obtenait avec chaque accord différent, tant sur les cordes à vide que par l'application des doigts.

La musique de cette époque étant basée sur le plain-chant, qui exclut tout intervalle chromatique, il ne

VIÈLE OVALE A CINQ
CORDES
Bas-relief de l'église de Norrey
(Calvados), XIIIe siècle.

faut pas être étonné que les trois échelles de sons, qu'il donne, ne contiennent qu'une seule altération, celle du *si* par le bémol, la seule tolérée exceptionnellement, et dans l'aigu seulement, pour éviter l'intervalle de triton, *si* et *fa*, que l'on nommait alors le diable en musique :

SI CONTRA FA EST DIABOLUS IN MUSICA.

Il est même certain que si les musiciens déchanteurs de

1. *Danse des Morts*, p. 245.

son temps avaient commis d'autres altérations que celle-là, il les aurait également données, car le mot *laïcs* lui sert bien certainement à désigner les trouvères et les ménestrels, et ce sont également leurs compositions qu'il nomme chants irréguliers.

Nous pensons que par cette dernière dénomination l'auteur a voulu désigner, non seulement les chants qui ne se tenaient pas toujours sévèrement dans les limites des tons ecclésiastiques, ceux dans lesquels on employait des notes de passage, des ornements ou fioritures qu'il indique sous les noms de *plica*, *flos* et *reverberatio*; mais aussi les chants qui avaient une plus grande étendue que les anciens plains-chants, et qui, pour cette raison, devaient utiliser une grande partie des ressources qu'offrait la vièle, accordée de la seconde manière, laquelle, ainsi qu'il le laisse entendre, semble avoir été réglée tout exprès pour ces chants.

V

Les trois accords différents de la vièle n'étaient pas seulement disposés en vue de jouer des mélodies; mais encore et principalement pour exécuter : « ce qui dans l'art est le plus difficile, le plus solennel et le plus beau », c'est-à-dire, des consonances : la quarte, la quinte, l'octave et leurs redoublements[1].

---

1. C'est de là que sont venus les termes *discant*, *déchant*, *double chant*, *triple*, *quadruple*, *médius*, et les verbes *quarter* ou *quartoyer*, *quintoyer*, etc.

> Diex, ne sa mère nul délit,
> N'ont en la bouche s'elle organe,
> Ne qu'en un asne s'il requane,
> En l'orguener ou wesbloier,
> Ou deschanter ou quintoier.
>
> . . . .
> En la voiz haute, en la voiz clère
> Force ne fait Diex, ne sa mère,
> Tiex chante bas et rudement,
> Qu'escoute Diex plus doucement,
> Ne fait celui qui se cointoie
> Quant organe ou haut quintoie
> La clère voiz plaisant et bele.

> (*Miracles de la Vierge.* GAUTIER DE COISSI.)

Par suite de l'absence d'échancrures sur les côtés de la caisse de l'instrument, pour le passage de l'archet, l'exécutant touchait au moins deux cordes à la fois; il devenait donc facile de faire entendre sur la vièle des accords dans le genre de ceux décrits par Hucbald[1], sous le nom d'*Organum* ou *Diaphonia*.

Il existe de nombreux exemples de vièles à cinq cordes, en plus de ceux que nous avons déjà donnés, ce qui porte à croire que les instructions de Jérôme de Moravie étaient assez suivies. Celle, de forme ovale, qui est sur un bas-relief de l'église de Norrey (Calvados), du xiii° siècle, a son cheviller brisé : elle possède un cordier très court, on n'y voit pas de chevalet; une ouverture, pratiquée au milieu de la table au-dessous des cordes, y figure les ouïes.

VIÈLE RONDE A QUATRE CORDES
Portail de la cathédrale Saint-Jean, à Lyon
(xiii° siècle).

Mais on rencontre des vièles ayant un nombre de cordes très variable, tantôt trois, quatre ou six, quelquefois deux seulement. Les instrumentistes les montaient sans doute selon leur besoin ou leur caprice; cependant, la négligence des artistes qui les ont reproduites doit bien y être aussi pour quelque chose.

1. Hucbald ou Hugbalde, moine de Saint-Amand (Nord), qui naquit vers 840 et mourut en 932, n'est pas seulement célèbre par ses traités de musique. Il a écrit un poème à la louange des chauves — *Ægloga de Calvis* — qu'il dédia à Charles le Chauve, roi de France, et dont tous les mots commencent par des C.

Parmi les anges musiciens qui décorent le grand portail de la cathédrale Saint-Jean, à Lyon, du xiiie siècle, il y en a deux qui jouent des vièles montées de quatre cordes.

Celui qui est tout en haut, à gauche, tient ou plutôt tenait une vièle ronde, car ses deux mains sont brisées. Il ne reste, de l'archet, que la partie se trouvant au-dessus de l'instrument, et son adhérence empêche de se rendre compte s'il y a deux ouïes ou simplement un trou rond au-dessous des cordes.

GRANDE VIÈLE A QUATRE CORDES
Portail de la cathédrale Saint-Jean, à Lyon
(xiiie siècle).

L'autre qui est également tout en haut, mais à droite, faisant vis-à-vis au premier, joue d'une grande vièle, en forme de guitare, sans échancrures, qu'il tient appuyée sur son épaule. Comme sur l'exemple précédent, les quatre cordes s'y distinguent parfaitement ainsi que le cordier, le chevalet, les chevilles et les deux ouïes taillées en S très allongées, de chaque côté et au milieu de la table.

Sur un vase ou plat à eau émaillé, du xiiie siècle, trouvé près de Soissons, qui est maintenant à la Bibliothèque nationale, au cabinet des médailles, et dont Coussemaker a donné un très beau dessin[1], sont représentées deux harpes

1. *Essai,* ouvrage déjà cité.

et deux vièles ovales. L'une, qui est figurée au milieu du
vase, a deux ouïes et trois cordes. L'autre, dessinée dans
un des compartiments de ce plat, est ornée de trois
ouïes [1], dont deux à droite et la troisième à gauche. Par
suite de la fantaisie du dessinateur, l'archet frotte sur les
deux cordes dont elle
est montée, dans un
espace compris entre
deux chevalets, de
sorte que l'action des
doigts y est complète-
ment nulle. Cousse-
maker se demande si
ce n'est pas une ru-
bèbe, à cause de ses
deux cordes. Tel n'est
pas notre avis, car
elle possède un man-
che, très court il est
vrai, mais tout à fait
indépendant de sa
caisse.

Nous donnons, d'a-
près un dessin à la
mine de plomb, fait
en 1846 par M. Boes-
wilwald et qui est aux
archives de la Com-
mission des Monu-

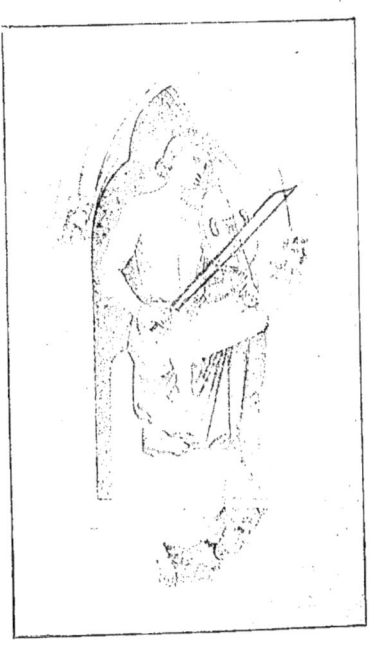

VIÈLE OVALE
Maison des Musiciens, à Reims (XIIIe siècle).

ments historiques, un personnage de la Maison des Musiciens, située rue du Tambour, à Reims, qui joue d'une vièle
montée seulement de trois cordes, bien que cinq chevilles
soient indiquées sur le cheviller. La façade de cette maison,

1. Coussemaker compte quatre ouïes sur cette vièle, parce qu'il en suppose
une qui serait cachée par l'archet, mais on ne la voit pas.

du xiii° siècle, est décorée de plusieurs statues qui représentent des musiciens jouant de divers instruments. Notre
homme porte un chapel de roses sur la tête[1], les autres n'en
ont pas ; c'est peut-être le portrait d'un ménestrel ou d'un
trouvère couronné dans un *puy d'amour*[2]. Sa vièle est ovale,
avec un fond plat ; les deux ouïes, taillées en forme d'oreilles,

VIÈLE À TROIS CORDES
Vitrail de l'église Saint-Éloi, à Rouen (xiv° ou xv° siècle).

sont placées en regard du chevalet qui se trouve à peu de
distance du cordier ; l'archet, qui est en fer, a sans doute
été renouvelé, car sa forme est à peu près celle de nos
archets modernes.

1. C'est ainsi que s'appelaient ces couronnes.
2. Les trouvères et les ménestrels organisèrent entre eux des fêtes, des concours, qui portèrent d'abord le nom de *Puy d'amour* ou *Puy de musique*, et plus
tard, ceux de *Gieux sous l'ormel* et de *Palinod*. Il y en eut partout, au Puy, en
Auvergne, à Caen, à Dieppe, à Rouen, à Beauvais, à Amiens, à Arras, à Valen

Coussemaker dit à propos de cet instrument : « Les cordes
sont au nombre de trois ; mais il y en a une placée en dehors
du manche et destinée à former le bourdon. » Il est bien
difficile de vérifier ce fait, surtout aujourd'hui que l'instrument a été brisé. En tous cas, on ne voit ce détail ni sur
le dessin que nous donnons, qui a été fait sur place, ni
sur celui publié par Viollet-le-Duc[1].

Si l'une de ses cordes était réellement disposée en bourdon, il est probable que cette vièle s'accordait d'après la première manière décrite par Jérôme de Moravie et qu'elle
avait l'étendue suivante :

La charmante rosace d'un vitrail de l'ancienne église
Saint-Eloi, à Rouen, du xive ou du xve siècle, qui est
actuellement au Musée des antiquités de cette ville, nous
offre un autre exemple de vièle à trois cordes. Ici, l'instrument est joué par un ange qui le tient appuyé contre
sa poitrine, le bas de la caisse allant jusqu'à son épaule
droite. Cette caisse, de forme allongée, à fond plat, n'a pas
d'échancrures. Le cheviller est comme celui d'un luth, c'est-
à-dire en équerre. Le cordier et le chevalet n'y sont pas
figurés ; mais trois ou quatre petits ronds, dessinés sur le
côté de la touche, semblent être des indications ou des
repères pour le doigté. C'est la première fois que des signes

ciennes, etc. Le nom de *puy* fut donné à ces assemblées, parce que les poètes
y disaient leurs productions sur un théâtre ou lieu élevé, nommé en basse latinité *podium*. Les plus célèbres trouvères et ménestrels ; Adenès li Rois, Adam de
la Halle, Giraut de Calençon, Thomas Herrier, Pierquin de la Coupelle, Andrieux
Contredit, etc., furent lauréats dans ces concours. Le Palinod de Caen se nommait le *Puy de la Conception*, parce qu'il se tenait le huit décembre. Toutes les
poésies devaient y être dites en l'honneur de la Vierge.

1. Viollet-le-Duc. *Dictionnaire raisonné de l'Architecture.*

de ce genre se voient sur le manche d'un instrument à
archet; plus tard, à partir du xv⁰ siècle, on y verra des
touches, comme il y en a encore aujourd'hui sur les mandolines et les guitares. C'est encore un ange, qui est représenté jouant d'une vièle montée seulement de deux cordes,
sur un vitrail de l'abbaye de Bon-Port, du xiii⁰ siècle. L'ins-

VIÈLE A DEUX CORDES
Vitrail de l'abbaye de Bon-Port
(Normandie), xiii⁰ siècle.

trument qui a servi de modèle au
peintre verrier devait en posséder
un plus grand nombre, car le cheviller de cette vièle paraît disposé
pour contenir quatre ou cinq chevilles.

Déjà au xi⁰ siècle Jean de Gar-
lande trace un tableau des concerts
de son temps. La vièle y tient sa
place : « Dans les maisons des riches, dit-il, j'ai vu des joueurs de
lyre, de flûte, de cor, des vièleurs
avec leurs vièles, d'autres avec un
sistre, une symphonie, un psaltérion, une citole, un chœur, un tambour, des cimbales... » (*in domibus
divitum vidi liricines, tybicines, corni-
cines, vidulatores cum vidulis, alios
cum sistro, cum giga, cum symphonia,
cum psalterio, cum choro, cum citola,
cum tympano, cum cimbalis. . » Magistri Johannis de Garlandis
Dictionarus, art. LXXX*).

Il arrivait parfois après les repas, que les invités prenaient part au concert :

> Quant mengiée orent à plenté
> Et li doblier furent osté,
> Cil lecheor dont mout i ot
> Monstra chascun ce que il sot :

Li uns atrempe sa vièle,
Cil flauste, cil chalmèle,
Et cil autre rechante et note
O a la lyre o a la rote.

(Roman du Chevalier à l'épée.)

Celui qui savait un conte ou une chanson de geste, devait
l'interpréter sans trop se faire prier :

Fiz, se tu sez contes conter
Ou chanson de geste chanter
Ne te laisse pas trop proier.

(Enseignement Trebor.)

Dans le passage suivant, il est question de deux lais de
Marie de France : le lai des *Deux Amans* et le lai du *Chèvre-
feuille*, anecdote empruntée au roman de *Tristan et Yseult* :

Grans fut la feste, mes pleines i ot tant,
Mout a anui les iroie contant
Bondissent timbres et font feste mout grand.
Harpes et gigues et jugleors chantant,
En lor vièle vont les lais vièlant,
Qui en Bretagne firent ja li amant,
Del chevrefoie vont le sonet disant,
Que Tristan fit que Yseut aima tant.

(Lai de Colin Muset.)

C'est aux airs à danser que la musique doit, en grande
partie, la vivacité de ses rythmes. Quelques-uns sont venus
jusqu'à nous, soit par leurs noms, soit par les mélodies
populaires; le fameux branle du Poitou est déjà cité
au xiiie siècle :

Car j'oï si grant mélodie,
C'onques tèle ne fut oïe
En citoles et en vièles;
Oï faire notes nouvelles,
Dames et sons poitevinois
Oï en cors sarrazinois,

Timbres y avoit et araines,
Psaltérion, muse, douçaine,
Chevrettes, buisines, tabors,
Dont mout me plaisoit li labors ;
Instruments de toute manière
I avoient et a vois plénière
Chantoient cil qui les menoient.

(RICHARD DE FOURNIVAL, *la Panthère*.)

On voit, par les deux derniers vers, que les musiciens chantaient et jouaient tout à la fois.

C'est ainsi qu'un personnage, fort curieux est représenté sur une sculpture de l'ancienne église abbatiale de Cluny (Saône-et-Loire), actuellement au musée de cette ville, coiffé d'une sorte de bonnet phrygien ; il a l'air de chanter, tout en s'accompagnant vigoureusement sur sa vièle à quatre cordes.

VI

En France, ce furent les ménestrels qui remplacèrent les bardes druidiques, et de même que leurs devanciers, ils chantèrent les hauts faits des guerriers qui s'étaient le plus distingués par leur valeur ou qui étaient morts en combattant. Nos premiers rois eurent, sous le nom de ménestriers, des poètes pour célébrer leur victoire et transmettre à la postérité les belles actions dont ils avaient été témoins. Les ménestrels marchaient à la suite des armées, et leur emploi ne consistait pas seulement à entonner les chansons de Clotaire [1],

1. Cette chanson en latin et rimée, fut composée au retour d'une sanglante expédition contre le pays Saxon, où, d'après la chronique, le roi franc ne laissa vivant aucun des hommes dont la taille dépassait la longueur de son épée :

De Clotario canero est roge Francorum,
Qui ivit pugnaro cum gente Saxonum,
Quam graviter provenisset missis Saxonum,
Si non fuisset inclitus Faro de gente Burgudionum.
Quando veniunt iu terram Francorum,
Faro ubi erat princeps, missi Saxonum,
Instinatu Dei transeunt per urbem Meldorum,
Ne interficiantur a rege Francorum.

de Charlemagne et de Roland [1], mais encore à commencer l'attaque et à ouvrir le combat.

De curieux détails sur la profession des ménétriers qui suivaient les armées, et principalement celle de Guillaume le Conquérant, sont racontés par Geoffroy Gaimar, poète anglo-saxon du XIIe siècle [2], et par Augustin Thierry : « A la bataille d'Hastings (14 octobre 1066), dit ce dernier [3], un Normand, appelé Taillefer, poussa son cheval en avant du front de bataille et entonna le chant, fameux dans toute la Gaule, de Charlemagne et de Roland [4]. En chantant, il jouait de son épée, la lançait en l'air avec force et la recevait dans sa main droite. Les Normands répétaient ces refrains en criant : *Dieu aide ! Dieu aide !* »

Robert Wace rappelle le même fait :

Taillefer ki molt bien cantoit
Sur un caval ki tost aloit
Devant ax s'en aloit cantant
De Karlemaine et de Roland
Et d'Olivier et des vassaus
Ki morurent à Rainscevaux.

(Roman du Rou.)

Les tours d'adresse du ménestrier Taillefer ont été représentés sur la tapisserie de Bayeux, dite de la reine Mathilde.

Le ménestrel Berdic, ainsi que plusieurs autres, accompagnaient également Guillaume le Conquérant.

Mais les ménestrels n'excitaient pas toujours les guerriers,

1. Pour cette chanson, voir Kastner, *Manuel général de musique militaire*, p. 65, renv. 3, et pp. 72, 73 et 74.
2. *Histoire des Rois anglo-saxons*, qui se trouve au *Museum Britannicum*. Voyez Roquefort, *État de la poésie française dans les* XIIe *et* XIIIe *siècles*, p. 83 et 84.
3. Augustin Thierry, *Histoire de la conquête de l'Angleterre par les Normands*, t. I, p. 243.
4. On connaît l'anecdote du roi Jean II dit le Bon, qui, à la bataille de Poitiers, en 1356, ayant entendu un soldat chanter cet hymne au moment même où l'action allait s'engager, lui dit : *Il y a longtemps qu'il n'y a plus de Roland. Ce à quoi le soldat lui répondit : *Il y a longtemps aussi qu'il n'y a plus de Charlemagne.*

5

ainsi que les bardes, ils s'employaient parfois pour séparer les combattants [1].

Philippe-Auguste avait à sa cour le poète Hélinand, qui lui racontait pendant son repas des aventures de chevalerie et d'autres sujets tirés de la fable ou de l'histoire :

> Quant li rois ot mangié, s'appela Élinant.
> Por li esbannoïer commande que il chant ;
> Cil commence à noter ainsi com li jaïant
> Vourent monter au ciel, come gens mescréant
> Entre les Dieux en ot une bataille grant,
> Se ne fust Jupiter, à la foudre bruïant,
> Qui tous les desrocha : j'a n'eussent garant.
>
> *(Roman d'Alexandre.)*

Déjà, dans l'antiquité, on ajoutait aux plaisirs de la table, par des spectacles, des jeux et des concerts. Cette coutume, qui semble avoir été commune à tous les peuples, existait encore dans la Gaule après l'invasion des Francs et se continua très longtemps après, car l'abbé Choisy rapporte, dans sa *Vie de Charles V*, que pendant le dîner de la reine, il y avait un *prud'homme* qui faisait des contes. On lit aussi dans le roman d'*Anseis de Carthage :*

> Rois Anseis doit maintenant souper ;
> Mais il faisoit un Breton viéler
> Le lai Goron comment il doit finer
> Comme faitement le convient définer.

Ce n'étaient pas seulement les rois et les nobles qui avaient des jongleurs attitrés pour égayer les repas ; les évêques, les abbés, les papes même se plurent à embellir ainsi leurs fêtes [2] et introduisirent des comédiens et des bouffons dans

---

1. « Quant aux bardes, ils chantaient, au son de la lyre ou autre instrument de musique, les faits des vaillants hommes mis en vers héroïques, et donnaient telle autorité à la poésie, qu'aucuns poètes, se mettant entre deux armées maintes fois appaisèrent la fureur des gens d'armes prêts à choquer. » (Fauchet *Antiquités gauloises*, liv. 1. chap. IV.)

2. « Dans beaucoup de monastères, les jongleurs furent employés à traduire

leur intimité[1]. De plus, il y eut des prêtres et des moines qui prirent part à ces divertissements et remplirent eux-mêmes le rôle de ménestrels et de jongleurs[2].

Lorsque l'abbé Guillaume fut appelé de Dijon en Normandie, par le duc Richard II, au XIe siècle, pour y réformer les couvents, il établit une confrérie des frères jongleurs dans l'abbaye de Saint-Martin de Fécamp. L'abbé Radulphe accorda une nouvelle charte à cette confrérie en 1402, le chef y est désigné par le titre de *rector*.

VIÈLE
A QUATRE CORDES

Sculpture de
l'ancienne
église abbatiale
de Cluny
Saône-et-Loire ,
XIIIe siècle.

en langue vulgaire des légendes de saints, ainsi qu'à composer et à représenter des petites pièces ou scènes dramatiques sur des sujets puisés dans les Saintes Écritures. » Kastner, *Danse des Morts*.

1. « Aux VIIIe et IXe siècles, les évêques, les abbés et jusqu'aux abbesses en avaient auprès d'eux, en titre d'office. Nous savons que Charlemagne, dans un capitulaire de l'année 789, défendit cet usage ; mais ni les ordonnances des souverains, ni les arrêts de prohibition des conciles, ne purent l'abolir. » *Id.* Ce même capitulaire « défend aux *fils de prêtres* et à tous les chrétiens d'assister à ces spectacles, où l'on ne voit, dit-il, que des indécences ».

2. « Le concile de Saltzbourg, l'an 1310, défendit aux clercs de faire les bouffons et les bateleurs *ne sint joculatores seu gogliardi* , défense que réitérèrent plusieurs autres conciles. Le synode diocésain de Chartres, de l'an 1358, interdit aux prêtres, et surtout aux curés, de faire le métier d'histrions et de jongleurs *non histriones, non joculatores* . *Id.* « Ce goût de gaîté frivole étoit si général, dit Roquefort, qu'en Normandie, dans les longues processions, tandis que le clergé reprenoit haleine, les femmes chantoient des chansons badines », dans le genre du *pied qui remue ?* probablement.

Présents en tous lieux, les ménestrels chantaient les
exploits guerriers, les miracles, les aventures d'amour, les
plaisirs de la vie et de la société ou les charmes de la solitude
et du cloître. Ils figuraient dans les processions [1], on les ren-
contrait mêlés à des bandes de pèlerins ou accompagnant une
troupe de croisés partant pour la Terre Sainte [2]. On les récom-
pensait par des dons en argent, en chevaux, en habits et en
fourrures. Les seigneurs quittaient souvent leur robe pour
la donner au ménestrier qui les avait amusés, et celui-ci se
faisait un honneur de la porter dans les grandes occasions,
pour inviter celui qui l'écoutait à ne pas être moins généreux
que les autres [3].

Les ménétriers rapportaient dans leurs compositions les
traits de magnificence dont ils avaient été témoins, ou bien
ils en attribuaient aux héros dont ils chantaient les exploits :

> Anchois i ot joie moult grant
> Que font li petit et li grant.
> Cil jongléour de plusiors terres [4]
> Cantent et sonent lor vièles,
> Muses, harpes et orcanons
> Timpanes et salterions

1. Un antique cérémonial d'une église de Toulouse parle de pêcheurs (*pisca-
tores*) qui avaient amené des ménestrels dans une fête célébrée en l'honneur de
la Sainte-Croix. (Voyez Du Fresne, *Gloss.*, v° *Rex Ministellorum*.) Le concile de
Nyon de l'an 1334 défendit les processions faites par les jongleurs.

2. Saint Louis était accompagné, aux Croisades, par des chanteurs et des
trouvères. Lorsqu'il s'embarqua le 25 août 1248 à Aiguesmortes : « Quand les
clercs et les trouvères furent entrés dans la nef, dit Joinville, le maître nautonnier
cria : Chantez, de par Dieu ! et ils entonnèrent tous à une voix : *Veni creator spi-
ritus*. » Plus tard, lorsqu'il se rendit en pèlerinage à Nazareth : « Il fit, dit Nangis,
chanter la messe et solennellement glorieuses vespres et matines, et tout le
service à chant et à déchant, à ogre et à treble (avec orgue et instruments à
cordes). »

3. Au xv° siècle, l'usage de se dépouiller et de donner son habit subsistait
encore : « La royne estant accouchée d'ung filz, le 4 février 1435, li roy
(Charles VII) despécha le hyrault, qui avoit nom Constance, pour en mander la
novelle au duc de Bourgogne : de laquelle novelle icelui duc temoigna d'estre
fort joyeulx, et bailla au dict hyrault cent riders d'or et la belle robe brodée dont
il étoit vestu. » Jehan Chartier, *Grandes chroniques de France*.

4. Il y a sans doute une faute du copiste dans le manuscrit, car deux vers ne
riment pas ensemble.

Gigues, estives et frestiaus,
Et buisines et calemiaus
Cascuns d'els grant joie demaine :
De joie est toute la Cors plaine.
Car moult ert li roi Artus rices
Oncques ne fu malvais ne chiches ;
Moult lor fist bien à tous aidier
De quanqu'il lor fust mestier
Tuit cascuns o s'espousée,
Si come lui plest et agrée.
Au matin quant il fu grant jor,
Furent paié li jougléor,
Li un orent biax palefrois,
Beles robes, et biaux agrois
Li autre lonc ce qu'il estoient
Tuit robes et deniers avoient ;
Tuit furent paié à lor gré,
Li plus povre orent à plenté.
Quant li jougléour sont paié
En lor païs sont repairié ;
Et la Cours estoit départie
Cascuns chevaliers o sa mie
S'en vet à joie et à bandor.

Roman de l'Atre périlleux.

Dinaux cite les deux passages suivants qui ont trait au
même sujet :

Al jor furent jugléor lié,
Main belle don leur fût donné,
Robes de vair et d'herminette
De conin et de violette.

La feste fut si belle que quinze jours dura.
Où maint bon Ménestrel de son mestier joua.
Qui fut gentil de cuer sa robe dépouilla
Et pour s'onneur à un d'els la donna[1].

Ce ne sont pas précisément des compliments que Colin

---

1. DINAUX. *Trouvères et Ménestrels du nord de la France.*

Muset adressa à un comte de Champagne qui l'avait congédié
sans lui offrir le moindre présent :

> Sire, cuens j'ai viellé
> Devant vos en vostre ostel
> Si ne m'avés rien donné
>   C'est vilanie!
> Foi que doit sainte Marie
> En si ne vos fièvre — je mie,
> M'ausmonière est mal garnie
> Et ma borse mal farsie.

Mais il devait y avoir beaucoup d'aléas dans le métier de
jongleur, et tous n'étaient pas riches :

> Il ot un jugleour à Sens
> Qui moult est de povre rivière,
> N'avoit pas souvent robe entière,
> Mes moult souvent en la chemise
> Estoit au vent et à la bise[1].

Le dit de la Manille, pièce de vers du XIIIe siècle, contient
le récit d'un ménestrier populaire qui fait l'éloge de cette
monnaie[2], et avoue qu'il en reçoit beaucoup plus que de
deniers, de sous et de livres :

> Si je ne menjoie de lart
> De char de vache ne de buef
> Devant que aucuns X ou IX
> M'eust doné por mon chanter,
> Je me pourroie bien vanter
> Jamais de char ne manjeroie
> Quar certes je ne troveroie
> Qui tel présent me voustit fère,
> Tant s'eusse bien d'arçon trère.
> Si me convient le petit prendre
> Quar je ne puis la grand atendre

---

1. DE BARBAZAN. *Contes et Fabliaux*, Paris, 1756, t. II, p. 184.
2. La maille était une petite monnaie de cuivre qui valait la moitié d'un denier.

En aucune place m'avient
Que aucun preudhomme me vient
Pour escouter chançon ou note,
Que tost m'a donné sa cote,
Son garde-corps, son hérigaut,
Si en suis plus liez et plus baut
Et en chante plus volontiers.
Tels i a qui de ses deniers
Me donne, iiij, ou iij, ou ij.
Oyez, il y a plus de ceus
Qui me donnent ainz moins que plus,
Et je suis cil qui ne refus
Denier, monnoie, ne maaille,
Ainz le praing, ainçois que je faille.

La situation de ce pauvre diable était loin d'être brillante,
et peut se comparer à celle des mauvais racleurs qui, de
nos jours, courent de cafés en cafés accompagnant des
chanteurs et des chanteuses interlopes, faisant la quête et
acceptant à la fois les sous et les pièces blanches. Aussi les
vrais jongleurs faisaient-ils tout leur possible pour ne pas
être confondus avec cette basse catégorie d'artistes qui
ravalaient la profession. On en trouve la preuve dans une
requête adressée à Alphonse X, roi de Castille et de Léon,
par le jongleur Giraud Riquier, et dont voici un court
extrait :

« Il n'est pas convenable de comprendre tous les jongleurs sous une même dénomination, puisqu'il y a entre
eux de grandes différences. Ceux qui font bien leur état
ont le droit de se plaindre de ce qu'on les confond avec de
misérables coureurs de rues qui jouent de quelque instrument tant bien que mal et qui chantent au milieu des carre-
fours, entourés de la plus vile canaille, mendiant leur pain
sans pudeur, n'osant se montrer dans une noble maison et
s'en allant ramasser quelques sous dans de méchants
cabarets. Est-il juste d'appeler jongleurs des gens dont la
seule ressource est de montrer des singes et autres bêtes ?

« La jonglerie a été instituée par des hommes de science
et de savoir pour divertir la noblesse et lui faire honneur
par le jeu des instruments. Aussi les nobles seigneurs ont-
ils eu des jongleurs à leur service et en ont-ils encore par
bienséance. Puis vinrent les troubadours pour raconter les
hauts faits, louer les preux et les enhardir dans leurs
prouesses ; car qui ne peut les faire peut les juger, et celui
qui sait ce qu'elles doivent être n'est pas tenu de les
accomplir. Ainsi commença la jonglerie et chacun vécut
à son plaisir chez les nobles [1]. »

La vie joyeuse et facile des ménestrels, les présents qu'ils
recevaient, l'estime dont ils jouissaient, en fit tellement
augmenter le nombre, que Philippe-Auguste les chassa.
Mais ils ne tardèrent pas à rentrer dans le royaume et
s'organisèrent sous le nom de *Menestrandie*. C'est à cette
époque que fut instituée la royauté des ménestriers.

VII

Roquefort, à qui nous empruntons la plupart de ces renseignements, dit : « L'art de la jonglerie ou de la menestrandie fut alors divisé en quatre espèces de talents. Les
trouvères ou fabliers composoient les romans, les
fabliaux, etc. ; ils mettoient en rimes les sujets que les
chantères exécutoient. L'un étoit poète, et l'autre acteur-
musicien ; quelquefois, ils réunissoient ces deux arts. Les
conteurs débitoient les productions des fabliers et faisaient
en rime ou en prose les récits et les contes. On a quelquefois même confondu les historiens sous ce nom. On nommait chantères ou ménestriers les musiciens dont le métier
étoit de chanter et de jouer des instruments. Les jongleurs,
qui jouoient aussi d'un instrument, étoient une sorte de

1. Diez. *Poésie des Troubadours.*

baladins ou de joueurs de gobelets, qui, habiles dans l'esca-
motage, conduisoient les animaux dressés. Cette classe, la
plus considérable, gagnoit beaucoup d'argent. Enfin, le
ménestrel étoit le chef d'une troupe de conteurs et de
ménestriers[1]. »

Les ménestrels et les jongleurs étaient dans l'obligation
de connaître les instruments de musique, et ne pouvaient
ignorer la vièle sans s'exposer à de graves reproches :

> Mal saps viular
> Mal t'enseignet
> Cel que t'montret
> Los detz à menar ni l'arçon,

dit Giraud de Cabrière, troubadour du XIIIe siècle, à un
jongleur nommé Cabra. Il lui dit encore : « Tu ne sais ni
chanter, ni danser, ni escamoter, comme fait jongleur
gascon. »

Un fabliau du XIIIe siècle, souvent cité, *Les deux Bordéors
ribaus*, contient la longue énumération des nombreux
talents exigés pour la profession de ménestrel. La liste en
est excessivement longue et l'on se demande s'il serait
possible de les réunir tous aujourd'hui. Ils devaient connaître les poètes, leurs contemporains et leurs œuvres,
savoir conter en roman et en latin, réciter les aventures des
chevaliers de Charlemagne ou du roi Arthur, les chansons
de toute espèce, jouer de tous les instruments de musique,
donner des conseils aux amants, connaître encore tous les
jeux imaginables, toutes les poésies chantées, déclamées ou
contées, etc. Ils se donnaient des sobriquets ou des noms
de guerre ridicules, tels que Tranche-côte, Bornicant,
Fier-à-bras, Gros-groing, Rouge-foie, Brise-tête, Tue-
bœuf, Brise-barre, Courte-épée, Tourne-en-fuite, Arrache-
cœur, etc.

1. ROQUEFORT. *Essai sur la poésie*, etc., ouvrage déjà cité.

L'un des deux rivaux dit à l'autre .

> Ge te dirai que ge sai faire
> Ge sui jugleres de vièle,
> Si sai de muse et de frestele
> Et de harpe et de chifonie
> De la gigue, de l'armonie ;
> Et el salteire et en la rote
> Sai-ge bien chanter une note.

Saint Louis exempta les jongleurs qui arrivaient à Paris du droit de péage qui se percevait à l'entrée de la ville, sous le petit Chastelet, à condition qu'ils feraient sauter leurs singes et chanteraient une chanson devant le péager : « Li singes au marchant doit quatre deniers, se il pour vendre la porte ; et si li singes est à home qui l'ai acheté par son déduit, si est quites, et se li singes est au joueur, jouer en doit devant le paagier, et por son jeu doit estre quites de toute la chose qu'il achète à son usage, et ausitost li jongleur sont quite por un ver de chançon[1]. » De là le proverbe, *payer en gambades ou en monnaie de singe*.

Les trouvères cultivaient aussi la vièle, de là les noms et surnoms de viéleurs donnés à quelques poètes musiciens. Parmi les plus célèbres, on cite Jonglet : « qui fut, dit Fauchet, un menestrier appris, fort renommé et estimé… comme principal en ce mestier près le dit empereur Conrad ».

---

1. *Establissements des métiers de Paris*, par Estienne Boileau, qui fust prévost de Paris, depuis 1258 jusqu'en 1268, manuscr. fonds de Sorbonne, chap. *del paage de petit pont*. Cité par Roquefort.

« A Rouen, une franchise semblable fut accordée naguère, non pas aux singes, mais aux célestins. Les religieux de cet ordre n'étaient exempts de payer l'entrée de leur boisson qu'à la charge qu'un père célestin marcherait à la tête de la première des charrettes sur lesquelles on conduisait le vin, et sauterait d'un air gai, en passant auprès de la maison du gouverneur de la ville. Le père Lecomte, célestin, donna connaissance à Richelet de cette singulière coutume ; il ajoute qu'une fois un de leurs frères parut devant les charrettes plus gaillard que tous ceux qu'on avait vus auparavant, et que le gouverneur s'écria : « Voilà un plaisant célestin ! » c'est-à-dire un célestin qui, en matière de gambades, l'emportait sur tous ses compagnons. Cela passa en proverbe ; mais lorsqu'on dit à un homme : « *Vous êtes un plaisant célestin*, on marque à cet homme qu'il n'a pas le sens tout à fait droit. » (Kastner, ouvrage déjà cité.)

> Un sien vielor qu'il a
> Qu'on appelle accort Jonglet.
> Fit appeler par un varlet.
> Il est sage et grant apris.
> Et savoit oi et apris.
> Mainte chanson et maint biau conte[1].

Mais il y avait aussi des femmes menestrelles. La belle
Dœte, de Troyes, l'une des plus renommées, était également au nombre des poètes chanteurs de l'empereur Conrad, à Mayence[2].

A cette même cour de Conrad, Hue de Braie Selve,
ménestrel français, y enseignait la danse :

> L'empereres le tint molt cort,
> Que li apprist une dance,
> Que firent pucelles de France
> A l'ormel de Tremelli.

Colin Muset, dont nous avons déjà donné plusieurs
fragments de poésies, était un viéleur non moins estimé;
mais Adenès li rois est un de ceux qui honorent le plus la
vièle et la ménestrandie. Trouvère et ménestrel de Henri III,
duc de Brabant, un de ses ouvrages obtint le chapel de rose
dans un Puy d'amour et lui valut son surnom. Ce poète est
l'auteur des romans de *Cléomadès*, qui contient 18,688 vers,
Les enfances d'Ogier le Danois, *Aymeri de Narbonne* et de
Berthe et Pépin. On le représente, sur une miniature de son
roman de *Cléomadès*, la tête couronnée, à demi agenouillé
devant la reine Marie de France et tenant sa vièle à la main[3].

---

1. FAUCHET. *Antiquit.*, p. 577.

2.
> Li Menestrel de mainte terre.
> Qui ere venue por aquerre.
> De Troie la belle Dœte
> I chantoit cette chansonnette :
> Quand revient la seson
> Que l'herbe reverdoie.

3. Vidal a reproduit cette miniature, dont l'original est à la bibliothèque de
l'Arsenal.

L'épisode des noces du roi Cléomadès avec sa bien-aimée
Clarmondine donne une idée très exacte de ce qu'était, au
XIIIᵉ siècle, le rôle des instruments de musique :

> Se vous à ce point là fussiez
> Planté d'estrumens oyssiez :
>   Vièles et sauterions,
>   Harpes, gigues et canons,
> Leiis, rubèbes et kitaires,
> Et ot en plusieurs liens nacaires
> Qui moult très grand noise faisoient,
> Mais fors des routes mis étoient.
> Cymbales, rotes, tympanons
> Et mandoires et micamons,
> I ot, et cornes et doucaines
> Et trompes et grosses araines,
> Cors sarrazinois et tabours
> I avoit moult en lieus plusours ;
> Estrumens de mainte manière
> I ot, et avant et arrière,
> De toutes parts et de tous lés
>   Que ne vous ai pas nommés,
>   Car maint pays i estoient
> Menestrel qui assez savoient
> De ce K'assiert à Ménestrel.

Un nommé Blegabres, jongleur du XIIIᵉ siècle, est appelé
par Robert Wace le dieu des jongleurs et des chanteurs :

> Blegabres régna après li.
> Cil sot de nature de cant,
> Oncques nus n'en sot plus, ne tant :
> De tes estrumens sot maistrie,
> Et de diverse canterie ;
> Et mult sot de lais et de note.
> De vièle sot et de rote,
> De lire et de satérion,
> De harpe sot et de choron,
> De gighe sot, de simphonie,
> Si savoit assés d'armonie ;

De tous giex sot à grand planté
Plain fu de débonnaireté.
Parce qu'il ert de si bon sens
Disoient li gent à son tens.
Que il est Dex des jugléors
Et Dex de tos les chanteors.

(Roman de Brut.)

Quand les jongleurs étaient en nombre, ils alternaient, se partageaient la besogne :

Après se levon li junglar
Cascus se volt faire auzir.

.   .   .   .

L'us mena harpa, l'autre viula
L'us flautella, l'autre siula ;
L'us mena giga, l'autre rota
L'us diz los mots e l'autr'els nota.

(GIRAUD DE CABRERA, *Roman de Flamenca.*)

Le troubadour Perdigos était à la fois poète, chanteur et viéleur :

Perdigos fo joglar e sap tro ben violar e trobar e cantar.

Et Pons de Capdueil également :

Pons de Capduilh e trobara e violara e cantara be.

C'est un viéleur, nommé Bierre de Sygelart, que Gautiers de Coinsi fait figurer dans la poétique légende : *Du cierge que Nostre-Dame de Rochemadour envoia seur la vièle au menestrel qui viéloit et chantoit devant s'ymage.* Ce ménestrel ne passait jamais devant une image de la Vierge sans y prier et sans chanter :

Quant oroison a dite et faite,
Sa vièle a dou fuerre traite ;
L'arçon as cordes fait sentir
Et la vièle à retentir ;

Fait si, qu'entour sanz nul délai,
S'assemblent tout et clers et lai[1].

La miniature placée en tête du miracle représente un
moine vêtu d'une robe noire qui tient un cierge immense,
tandis que le ménestrel, qui porte une robe rouge, est agenouillé et joue de sa vièle en regardant l'image de la Vierge.
Cette peinture est mutilée, l'image de la Vierge a été coupée. C'est pourquoi nous n'avons pas cru devoir la reproduire ici[2].

Il n'y avait pas que devant les images de la Vierge et des
saints que l'on chantait et jouait de la vielle ; les bretteurs
s'offraient aussi des concerts très variés avant d'aller ferrail-
ler au coin d'une ruelle ou d'un carrefour :

A ceulz de Rome veul un petit repairier
Qui contre leur seigneur moult noblement aloient ;
Trompes, harpes, naquaires et vièles sonnoient ;
Nus ne porroit conter la feste qu'il faisoient
A pièce ne pensassent au duel qu'il atendoit.

(Roman de Florence de Rome.)

Ainsi que nous l'avons déjà dit, la vièle était un instrument d'accompagnement :

Quant un chanterre vient entre gent honorée
Et il a en droit soit sa vièle atrempée
Jà tant n'aura mautel, ne caste des ramée
Que sa première lais ne soit bien escoutée.

HUON DE VILLENEUVE.

Mais on s'en servait aussi pour jouer les airs des chansons et les populariser :

Cil jongleur en leurs vièles
Vont chantant ces chansons novels.

(Roman de la Poire.)

1. GAUTIERS DE COINSI. *Les Miracles de la Vierge*, manuscrit, Bibl. nat.
2. Le même miracle se reproduisait un peu partout. Le plus célèbre est celui
de « la sainte chandelle d'Arras » XIIIe siècle .

Cel jugleor là où ils veunt
Tuit leur vièles traites uns
Laiz sonnez veunt viellant.

(GUILLAUME DE SAINT-CLAIR.

Les auteurs des deux citations précédentes ont certainement voulu désigner plusieurs instruments par le mot vièles, dont ils se sont servi d'une façon générique; et on peut supposer que la vielle à roue devait en faire partie, car à cette époque tout ménestrel digne de ce nom était tenu de la connaître.

Guillaume de Machault la cite honorablement parmi les instruments qui prenaient part au concert de Prague ; il ajoute qu'aux xii° et xiii° siècles elle passait pour un instrument très doux et très-harmonieux[1]. Elle portait alors le nom de symphonie, ou chiffonie, mais les vieux poètes l'ont aussi appelée vièle et viole.

L'une des plus agréables productions du xiii° siècle, le *Roman de Gérard de Nevers* ou *de la Violette*, contient le passage suivant :

Après le souper se couchièrent
Dusqu'al demain h'il ajourna,
Gérars mie ne séjourna,
Ains se leva isnièlement
Et vesti j viès garnement,
Et pent à son col la vièle
Que Gérars bien et bel vièle[2].

Sur la miniature placée en tête du chapitre[3] contenant ces vers, Gérard est représenté déguisé en ménestrel et ayant une vielle à roue ou chiffonie pendue à son côté gauche, qu'il porte comme une rapière. Au-dessous de

1. ÉMILE TRAVERS. *Les instruments de musique au* xiv° *siècle*, d'après Guillaume de Machault.
2. *Le Roman de la Violette, ou de Gérard de Nevers*, du xiii° siècle, par Gilbert de Montreuil, publié par Francisque Michel, Paris, 1834, d'après le manuscrit de la Bibl. nat., fonds la Vallière, n° 92.
3. P. 69.

la vignette on lit : « *Comment Girart vinst à Nevers la viole
au col où il chanta devant Liziart.* » Logiquement, c'est le
fond de l'instrument qui devrait être appuyé sur la hanche
du personnage, et non le côté des cordes ; le dessinateur l'a
sans doute placé ainsi pour qu'il fût plus décoratif. Dans
tous les cas, c'est bien une chiffonie puisqu'il y a une manivelle.

Roquefort[1] constate que c'est bien l'instrument que

Miniature du *Roman de la Violette*, représentant Girard avec une symphonie
ou chiffonie, (la vielle actuelle) pendue au côté.

nous appelons maintenant vielle, tout en faisant remarquer que le manuscrit où il figure date du xvᵉ siècle. C'est,
en effet, vers 1440 qu'il a été exécuté, d'après les ordres
de Philippe le Bon, duc de Bourgogne[2], mais le roman

1. *État de la poésie*, déjà cité.
2. L'auteur de ce roman l'a dédié à Marie, comtesse de Ponthieu, fille unique

n'en est pas moins du xiiie siècle[1] et l'auteur a bien écrit :

Et pent à son col la viéle.

Or, une seule viéle à archet se jouait de cette manière, c'était la rote, et il nous paraît peu probable que l'élégant Gérard se soit présenté avec un instrument presque aussi grand que notre violoncelle, pendu à son cou et appuyé contre son ventre, dont le moindre inconvénient aurait été de le masquer presque complètement. Il nous semble plus logique d'admettre que l'auteur s'est servi du mot viéle parce qu'il était plus répandu.

Un exemple du même genre se trouve dans un manuscrit du xve siècle, qui a pour titre *Le Pèlerinage de la vie humaine*. Une des vignettes représente un ménestrel jouant de la vielle à roue, et le texte dit :

Assés près de ce chasteau estoit
Qu'avoie ouy qui vielloit
D'une vielle avec son chant.

Du reste, les poètes modernes agissent de même et ne se préoccupent pas toujours de la vérité. Dans *Mignon*, d'Ambroise Thomas, au premier acte, avant le charmant duo des Hirondelles, Mignon dit à Lothario : « Donne-moi ton luth », et celui-ci lui passe tranquillement une petite harpe. De sorte que si, dans deux ou trois cents ans, on fait des commentaires d'après un dessin représentant cette scène, on pourra dire qu'au xixe siècle le luth était une harpe.

---

de Guillaume III, mariée depuis l'an 1208 à Simon de Dammartin, comte d'Aumale, puis en secondes noces, l'an 1213, à Mathieu de Montmorency, sire d'Attichy. Ce roman fut traduit en prose au xve siècle par un anonyme, qui dédia sa version à Charles Ier, comte de Nevers, de Rhetel, baron de Donzy, qui, âgé d'un an hérita, en 1415, des états de Philippe II, son père, sous la tutelle de Bonne d'Artois, sa mère, remariée ensuite, en 1424, à Philippe le Bon, duc de Bourgogne. C'est aux ordres de ce dernier prince que nous devons l'exécution du superbe et unique manuscrit qui nous en reste.

1. « Cet ouvrage, écrit en vers, paraît avoir été publié vers l'an 1230. L'auteur ne dit pas s'il l'a traduit du latin. » Roquefort, *État*, etc., p. 165.

6

Les erreurs de ce genre fourmillent. Dans les *Œuvres complètes de Musset*[1] se trouve la *Nuit de mai*, qui commence par ce vers célèbre :

Poète, prends ton luth et me donne un baiser.

Et sur la gravure qui est en regard, le luth qui se trouve aux pieds du poète n'est autre qu'une lyre antique de fantaisie, montée de cinq cordes.

VIII

Gérard de Nevers n'a pas été seul à endosser le costume de ménestrel. On voit aussi sur une miniature du *Roman de Guion*, du XIIIe siècle, la belle Josiane déguisée en jongleresse et jouant d'une vièle à archet, sur laquelle on ne compte que quatre chevilles, bien qu'il y ait cinq cordes, et de plus, par suite d'une anomalie, celles-ci passent sous la touche, de sorte qu'elles ne peuvent être actionnées par les doigts.

Alfred le Grand, roi d'Angleterre, qui était aussi bon poète qu'habile musicien, se déguisa en ménestrel pour pénétrer dans le camp des Danois, qui avaient pris possession de son royaume, et parvint ainsi à connaître leur position et leur nombre, ce qui lui permit de les attaquer avec un grand avantage et d'en délivrer son pays.

Au Xe siècle, Anlaf, qui commandait une armée très nombreuse de Danois, usa du même stratagème pour s'introduire dans le camp des Anglais, où il fut reçu dans la tente du roi Athelstan, qui lui donna une forte récompense pour le remercier de ses talents. Mais le faux ménestrel, dédaignant d'emporter la somme qui venait de lui être offerte,

1. *Œuvres complètes de Musset*, Paris, Charpentier, t. II, p. 58.

l'enfouit sous terre et fut reconnu par un soldat qui avait
servi sous ses ordres. Celui-ci prévint le roi Athelstan, qui
regretta vivement de n'avoir pas reçu cet avis au moment où
son ennemi était encore en son pouvoir; mais il s'en vengea
le lendemain en mettant l'armée d'Anlaf en déroute.

L'anecdote suivante montre la confiance et la considéra-
tion qui étaient accordées aux ménestrels, même à une
époque où ils avaient déjà beaucoup perdu de leur prestige.

En 1316, le jour de la Pentecôte, Edouard II célébrait sa

LA BELLE JOSIANE, DÉGUISÉE EN JONGLERESSE
CHANTE EN S'ACCOMPAGNANT SUR UNE VIÈLE A CINQ CORDES
POUR SE FAIRE RECONNAITRE DE SON AMI BEWIS

Miniature du *Roman de Guion* (XIIIᵉ siècle).

fête à Westminster; il était à table, entouré de ses pairs,
lorsqu'une femme, vêtue et parée comme un ménestrel,
entra dans la salle sur un grand cheval richement harnaché,
comme en avaient d'ordinaire les poètes-chanteurs. Après
avoir tourné autour des tables, elle s'approcha de celle du
roi et mit un placet devant lui, puis elle salua, piqua son
cheval et disparut. Ce placet contenait une remontrance au
roi sur les faveurs qu'il prodiguait à ses favoris, tandis qu'il
négligeait ses plus braves chevaliers et ses plus fidèles serviteurs. Les courtisans blâmèrent le portier d'avoir laissé

passer cette femme ; mais il répondit que ce n'était pas l'usage de refuser jamais l'entrée des maisons royales à un ménestrel[1].

Si un ménestrel mérita jamais la confiance du prince auquel il était attaché, c'est assurément Blondel[2], qui se dévoua à Richard 1er dit Cœur de Lion, roi d'Angleterre, lorsque celui-ci fut fait prisonnier par le duc d'Autriche à son retour de la troisième croisade.

Voici cette touchante histoire, d'après la *Chronique de Reims*[3].

> « CHAPITRE VIII. — *Coment li rois Ricars fu mis hors de prison par Blondiel le menestrel.*

> « Dés oremais vous dirons del roi Richart que li dus d'Osterriche tenoit en prison ; et ne savoit nus nouvicles de lui, fors seulement li dus et ses consaus. Si avint qu'il avoit longuement tenu . 1 . ménestrel, qui nés estoit deviers Artois, et avoit à nom Blondiaus. Cius afferma en soi qu'il querroit son signeur par touttes terres tant qu'il l'auroit trové ou qu'il en oroit novièles. Et se mist en chemin et tant erra l'un jour et l'autre, par laid et par biel, qu'il ot demouré an et demi, n'onques ne pot oïr nouvièle del roi. Et tant aventura qu'il entra en Osterriche ensi come aventures le menoit. Et vint droit au castiel où li rois estoit en prison, et se hiébrega ciès une vaine feme, et li demanda à cui castiaus estoit, qui tant estoit biaus et fors et bien séans ? Li otesse respondi et dist qu'il estoit au dus d'Osterriche. « — O bièle « ostesse, dist Blondiaus, a-il orc nul prisonier dedens ?

1. STOW, *Description de Londres*, cité par Kastner.

2. Blondel, surnommé de Nesles, du lieu de sa naissance, a été l'un des chansonniers les plus estimés du XIIe siècle

3. *La Chronique de Rains*, publiée sur le manuscrit de la Bibliotæque du roi par Louis Paris, archiviste de la ville de Reims, membre de la Société royale des antiquaires de France. Paris, Techner, place du Louvre, 12, 1837, p. 53 et suivantes.

« — Ciertes, dist-elle, oïl, un qui ja estoit bien a . III . ans,
« mais nous ne poons savoir qui il est ciertainement. Mais
« on le garde moult songneusement, et bien espérons qu'il
« est gentius hom et grant sires. » Et quand Blondiaus
entendi ces paroles si fu merveilles liés et li sembla en son
cuer qu'il avoit trouvé çou qu'il quéroit. Mais ains ne fist
samblant al ostesse. La nuit dormi et fu aise et quant il oï
la gaite corner le jour, si se leva et ala à l'église proijer
Dieu qu'il li aidast, et puis vint au castiel et s'accointa au
castelain de laiens, et dist qu'il estoit menestreus de viièle
et volontiers demouroit avec lui s'il lui plaisoit. Li castelains estoit jouenes chevaliers et jolis et dist qu'il le reten-
roit volentiers. Adonc fu liés Blondiaus et ala querre sa
viièle et ses estrumens et tant servi le castelain qu'il fu
moult bien de laiens et de toute la maisnie et moult plot ses
siervices. Ensi demoura laiens tout l'iver, onques ne pot
savoir qui li prisoniers estoit. Et tant qu'il aloit .I. jour,
ès fiestes de Pasques, par le jardin qui estoit lès la tour, et
regarda entour, savoir se par aventure poroit veoir le priso-
nier. Ensi come il estoit en cette pensée, li rois regarde et
vit Blondiel et pensa coment il se feroit à lui conoistre; et
li souvint d'une canchon qu'il avoient fait entr'eaux deux,
que nus ne savoit fors que eux deus. Si comencha haut et
clèrement à canter le premier vier, car il cantoit très bien.
Et quant Blondiaus l'oï, si sot certainement que c'estoit
ses Sires. Si ot à cuer le plus grant joie quil ot onques
mès à nul jour. Et se parti maintenant dou vergier et entra
en sa cambre où il gisoit, et prist sa viièle et comencha à
vièler une note, et en violant se delitoit de son Signeur qu'il
avoit trouvé. Ensi demoura Blondiaus deschi à pentecouste,
et si bien se couvri que nus ne se pierchut de son affaire.
Adont vint Blondiaus au castelain et li dist : « Sire, s'il
« vous plaist, je me iroie volentiers en mon pays, car lonc
« tans a que je n'i fui. — Blondiel, biau frère, ce dist li
« castelains, ce ne ferez vous mie, se vous m'en créés.

« Mais demorès encore et je vous ferai grant bien. —
Ciertes, Sire, dist Blondiaus, je ne demouroie en nule ma-
« nière. » Quant li castelains vit qu'il ne le pooit retenir, si
li octria le congier et li donna boine ronchi noeve. A tant se
parti Blondiaus dou castelain et ala tant par ses journées
qu'il vint en Engletère et dist as amis le Roi et as barons,
où il avoit le Roi trouvé et coment. Quant il orent entendu
ces nouvièles si en furent moult liés. Car li rois estoit li
plus larges chevaliers qui onques cauçast esporon. Et prisent consel entr'aus quil envoiroient en Osteriche au dus
pour le roi raiiembre : et eslurent .ii. chevaliers qui là
iroient, des plus vaillans et des plus sages. Et tant alèrent
par lor journées qu'il vinrent à Osteriche au dus et le trou-
vèrent en .1. sien castiel et le saluèrent de par les barons
d'Engleterre et li disent : « Sire, il vous mandent et prient
« que vous prendès de lor signor raenchon : et il vous en
« donront tant qu'il vous venra en gré. » Li dus lor res-
pondi qu'il s'en conselleroit. Et quant il s'en fu consellіés si
dist : Signeur se vous le volès ravoir, il le vous convient
racater de .ii. cens mil mars d'esterlins; et si n'en reprendès
plus ma parole, car ce seroit paine perdue. — Atant prisent
li message congiet au dus et disent que ce reporteroient li as
barons et puis si en eussent conselg. Adont revinrent en
Engletère et disent as barons çou que li dus lor avoit dit. Et
il disent que ja pour çou ne demouroit. Adonc fisent apres-
ter lor raenchon et le fisent envoier au dus. Et li dus delivra
le roi. Mais anchois li fist douner boine sureté que jamais
il n'en seroit moliesté.

« Ensi avint que li rois Richars fu raiiens et fu recheus
en Engleterre à grant houneur : mais sa terre en fut moult
grevée et les églises del regne, car il lor convint mettre
jusques as calices, et cantèrent lonc tans en calisces d'es-
tain. »

Les ménestrels jouaient un rôle important dans la création
des chevaliers. Avant la cérémonie du bain, « vont par devant

les chevaliers, chantans, dansans, et esbatans jusques à l'huys de la chambre dudit escuyer ». Après cette cérémonie : « les escuyers esbatans et dansans seront admenez par devant l'escuyer avec les menestrels faisant leurs mélodies jusques à la chapelle[1] ». Cela devait être très gai et très animé quand on armait un chevalier. En résumé, les ménestrels étaient toujours avec l'écuyer candidat, à toutes les cérémonies préparatoires, et lorsque le roi lui avait donné l'accolade, en lui disant : *soyez bon chevalier*, ils accompagnaient encore le nouvel élu jusqu'à sa chambre.

En récompense des fonctions qu'ils avaient exercées en pareil cas, ils recevaient : les vêtements que l'écuyer avait quittés pour revêtir le costume de chevalier, plus un marc d'argent si l'écuyer nouvellement élu était bachelier, le double s'il était baron, et le double encore s'il était comte ou plus que comte.

IX

L'Allemagne avait aussi ses poètes, chanteurs et musiciens appelés Minnesinger (*chanteurs d'amour*), qui étaient, pour la plupart, de très haute lignée; car on trouve parmi eux un empereur, des rois, des princes, des ducs, des margraves et des comtes. Les plus célèbres furent Klingsor, Wolfram d'Eschenbach, Walther de Vogelweide, maître Gottfried de Strasbourg, Reinmar l'Ancien, Ulric de Lichtenstein, Tannhäuser (le héros de R. Wagner), etc.

Dans les *Nibelungen*, qui ont été terminées, dit-on, vers 1210, le poète donne les rôles les plus brillants aux chanteurs joueurs d'instruments. Lorsque Ezel, roi des Huns, envoie des ambassadeurs vers les rois des Burgondes, il choisit deux joueurs de vièle, Werbel et Swemmel, pour remplir cette

1. Cérémonial rapporté par du Cange dans son Glossaire.

mission, les couvre d'habits précieux et les charge de présents magnifiques[1].

Plus tard, parmi les plus vaillants héros :

« Voici venir le seigneur Volker, un hardi joueur de vièle... Je veux vous faire savoir ce qu'était Volker; c'était un noble seigneur, on l'appelait le joueur, parce qu'il savait jouer de la vièle[2]. »

« Volker plaça près de lui, sur le banc, un archet puissant, long et fort, tout semblable à un glaive large et acéré[3]!... »

« ...Volker, son compagnon, s'élança de la table, son archet retentissant résonna dans sa main, il joua de la vièle d'une manière terrible, le hardi joueur[4]!... »

Hagen de Troneje, l'un des plus farouches guerriers des Burgondes, aperçoit Werbel le joueur de vièle à une table : d'un coup de glaive, il lui abat la main sur sa vièle. « Oh ! malheur à moi, s'écrie Werbel, le joueur de vièle de Ezel; seigneur Hagen de Troneje, que vous ai-je fait? Comment, maintenant, ferai-je résonner les accords, ayant perdu ma main[5]? »

Ces passages, dont nous empruntons la traduction à Vidal[6], montrent combien le Minnesinger instrumentiste était honoré.

Le manuscrit du XIIIᵉ siècle, qui a pour titre *Minnesinger Manessische Sammlung*, dont la Bibliothèque nationale possède une reproduction photographique[7], contient un grand nombre de poésies des Minnesinger ainsi que des peintures sur lesquelles la vièle à archet est souvent reproduite.

1. *Das Nibelungenlied*, von F. Zarncke, Leipzig, 1856. XXIII aventiur.
2. Avent. XXIV, stroph. 60-61.
3. Avent. XXIX, stroph. 28.
4. Avent. XXXIII, stroph. 15.
5. Avent. XXXIII, stroph. 13.
6. Ouvrage déjà cité.
7. Fonds allemand, nᵒ 32.

C'est le seigneur Reinmar le vièleur[1] (*Her Reinmar der Videller*) qui est représenté sur la miniature que nous

VIÈLES A TROIS ET A QUATRE CORDES

Manuscrit des Minnesinger (XIIIe siècle).

reproduisons. Son instrument, monté de quatre cordes, n'a

1. Reinmar l'Ancien, minnesinger, mort vers 1215. Après avoir en 1197 accompagné le duc Frédéric à la croisade, il revint à Vienne, où il mourut. On connaît un autre Reinmar, qu'on appelle le Jeune, probablement fils du précédent, mort vers 1245 à Essfeld en Franconie. Fétis, *Biographie*.)

pas d'échancrures. Trois ouvertures, en carré long, figurent les ouïes, dont deux sont placées de chaque côté du cordier, et la troisième en travers de la table en dessous des cordes. La manière dont Reinmar tient sa vièle est des plus intéressantes; appuyée contre l'épaule droite, elle masque le haut de son corps et lui cache le bas du visage. Les deux vièles, plus petites, qui sont dans le haut de la vignette, l'une, sur un écusson, l'autre, avec des sortes d'ailes, ressemblent à celle que joue Reinmar, mais n'ont que trois cordes.

Nous donnons un autre Minnesinger jouant une vièle qui offre les mêmes particularités.

A la fin du XIII° siècle, les Minnesinger disparurent et firent place aux Meistersinger (maîtres chanteurs), qui formèrent des corporations soumises à des règles, tandis que les premiers étaient libres et indépendants. L'enthousiasme lyrique des princes et des chevaliers, qui avait pris naissance au moment des croisades, étant épuisé, les nouvelles associations furent entièrement composées de bourgeois et d'artisans. Presque toutes les villes d'Allemagne eurent des corporations de Meistersinger; celle de Nuremberg a été une des plus célèbres et a eu, comme chef, Hans Sachs, dont Richard Wagner a fait un des principaux personnages de ses *Maîtres Chanteurs.*

Indépendamment de ses Minnesinger et de ses Meistersinger, l'Allemagne a possédé un grand nombre d'artistes ambulants désignés sous les noms génériques de Fiedler et Spielleute.

X

A Paris, les joueurs d'instruments donnèrent leur nom à une rue où ils se réunissaient en assez grand nombre. En 1225, on l'appela *rue aux Joueurs de vièle*, ensuite *rue aux Jugléours*, puis *rue aux Jongleurs* :

... Puis truis à la rue à Jugleeur
C'on ne me tieuue à Jeugleeurs [1].

VIÈLE A QUATRE CORDES ET FLUTE
Manuscrit des Minnesinger (XIIIᵉ siècle).

Plus tard elle prit le nom de *rue des Ménestrels*, et en 1482, celui de *rue des Ménestriers* [2].

1.   Puis je trouve la rue aux Jongleurs
      Qu'on ne me prenne pas pour un railleur.
          Les rues de Paris mises en vers, mss. du XVIᵉ siècle,
          vers 372, De Barbazan.)

2. Cette rue a fait place à la rue de Rambuteau.

De véritables concerts ambulants avaient lieu dans cette
rue : « C'est encore après midi que, dans la rue des Ménestriers, commencent des concerts d'instrumens hauts et bas
qui ne finissent qu'à la nuit[1]. »

« *Item*, se aucun vient en la rue aux Jongleurs pour louer
aucuns jongleurs ou jongleresses, etc.[2]. »

Et comme les jongleurs et jongleresses se rendaient bien
souvent aux fêtes en plus grand nombre qu'il n'avait été
convenu, et qu'ils exigeaient tous le même salaire, une
sentence de Guillaume de Germont, prévôt de Paris, réprima
cet abus, et fit défense aux ménétriers engagés pour jouer
dans une assemblée de plaisir quelconque, d'y envoyer
d'autres à leurs places[3].

A la fin du xiii° siècle et au commencement du xiv°, les
grands seigneurs ne cultivaient pas autant l'art musical, et
se contentaient d'avoir à leur cour des ménestrels historiens, chargés de les distraire et de transmettre leurs hauts
faits à la postérité, ainsi que des chanteurs et des instrumentistes pour le service de leur chapelle et pour les faire
danser; de sorte que tout ce qui touchait à la musique était
peu à peu devenu l'apanage exclusif des ménétriers, des
professionnels. Ceux-ci, sentant le besoin de se soutenir, ne
tardèrent pas à se former en corporation régulière, créant
ainsi un lien artistique et commercial entre eux. Aussi, le
lundi, jour de la Sainte-Croix, 14 septembre de l'année
1321, trente-sept jongleurs et jongleresses présentèrent à la
sanction du prévôt de Paris un règlement, contenant onze
articles, qu'ils avaient rédigé d'un commun accord. Ces

1. A. MONTEIL. *Histoire des Français des divers états aux cinq derniers siècles*, Paris.
1827, t. I. p. 23, xiv° siècle.
2. Au début du xix° siècle, c'était encore au même endroit que les musiciens
pour bals et fêtes des environs de Paris venaient chercher des engagements.
Lorsque l'on perça la rue de Rambuteau, cette sorte de marché se transporta
rue du Petit-Carreau, à l'angle de la rue Thévenot. L'achèvement de la rue
Réaumur vient de disperser les habitués des Petits-Carreaux. Plusieurs se réu-
nissent au café de *la Chartreuse*, boulevard Saint-Denis.
3. L'usage de se faire remplacer dans les orchestres parisiens. n'est donc pas
nouveau.

statuts, délivrés à la nouvelle corporation le même jour, furent enregistrés à la prévôté de Paris, le 22 octobre 1341.

Voici ce document *in extenso* :

« A tous ceux qui ces lettres verront Guillaume Germont, garde de la prevosté de Paris, salut.

« Sachient tuit que nous l'an mcccxlj, le lundi xxij jour d'octobre, veismes bones letres scellées du scel de la dicte prevosté contenant cette fourme.

« A tous ceux qui ces letres veirent Gille Haquin, garde de la prevosté de Paris, salut.

« Sachient tuit que vos à la cort du commun des menestreus et menestrelles, jongleurs et jongleresses demourant en la ville de Paris dont les noms sont ci-dessous escrips pour la réformacion du mestier de yceuls et le profit commun de la ville de Paris, avons ordoné et ordenons les poins et articles ci-dessous contenus et esclarcis, lesquiex, les personnes ci-dessous nommées ont tesmoingnié et afermé par leurs seremens estre profitables et valables à leur dit mestier et au dit commun de ladite ville, lesquiex poinz et articles sont tiex.

« C'est assavoir que d'ore-en-avant nul trompeur de la ville de Paris ne puist alouer à une feste que lui et ses compaignons ne autre jongleur et jongleresse d'autruy mestier qui soint nécessaires pour ce qu'il en va aucuns qui font marchié d'amener nul taboureurs, villeurs, organeurs et autre jongleurs d'autre jonglerie avecq eulx, et puis prennent lesquiex que il veulent dont il ont bon loié et bon courratage et prennent gent qui riens ne sevent et laissent les bons ouvriers, de quoy li peuple et les bonnes genz sont aucunes fois déçeus, et ainsi le font ou préjudice du mestier et du commun proufit. Car, comment que ceus qu'il prenne sachent peu, ne leur font il pas demander mendre salaire et à leur proufit et les tesmoignent autres qu'il ne sont, en décevant les bonnes gens.

« *Item*, que se trompeurs ou autres menestreurs ont fait
marchié ou promis d'aler à une feste que il ne la puissent
laissier tant comme ycelle feste durra pour autre prendre.

« *Item*, que il ne puissent envoier à la feste à laquelle il
sont aloués nul autre persone pour euls se ce n'estoit ou cas
de maladie, de prison ou d'autre nécessité.

« *Item*, que nuls menestreurs ou menestrelles, ne aprentiz
quelque il soient ne voissent à-val la ville de Paris pour soy
présenter à feste ne à nopces pour euls, ne pour autres et
s'il fait ou font le contraire qu'il enchée en l'amende.

« *Item*, que nuls menestreurs aprentis qui voist à-val
taverne ne puisse louer autrui que luy ne enviter ou amo-
nester, ou faire aucun mençon de son mestier ou dit louage
par fait, ne par parole, ne par signe quelque il soit, ne par
interprète coustume, se ne sont ses enfans à marier tant
seulement ou de qui les maris soient alé en estrange païs ou
estrange de leurs fames, mais se l'en leur demande aucun
menestrel jongleur pour louer qu'il respondent tant seulement à ceus qui les requerront, seigneur, je ne puis alouer
autrui que moi mesmes par les ordenances de nostre métier,
mais se il vous fault menestreus ou aprentis alés en la rue
aus jongleurs, vous en trouverés de bons sanz ce que le dit
aprentis qui en sera requis puisse nommer, enseingner, ne
presenter aucun par especial et se li aprentis fait le contraire
que ses maistres ou lui soient tenuz de l'amende lequel qu'il
plaira miex aus maistres du mestier, et se le maistre ne veult
paier l'amende que le vallet aprentis soit bannis du mestier
un an et jour de la ville de Paris ou au mains jusques à tant
que le maistre ou aprentis aient paié l'amende.

« *Item*, se aucun vient en la rue aus jongleurs pour louer
aucuns jongleurs ou jongleresse et sur le premier qui li
demanderres appelera pour louer nuls autres ne s'embate en
leurs paroles ne ne facent fuers, ne facent faires et ne l'appellent nus autres pour soy presenter ne autrui jusques à
tant que li demanderres s'envoit pour louer un autre.

« *Item*, que ce mesmes soit fait des aprentis.

« *Item*, que tous menestreus et menestrelles, jongleurs et jongleresses tant privé comme estrange jurrons et seront tenuz de jurer à garder les dites ordenances par foy et serement.

« *Item*, que se il vient dans la dite ville aucun menestrel, jongleur maistre ou aprentis que li prevost de saint Julian ou ceus qui y seront établis de par le roy pour mestre du dit mestier et pour garder, li puissent deffendre d'ouvrer, et sus estre bannis un an et un jour de la ville de Paris jusques à tant qu'il auroit juré à tenir et garder les dites ordenances et sur les poines qui mises y sont.

« *Item*, que nulz ne se face louer par queux ne par personne aucun qui louer ne promesse aucune, ne aucune courtoisie en i prengne.

« *Item*, que ou dit mestier sont ordené deux ou quatre preudeshomes de par nous ou de par nos successeurs prevos de Paris ou nom du roy qui corrigeront et punir puissent les mesprenans contre les dites ordenances en telle manière que la moitié des amendes tournent par devers le roy, et l'autre moitié au proufit de la confrairie du dit mestier et sera chascun amende tauxée à dix sous par toutes les foiz que aucun mesprendra contre les ordenances dessus dites ou contre aucun d'icelles, les noms des menestreuz jongleurs et jongleresses qui à l'ordenance dessus esclaircie se sont accordés son tiex.

« Pariset menestrel le Roy, pour lui et pour ses enfans; Gervaisot la Guete; Renaut le Chastignier; Jehan la Guete du Louvre; Jehan de Biaumont; Jehan Guerin; Thibaut le Paage; Vuynant Jehanot de Chaumont; Jehan de Biauvès, Thibaut de Chaumont; Jehanot Langlois; Huet le Lorrain; Jehan Baleavaine; Guillot le Bourguegnon; Pierot l'Estureur; Jehan des Champs; Alixandre de Biauvès; Jancon, filz le Moine; Jehan Coquelet; Jehan Petit; Michiel de Douay; Raoul de Berele; Thomassin Roussiau; Gieffroy la Guete;

Vynot le Bourguegnon; Guillin de Landus; Raoulin Lanchart; Olivier le Bourguegnon; Ysabelet la Rousselle; Marcel la Chartaine; Liegart, fame Bienviegnant; Marguerite, la fame au moine; Jehane la Ferpiere; Alixon, fame Guillot Guerin; Adeline, fame de Langlois; Ysabiau la Lorraine; Jaque le jongleur.

« Les quiex poins et ordenances ci dessus éclaircies ; les persones ci dessus nommées ont juré et affermé par leurs sermens et foy, à tenir et garder sanz enfraindre et de non venir encontre par aucune mande et à la poine dessus ditte et avec ce voudront et accorderent que chascun cui les mestres du mestier fussent renouvelés, se ainssi estoit que il ne souffisissent au commun des mestres du dit mestier et au prevost de Paris en tesmoing de ce, nous, à la requeste et supplication des dessus nommés avons mis en ces lettres le scel de la prevosté de Paris.

« Ce fu fait et donné en jugement le lundi, jour de feste sainte Crois en septembre l'an de grâce mccccxxj, et toutes les choses dessus dites et chascun por soy on l'a mande que dessus est dit et devisé nous à greigneur seurté et confirmation, avons fait enregistrer en nos registres du Chastelet de Paris l'an et le jour dessus dict[1]. »

Ces statuts assuraient donc le monopole et les profits du métier aux associés; ils réglaient l'administration de la corporation, garantissaient les intérêts respectifs de tous les membres et imposaient en même temps à ceux-ci une discipline toute à l'honneur de l'association.

Quelques années plus tard, la corporation des ménétriers fonda l'hospice et l'église de Saint-Julien et de Saint-Genès.

Le bénédictin Jacques du Breul raconte cet événement en ces termes :

1. B. Bernhard. *Recherches sur l'histoire de la corporation des ménétriers* (Bibliothèque de l'École des chartes, série A, t. III, p. 400).

« En l'an de grâce 1328, le mardy devant la sainte Croix en
septembre, il y avait en la ruë Sainct-Martin des Champs
deux compagnons ménétriers, lesquels s'entre-aimoyent
parfaictement, et estoient toujours ensemble. Si estoit l'un
de Lombardie, et avait nom Jacques Grare de Pistoye,
autrement dit Lappe : l'autre estoit de Lorraine et avoit nom
Huet le guette du palais du roy. Or avint que le jour susdit,
après disner, ces deux compagnons estans assis sur le siège
de la maison dudit Lappe, et parlans de leur besongne,
virent de l'autre part de la voye une pauvre femme appellée
Fleurie de Chartres. Laquelle estoit en une petite charette,
et n'en bougeoit jour et nuit comme entreprinse d'une partie
de ses membres ; et là vivoit des aumosnes des bonnes
gens. Ces deux, esmeus de pitié, s'enquièrent à qui appartenoit la place, désirans l'achepter et y bastir quelque petit
hospital. Et après avoir entendu que c'estoit à l'abbesse de
Montmartre, ils l'allèrent trouver : et pour le faire court,
elle leur quitta le lieu à perpétuité, à la charge de payer
par chacun an cent solz de rente, et huict livres d'amen-
dement dedans six ans seulement[1] ; et sur ce leur fit expédier lettres en octobre, le dimanche de devant la sainct
Denys[2]. »

Lappe et Huet prirent possession de ce lieu dès le lendemain et y réunirent une maison voisine qu'ils achetèrent à
Etienne Auxerre, avocat. Après avoir « pour la mémoire et
souvenir, fait festin à leurs amis[3] », ils firent élever un mur
de clôture autour de cet emplacement, et établir « sur

1. Il paraît que l'abbesse de Montmartre accueillit d'abord assez froidement les
ouvertures qui lui furent faites. Peut-être doutait-elle du caractère sérieux de ce
projet : car elle répondit à l'un des ménétriers qui lui exposa le plan de l'hospice
Saint-Julien « qu'il avoit la mine de savoir mieux faire une danse ou une feste
que de fonder un hospital ». La bonne abbesse, en ce moment, dit Kastner, avait
oublié que la charité commande de ne pas juger les gens sur la mine.
2. *Théâtre des Antiquitez de Paris où est traicté de la fondation des églises*, etc.
par le R. P. F. Jacques du Breul, Parisien, Paris, 1639, p. 737.
3. *Ibid.*

7

l'entrée une belle chambre, et au dessoubs, des bancs à lits, au premier desquels fut couchée la pauvre femme paralytique et n'en bougea jusques à son décès. Ils ordonnèrent que ce lieu seroit dorénavant appelé *l'hôpital de Saint-Julien et de Saint-Genès*[1] et pendirent une boiste à la porte de l'entrée, pour recevoir les aumosnes de ceux qui y auroient dévotion[1] ».

Saint-Julien a sa légende :

« C'est celuy lequel après avoir longuement voyagé, s'en revint en sa maison, et trouvant deux personnes couchez en son lict, pensa que ce fut un adultère couché avec sa femme, et les tua tous deux. Et s'estoient ses père et mère, que sa femme avait charitablement receus pendant qu'il estoit absent. Après avoir cognu sa faute, il prend congé de sa femme pour s'en aller en pays incognu pour faire pénitence le reste de sa vie. Mais elle ne voulut l'abandonner, et s'en allèrent tous deux auprès une rivière fort dangereuse à passer, où ils bastirent un petit hospital pour recevoir les pauvres, et firent un basteau pour passer l'eau à ceux qui se présenteroient. Faisant cet office, il mérita recevoir nostre Seigneur en forme de ladre, lequel luy annonça son péché luy estre pardonné, et incontinent se disparut. C'est pourquoi il est figuré au milieu du basteau, pendant que S. Julian et sa femme avironnent. Et est le vray patron dudit Hospital de Paris[3]. »

Saint Genès ou Genest, mime romain, était, par sa profession, le patron naturel de la corporation. Voici le passage que lui consacre du Breul :

---

1. Cet hôpital était situé autrefois rue *Jehan Paulée*, depuis rue ou cour *du Maure*, sur l'emplacement du n° 96 de la rue Saint-Martin.
2. Du Breul, déjà cité.
3. *Ibid*.

« Du 2ᵉ patron, S. Genois (ou pour mieux dire Genès), il
y en a 2 martyrs de ce mesme nom. Le 1 qui estoit excepteur,
c'est-à-dire greffier de justice, et ne vouloit enregistrer les
sentences iniques données contre les Chrestiens, fut marty-
risé à Arles en France. Et l'autre à Rome : pour d'un payen
jongleur, *latino joculator* (diction en Picardie usitée pour
basteleur), devenu en un moment chrestien très constant,
iusques à souffrir toutes sortes de tourmens et mourir en
plein théâtre, présent l'Empereur Dioclétian. C'est cestui-cy
qui est patron des menestriers. Aussi est-il figuré et peint
avec une vielle[1]. »

Un sceau de cuivre, dont le sujet est emprunté à la
légende de saint Julien, fut exécuté pour sceller les actes de
l'hospice.

« L'an 1331, il se fit une assemblée au dit hospital de
jongleurs et menestriers, lesquels tous d'un commun accord
consentirent l'érection d'une confrairie, sous les noms des
glorieux saint Julian et Genois, promettans en chacun d'y
aider selon ses facultés et moyens. Et en furent lettres pas-
sées et scellées au Chastelet le 23 novembre dudit an[2]. »

L'œuvre tirait en partie ses ressources des membres de
la corporation ; chaque ménétrier était tenu de recueillir, aux
fêtes et aux noces, pour l'entretien de l'hospice, ce que l'on
appelait l'*aumosne de saint Julien* : « Il faut probablement
reconnaître dans cette redevance, dit judicieusement Kastner,
l'origine de ce qu'on appelle aujourd'hui le *droit des pauvres*[3] ».
L'œuvre percevait en outre la moitié du prix payé pour le
droit de maîtrise et le quart des amendes encourues par les
membres de la corporation.

On fit richement sculpter la façade de ce monument dans
le goût de l'époque.

1. *Ibid.*
2. *Ibid.*
3. *Parémiologie musicale de la langue française.* G. Kastner.

Millin en donne la description suivante :

« La façade de la chapelle Saint-Julien, dit-il, étoit très pittoresque : son portail (planche 1), d'une architecture gothique, très délicate, étoit composé d'une grande arcade, accompagnée de quatre niches.

« La frise de l'arcade est remplie de petits anges délicatement sculptés ; ils sont occupés à jouer de divers instrumens, tels que l'orgue, la harpe, un instrument fait en triangle, et dont les cordes, au lieu d'être perpendiculaires, sont horizontales ; le violon [1], le rebec à trois cordes, la vielle, la mandoline, le psaltérion, la musette, le cor, le hautbois, la flûte à bec, la flûte de Pan ou syrinx, les timbales, le luth et le timpanon. »

« ..... Dans la niche à gauche de la porte est la figure de saint Julien..... »

« Quelques personnes ont pensé que la statue de l'autre niche étoit celle de Colin-Muset, qu'on dit avoir contribué de ses deniers à la construction du portail ; mais il est plus naturel de penser qu'en face de la statue de saint Julien on a placé celle de saint Genest, patron des menestriers et de leur église..... »

« Cette statue de saint-Genest [2] est coiffée d'une espèce de toque, et vêtue d'une tunique et d'un ample manteau ; elle tient à la main un violon : elle a été souvent citée par les antiquaires. »

« Ce violon est à quatre cordes et absolument semblable à ceux d'aujourd'hui ; la statue a été mutilée, et le bras droit a été cassé avec l'archet [3]. »

Primitivement, ce violon devait être une vièle ou une

---

1. Ce violon était probablement une vièle à archet ou une viole, le portail ayant été édifié au XVᵉ siècle, au plus tard.
2. Rotrou a fait de Saint-Genès le héros d'une de ses meilleures tragédies.
3. MILLIN. *Antiquités nationales, ou recueil de monuments pour servir à l'histoire générale de l'empire françois*, Paris, 1790.

viole, à moins toutefois que la statue, sinon le portail, ne
soit postérieure au xvᵉ siècle.

En 1407, la corporation rédigea de nouveaux règlements
qui furent confirmés par lettres patentes du 24 avril de la
même année. Ces nouveaux statuts, dans lesquels les
ménétriers se disent pour la première fois joueurs des instruments tant hauts comme bas, reproduisent en grande
partie les anciens.

En ce temps-là, les chefs de tous les corps de métiers
étant pompeusement décorés du titre d'empereur, de roi ou
prince, la corporation des ménétriers ne pouvait moins
faire que de s'offrir aussi un roi, et ce premier haut fonc-
tionnaire musical fut probablement Pariset, dit ménestrel le
roy dans les statuts de 1321. Nous disons, probablement,
parce que la première charte connue où il est fait mention
d'un roi des ménestrels date de l'année 1338; elle commence
ainsi : « Je, Robert Caveron roy des menestrels du royaume
de France[1]. » Plus tard, cette charge fut désignée sous ce
titre : « Roy et maistre de tous les menestriers et tous les
joueurs d'instrumens tant haut que bas du royaume ». Il était
préposé à la police du jeu des instruments et jugeait de l'ap-
titude des candidats à la maîtrise, qu'il devait reconnaître
comme *souffisans*, dit l'article 5 des statuts de 1407. Il était
en même temps le roi des maîtres à danser du royaume,
parce que les joueurs de viole, de violon et de rebec, ensei-
gnaient généralement la danse; mais il vint un temps où les
danseurs s'érigèrent en Académie, et refusèrent de se soumettre à son autorité. Le roi des ménestrels ne se nommait
pas à l'élection, cette dignité était un office de la Maison
du roi, conféré par lui, et qui fut de tout temps géré par un
musicien de la cour.

---

1. Il est parlé d'un Jean Charmillon, roi des jongleurs de la ville de Troyes, en
1296 (du Cange, *Glossaire*). Mais rien n'indique que cet office soit identique avec
celui qui est sorti de la corporation des ménétriers; dans tous les cas, l'autorité
attachée à la charge n'était pas la même.

Dans un compte pour la rançon du roi Jean de l'année 1367, il est dit qu'une somme avait été fournie par la vente d'une couronne d'argent que le roi avait donnée le jour de la Tiphaine (Epiphanie) au roi des ménestrels.

Du Cange nous a conservé les noms de quelques membres de la corporation qui furent revêtus de cette dignité, mais la liste est loin d'être complète. Après Robert Caveron, déjà cité, il nous fait encore connaître, d'après un document de 1357 à 1362 : Copin de Brequin, roy des menestrels du royaume de France. Deux chartes de 1392 citent, en la même qualité, Jehan Portevin, auquel paraît avoir succédé Jehan Boissard, dit Verdelet, dont le nom figure dans un compte des menus plaisirs de la reine Isabeau de Bavière (1416-1417), puis Jehan Facien.

Il faut arriver ensuite à l'année 1575 pour savoir que Claude de Bouchandon ou Bouchardon, hautbois du roi Henri III, succéda à un nommé Roussel. Puis vient Claude Nyon, violon ordinaire de la chambre de Henri IV, et après lui, un autre Claude Nyon, dit Lafont, également violon de la chambre.

Nommé à cette dignité en 1620, François Richomme modifia le titre de roi des ménestrels en celui de roi des violons, et fut le premier à le porter ainsi; il signa : F. Richomme, Roy des violons et ordinaire de Sa Majesté, au baptême du quatrième enfant de son ami Louis Constantin. Celui-ci succéda à Richomme en 1624 et gouverna jusqu'en 1657. Après, ce fut le tour de Guillaume Dumanoir. Le roi lui donna la royauté des violons et la charge de premier violon de son cabinet, offices devenus vacants par la mort de Louis Constantin.

En 1668, son fils ou neveu Michel Guillaume obtint cette dignité; il signait : *G. du Manoir, joüeur de violon de Sa Majesté, l'un des vingt-cinq de sa grand'Bande, et pourveu aussi de l'Office de Roy des joüeurs d'instrumens et des Maîtres à Dancer de France.* Il eut à lutter contre de grandes difficultés et donna sa démission le 31 décembre 1685. Celle-ci ne fut pas

« Image de la Confrairie des Maîtres de Danse et joueurs d'instruments tant haut que bas, et haut-bois de la ville et faux-bourgs de Paris. »

acceptée; mais en 1691, par une décision de Louis XIV, dont le trésor royal eut à bénéficier, l'élection des jurés pour tous les corps d'arts et métiers fut supprimée et remplacée par des charges prenant le titre d'offices héréditaires et vénaux.

Thomas Duchesne, Vincent Pesant, Jean Aubert, tous trois joueurs de violon ordinaires de la chambre du roi, et Jean Gaudefroy, maître à danser, se firent concéder les quatre offices de jurés syndics de la communauté des ménétriers, moyennant la somme de dix-huit mille livres.

VIÈLE A CINQ CORDES

Vitrail des Grands Cordeliers de la rue de Lourcine (xv⁰ siècle).

G. Dumanoir s'opposa à la réception des nouveaux titulaires, mais le Trésor royal tenant à conserver les dix-huit mille livres touchées, on passa outre. Il donna sa démission irrévocable en 1693 et n'eut pas de successeur immédiat ; la communauté fut administrée provisoirement par les jurés syndics.

Cela dura ainsi jusqu'en 1741. Alors, Jean-Pierre Guignon reçut le titre de Roy des violons et Maître de tous les instrumens, tant hauts que bas, dans toute l'étendue du Royaume, avec attribution de tous les honneurs, autorités, prérogatives, prééminences, franchises, libertés, droits, profits, revenus et émolumens accoutumés et y appartenans. Mais malgré toute sa bonne volonté, son règne ne fut pas heureux, il démissionna et Louis XV abolit la royauté ménestrière en France par un édit du mois de mars 1773.

C'est en 1691 que l'on fit refaire l'image de la confrérie et l'on ajouta le mot hautbois aux autres qualifications, parce que plusieurs ménétriers jouant de cet instrument s'employaient à faire danser dans les bals et les assemblées, et pour ce motif devaient se faire recevoir à la communauté de Saint-Julien.

Les armes qui ornent la partie supérieure de la gravure

VIÈLE DE FANTAISIE
A TROIS CORDES
Manuscrit de la
Bibliothèque nationale
(XIV⁵ siècle).

sont celles du roi et celles du dauphin.

L'image du roi Louis XIV et sa devise (le soleil et *Nec pluribus impar* éclairant et surmontant le globe du monde) expliquent la présence de ces armes.

Les armes du roi sont mi-partie de France (d'azur à trois fleurs de lis d'or) et de Navarre (de gueules aux chaînes d'or posées en croix, sautoir et orle). Les colliers qui les entourent sont ceux des ordres du roi (Saint-Michel et Saint-Esprit).

Les armes du dauphin sont écartelées de France (comme ci-dessus) et de Dauphiné (d'or au dauphin d'azur). Mais le graveur a commis une erreur; il n'a pas sablé le champ de ces dernières, de sorte qu'elles sont d'argent au lieu d'être d'or.

Le fond adopté par l'artiste est celui du manteau royal, un semis de fleurs de lis d'or sur champ d'azur.

Saint Genest et saint Julien sont représentés au-dessous de la devise du roi Louis XIV. De chaque côté se trouvent des médaillons surmontant des trophées d'instruments. Le

médaillon de gauche nous montre saint Julien ramant (la
nuit sans doute, car sa femme tient une lanterne) pendant
que Notre-Seigneur, debout au milieu de la barque, lui
annonce le pardon de son crime. L'autre médaillon a sans
doute rapport à la vie de saint Genest, mais il est difficile de
se l'expliquer d'après la légende de ce saint donnée plus haut.

Sur les deux trophées on voit un luth, une guitare, une
timbale, des flûtes à bec,
une flûte de Pan, une trompette, un masque tragique,
des hautbois, un tambour
de basque, un violon, une
harpe, un cromorne, une
viole, un serpent, une trompette marine, etc.

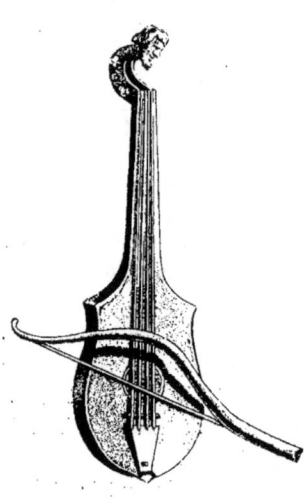

VIÈLE A QUATRE CORDES
Manuscrit des *Adages* (xvᵉ siècle).

Sur une draperie, placée
au-dessous des deux pa-
trons, se trouvent une an-
tienne et un Oremus, après
lesquels on lit :

« L'Église et la Chapelle
de Saint-Julien des menestriers, et de Saint-Genest
fondée à Paris, rue Saint-
Martin, doit son establis-
sement et sa dotation aux
Maîtres de dance et joueurs d'instruments tant haut que bas
de chez le Roy, et de cette Ville, qui en 1331 la firent bastir,
et construire, et dès le mesme temps érigèrent avec la per-
mission des supérieurs une confrairie, pour rendre cet ouvrage de piété durable à toujours. Cette louable entreprise
parut de si bonne exemple au publique que toutes les puis-
sances ecclesiastiques, et seculiers y donnèrent leur aproba-
tion, et mesme contribuèrent à son advencement. Et en 1332
Madame l'Abbesse de Montmartre leur donna l'amortisse-

ment de la terre, ce qui fut confirmé en 1333 par le Roy Philippes de Valois de glorieuse memoire. La d° Chapelle fut erigée en titre de bénéfice perpetuel, par lauthorité du pape Clement VI, qui en fit expédier la Bulle d'érection au mois de mars 1343 au droit de nommination et presentation accordée aus d° confrères, ce qui fut aprouvé par M' l'evesque de Paris, qui dans la mesme année donna des provisions de cette Chapelle sur la présentation des Patrons. Depuis la d° Chapelle a toujours esté maintenue par les soins et les deniers des d° M' et patrons dycelle jusques à présent.

« La feste ce Solemnise le 2 Aoust. »

Et plus bas, dans un médaillon :

« Cette planche a esté retouchés en l'année 1691, par les soins des S" Thomas Duchesne, Jean Gaudefroy, Vicent Pesant, et Jean Aubert Jurés Sindic en titre d'Office, de la Communauté, Et gouverneur perpétuels de la Chapelle. »

VIÈLE RONDE AVEC CHEVILLER
EN FORME DE LUTH
Manuscrit de Froissard (xv° siècle).

Tout en bas de chaque côté de ce médaillon, quatre anges jouent du violon, du basson, du hautbois et du violoncelle.

On voit par la nomenclature des instruments représentés sur cette planche, qu'il n'y figure que ceux qui étaient usités à l'époque où elle fut retouchée. Il est bien étonnant de ne pas y trouver la vielle à roue qui commençait alors à redevenir très en honneur, grâce à Janot et à Laroze. Quant à l'absence du rebec, elle s'explique tout naturellement, puisque la corporation ne le considérait pas comme un instrument artistique et faisait défense, comme on le verra plus tard, d'en jouer ailleurs que dans les cabarets.

Le 17 décembre 1789, une députation des membres de l'ancienne corporation, composée des sieurs Le Lièvre, Desnoyers, Deshayes, Soli, Bruillard, Adnet, Gigou et Perrin, se présenta à la barre de l'Assemblée constituante, présidée par Fréteau, et fit don à la nation de la chapelle de Saint-Julien et Saint-Genès. Estimée 18.025 livres, elle fut vendue puis démolie.

De semblables corporations se formèrent également à l'étranger; il s'en fonda une en Autriche, au xive siècle, sous le nom de Pfeiflerschaft, qui reconnaissait un chef suprême portant le titre de comte et ayant le droit de nommer un lieutenant, lequel portait le titre de roi. Les chanteurs et instrumentistes associés prirent, chez les Allemands, les noms de Stadpfeiffer, Kunstpfeiffer, Thürner. En Angleterre, sous le règne d'Edouard II, on trouve un sergent du roi des ménestrels, qui avait accès auprès du roi à toute heure et en toutes circonstances [1].

XI

Mais revenons à la vièle, que nous avons quittée un instant pour parler de ses interprètes.

On a dû remarquer sur la plupart des figures données jusqu'ici, que les personnages qui jouent de la vièle frottent généralement l'archet sur les cordes assez près de la touche, et semblent chercher l'endroit le moins large de l'instrument pour jouer avec plus de facilité.

Si la forme ovale, ronde ou carrée de la vièle était déjà une cause de gêne, par sa largeur, pour jouer des mélodies

1. Wyrtox, *History of English poetry*, cité par Kastner.

lentes et faire entendre des concordances ou accompagnements d'après le système diaphonique, ce fut bien autre
chose lorsqu'on voulut exécuter des airs plus vifs, des ornements, des fioritures, et utiliser séparément chacune des
cordes. On fut alors, et afin de
faciliter le jeu, obligé d'arrondir le chevalet, puis de pratiquer de légères échancrures
sur les côtés de la caisse pour
rendre le passage de l'archet
plus libre et empêcher qu'il ne
frottât sur les bords en même
temps que sur les cordes.

Cette heureuse modification
se voit, ou plutôt, se devine
déjà vers la fin du xiiie siècle,
et la vièle à cinq cordes provenant d'un vitrail du couvent
des grands cordeliers de la rue
de Lourcine, fondé par saint
Louis, en est certainement un
des premiers exemples.

Ici, les échancrures sont à
peine accusées, les côtés de la
caisse sont plutôt légèrement
creusés et ressemblent à ceux
des guitares. Il n'y a pas
d'ouïes, le cheviller est en forme de disque, et de même que
sur la vièle de la belle Josiane,

VIÈLE DU XVe SIÈCLE
Tableau de Memling
(musée des Offices, à Florence).

donnée plus haut, les cordes passent sous la touche et se
dérobent ainsi à l'action des doigts.

L'élégante vièle de fantaisie, à trois cordes, du xive siècle,
possède des bords à peu près semblables à ceux de la
précédente.

Quant à celle du manuscrit des *Adages* du xve siècle, qui a une caisse courte, avec un manche très long, les côtés y sont aussi un peu creusés. Deux rosaces, percées en dessous des cordes, figurent les ouïes; le cordier et le chevalet, qui est plat, s'y distinguent parfaitement; mais le détail le plus intéressant se remarque sur son cheviller, arrondi et orné d'une tête sculptée, qui nous montre, pour la première fois, des chevilles placées sur les côtés,

SIRÈNE JOUANT DE LA VIÈLE
Bas-relief de la cathédrale Saint-Jean, à Lyon (xiiie siècle).

comme elles le sont sur les instruments à archet modernes.

On continuait cependant à faire des vièles rondes, sans échancrures, au xve siècle. Telle est celle du beau manuscrit de Froissard, que joue un enfant nu, dessiné dans une des marges, et dont le cheviller est en équerre, semblable à celui d'un luth.

La vièle d'une des sirènes du charmant bas-relief qui se voit sur le portail de droite de la cathédrale Saint-Jean, à Lyon, n'a pas non plus d'échancrures; mais cela n'a rien de surprenant, puisque le monument est du xiiie siècle.

Dans le superbe tableau de Memling, xv° siècle, *La Madone et l'enfant entre deux anges*, qui se trouve au musée des Offices, à Florence, on voit une vièle fort gracieuse à laquelle on pourrait presque donner le nom de viole. Montée de six cordes, elle a un élégant cordier; les ouïes sont placées comme sur le violon, de chaque côté du chevalet; de plus, quatre petites rosaces décorent la table, dont les bords sont à peine échancrés; le manche, carré, est de la même épaisseur que la caisse; quant au cordier, il ne diffère pas de ceux des autres vièles.

Le même maître a peint une vièle semblable, sur la châsse de sainte Ursule, à Bruges. On peut considérer ces deux instruments comme les plus parfaits modèles de transition entre la vièle primitive et la viole.

VIÈLE A SIX CORDES

Fresque du vieux château de Forchheim, Franconie
(xive ou xve siècle).

FRAGMENT D'UN CHAR

Triomphe de Maximilien, par Albert Dürer (xvie siècle).

LA ROTE

I

D<small>E</small> tous les instruments de musique du Moyen Age, la rote est celui qui a le plus exercé la sagacité des archéologues et des musicographes. De nombreuses lances ont été rompues en son honneur, et les polémiques, à son sujet, ne sont peut-être pas encore près de finir.

Croyant que le mot rote venait de *rota*, roue, ou de *rotare*, tourner la roue, Roquefort[1], E. de la Bédollière[2], et avec eux quantité d'auteurs, disent que c'était là le nom de la vielle à roue. Or, celle-ci s'appelait alors : symphonie, cifonie, ou chifonie.

Bottée de Toulmont fut le premier à signaler cette erreur, et à déclarer que la rote des trouvères et des ménes-

---

1. R<small>OQUEFORT</small>. *Glossaire.*
2. E. <small>DE LA</small> B<small>ÉDOLLIÈRE</small>. *Mœurs et vie privée des François.*

trels, citée si souvent dans les anciennes poésies, devait être l'ancien crouth, dont le nom était altéré[1].

Coussemaker, qui partage l'opinion émise par Bottée de Toulmont, estime que rote dérive de *chrotta*, mot germanique dont on a supprimé le signe d'aspiration *ch*, comme on l'a fait dans beaucoup de noms ayant la même origine, et démontre de la façon suivante que la rote et la chifonie n'étaient pas le même instrument :

« Ce n'est pas en effet, dit-il, de *rota* ou de *rotare* que vient le nom de rote, mais de *chrotta*, instrument de musique des peuples du Nord, vraisemblablement le plus ancien des instruments à archet. S'il restait quelque doute à cet égard, il devrait disparaître devant les citations suivantes puisées dans les poésies du Moyen Age, et choisies de façon à prouver, de la manière la moins équivoque, que la rote n'était ni la vielle de nos jours, appelée alors symphonie ou chifonie, ni la vièle d'alors. On lit dans le *Roman de Brut* :

> De vièle sol et de rote;
> De gigue sol, de symphonie.

« Dans le *Roman d'Athis* et dans celui de Vace, on trouve :

> Et ciphones et vielles
> Rotes et harpes et muselles.
> . . . .
> Rote, harpe, vielle et gigue et cifonie[2]. »

Voilà donc un fait acquis, le mot rote ne s'employait pas pour désigner la vielle à roue; et il nous paraît assez logique d'admettre que les poètes continuaient à donner, par imitation, le nom de rote à la plus grande des vièles, qui n'était qu'un crouth à manche dégagé, et cela parce qu'on la tenait de la même façon que l'instrument primitif pour la jouer. Ainsi, on disait indifféremment dans notre vieux langage :

1. BOTTÉE DE TOULMONT. *Dissertation sur les instruments de musique employés au moyen âge.*
2. *Essai sur les instruments*, ouvrage déjà cité.

rolle, rothe, rote ou rocle; parce que dans la basse latinité on avait dit : *chrotta, rota, rocta*[1]. Cependant on ne peut affirmer que ce mot n'a pas servi aussi, dans certains cas, pour indiquer un autre instrument à cordes.

Dans un sirvente de Giraud de Calençon, du XIIe siècle, portant le titre de *Fadet joglar*, et adressé à un jongleur pour l'inviter à se rendre habile dans le jeu des instruments de musique et dans tout ce qui concernait son art, il est question d'une rote garnie de dix-sept cordes :

Fadet joglar
Sapchas
Taborciar
E far la seinfonia brugir.
E sitolar
E mandurcar
Mani corda
Una corda
E faits la rota
A XVII cordas garnir.
Sapchas arpar
E ben trempear
La giga c'l sons esclarcir.
Joglar leri
Del salteri
Fara X cordas estrangir.
IX estrumens
Si be'ls aprens
Ben poiras fol esferezir.
E estivas
Ab votz pivas
E las lyras fai retentir
E del temple
Per inemple
Fai totz les cascavels ordir[2].

1. *Chrotta Britannia canat.* V. Fortunatus. — *Campanula, vidula, rota,* Const. Afric. — *Et aliqua alia genera dulcia musicorum, ut sunt, violæ, cythara et roctæ,* San., lib. II. part. 4, cap. XXI.
2. Niais jongleur, sache jouer du tambour, des tablettes, de la symphonie, de

Or, la rote à archet ne pouvait être montée de dix-sept cordes; ce n'est que cinq ou six siècles plus tard que l'on rencontre la lyre-viole, qui en possédait un aussi grand nombre, et quelquefois plus encore. Giraud de Calençon n'a donc pu parler que d'un instrument à cordes pincées, du genre de la harpe et du psaltérion, lesquels sont cependant toujours cités par les vieux auteurs en même temps que la rote et la symphonie.

Du reste, Coussemaker admet deux espèces de rote, l'une à archet et l'autre pincée. Il donne même deux figures représentant, selon lui, cette dernière espèce, d'après des manuscrits de la Bibliothèque royale de Bruxelles. La première de ces figures montre un roi qui joue d'une harpe dont l'intérieur du triangle, dans lequel sont tendues les cordes, au lieu d'être vide, forme une caisse de résonance percée d'ouïes. Sur la deuxième figure, la caisse sonore ne remplit pas tout à fait l'intérieur du triangle. En somme, ces deux instruments sont des sortes de psaltérion ou de tympanon, que l'on joue en les tenant comme des harpes, et dont on pince les cordes avec les doigts d'une seule main, au lieu de les pincer avec un plectre, ou de les frapper avec une baguette.

Dans son ouvrage sur l'école de chant de Saint-Gall, le P. Anselm Schubiger nous apprend que l'instrument à cordes que l'on désignait parfois sous le nom de rote était un psaltérion : « Le psaltérion à sept cordes, dit-il, était l'instrument auquel les anciens moines de Saint-Gall donnaient de préférence la dénomination allemande de rota. »

Notker Labeo le décrit de la manière suivante dans ses œuvres allemandes sur la musique : « La lyre et la rote ont sept cordes de la même couleur. Le psaltérion ou rote est

la mandore et du monocorde. Fais garnir la *rote* de dix-sept cordes; sache jouer de la harpe et bien accorder la gigue. Joue gaiement du psaltérion, fais résonner ses dix cordes. Si tu apprends bien neuf instruments, tu pourras....; fais sonner les trompettes avec..... et la lyre : et du temple, pour l'exemple, fais sonner toutes les cloches.

un instrument qui se joue avec les mains. » Par ces derniers mots : « avec les mains », il veut sans doute dire qu'on ne se servait pas du plectre.

En parlant du psaltérion, le même auteur écrit encore ceci dans son ouvrage sur les psaumes allemands : « Les musiciens et les joueurs ambulants l'ont adapté à leur métier, en lui donnant une forme plus commode, en y ajoutant plusieurs cordes, et en changeant cet attribut triangulaire, emblème de la trinité. »

Kastner cite des passages de deux manuscrits se rapportant à une rote pincée [1], et dit :

« Le nom de rote s'est appliqué tour à tour, et parfois concurremment, à deux instruments à cordes de nature différente, dont l'un était l'auxiliaire de la vielle ou viole, l'autre celui de la harpe ou du psaltérion [2]. »

Fétis n'est pas du même avis, et comme il ne peut tolérer que l'on ait une autre opinion que la sienne, il fulmine contre Bottée de Toulmont, Coussemaker et Kastner, auxquels il adresse des aménités de ce genre : « L'érudition de Bottée de Toulmont est en défaut. » — « M. Coussemaker, fidèle à son système d'emprunt, sans citer ceux qu'il copie, n'a pas la prudence conjecturale de son prédécesseur. » — « Je ne puis admettre non plus l'opinion de l'érudit M. Georges Kastner, que le nom de rote s'appliquait à deux instruments de nature différente, dont un aurait été joué avec l'archet, et l'autre en pinçant les cordes. Je ne connais pas un seul texte qui justifie cette conjecture [3]. »

Il appuie ses affirmations sur deux textes où il est incontestablement question d'une rote pincée.

Le premier est un passage du commentaire de Notker

---

1. Le premier de ces manuscrits date du xiii° siècle, il contenait le traité d'Alain de l'Isle *De plantâ naturæ*), et appartenait à M. de Reiffenberg, à l'époque où Kastner écrivait. Le deuxième est un manuscrit de Munich, qui a été cité par Schmeller.

2. Ouvrage déjà cité.

3. *Antoine Stradivari*, p. 29 et 30.

Balbulus, moine de Saint-Gall, au x⁰ siècle, sur le symbole d'Athanase. « Passage rapporté par du Cange[1] ainsi que par Schilter[2], et que ce pauvre Bottée n'entend pas, quoique le sens soit très clair[3]. » Le deuxième est emprunté à la LXXXIX⁰ lettre de saint Boniface, apôtre de l'Allemagne et archevêque de Mayence, qui vécut dans le vinⁱ⁰ siècle, où il est dit : « Je me réjouis d'avoir un cithariste qui puisse jouer de la cithare, que nous appelons rotta[4]. » Et Fétis ajoute :

« La *rotta*, *rota*, *rote* ou *rothe* était donc une cithare, non la cithare antique, qui était une lyre dont on jouait en l'appuyant sur la partie supérieure de la poitrine, mais la cithare teutonique, formée des modifications introduites dans la forme du psaltérion et dans le nombre de ses cordes. Ces modifications de la forme consistaient dans l'arrondissement des angles du delta; et c'est de là précisément que lui venait son nom *rota* (*instrumentum rotundum*). »

Nous estimons qu'il serait bien inutile, après ce qui précède, de rechercher plus longtemps le texte inconnu et demandé plus haut par Fétis, puisque celui qu'on vient de lire, le sien, nous fournira l'explication désirée, attendue, qui va clore, espérons-le, l'ère des polémiques si pénibles et si ardues que nous a values la double application du mot rote.

Il suffira, pour cela, de se reporter à notre description du crouth à trois cordes du manuscrit de Limoges, où nous disons, que le crouth « se rapproche beaucoup, comme construction, de la cythara teutonia, à cordes pincées, dont

---

1. *Gloss. ad script.*, etc.
2. *Thesaurus Antiq. Teuton.*, etc.
3. Sciendum est quod antiquum Psalterium instrumentum decachordum utique erat, in hâc videlicat deltæ litteræ figurâ multipliciter mysticâ. Sed postquam illud symphoniaci quidem et ludicratores, ut quidam ait, ad suum opus traxerant, formam utique ejus et figuram commoditati suæ habilem fecerant, et plures chordas annectantes et nomine barbarico Rottam appelantes, mysticam illam Trinitatis formam transmutando.
4. Delectat me quoque cytharistam habere qui possit cytharizare in cythara, quam nos appellamus Rottam.

on voit deux exemples dans le manuscrit de saint Blaise, du
xiie siècle, publié par Gerbert, et que si cette dernière avait
un manche surmonté d'une touche en dessous de ses cordes,
elle ressemblerait à un crouth et vice versa. » Donc, si ces
deux instruments avaient une si grande ressemblance, qu'y
a-t-il d'étonnant à ce que l'on ait donné, justement à cause
de cette ressemblance, le nom de l'un à l'autre, et cela, bien
qu'ils ne fussent pas joués de la même manière? Puis, rien
ne dit que le mot rote, dérivé de chrotta, nom d'un instrument ayant occupé une place importante, n'ait pas été,
durant les viiie, ixe et xe siècles, employé dans un sens
générique, comme le fut plus tard le mot vièle?

Il résulte donc de tout ceci que la vièle à roue se nommait symphonie ou chifonie durant le Moyen Age; que la
plus grande des vièles à archet portait alors le nom de rote,
et que ce nom servait aussi parfois pour désigner la cythara
teutonia, sorte de psaltérion que l'on jouait seulement avec
les mains, c'est-à-dire sans se servir du plectre.

II

La rote à archet, qui avait une personnalité bien accusée,
celle dont nous allons nous occuper ici, était la plus grande
de toutes les vièles. Sa caisse de résonance, comme celle
de la vièle proprement dite, était à fond plat avec des
éclisses, et son manche se dégageait aussi du corps sonore.
Elle se jouait, tantôt appuyée sur la cuisse gauche, comme
son prédécesseur le crouth, tantôt appuyée contre le genou,
ou bien encore placée entre les jambes, comme se joue le
violoncelle.

On trouve une représentation de la rote, la plus ancienne
peut-être, sur le chapiteau de l'église Saint-Georges de Boscherville, du xiie siècle, auquel nous avons déjà emprunté

un exemple de vièle à archet. Cette rote, que Fétis appelle une rubebbe[1], est jouée par un personnage couronné qui la tient entre ses jambes. Son manche est complètement dégagé du corps sonore. On ne peut y voir, dans l'état actuel, ni les ouïes, ni les cordes, ni aucun des accessoires, mais on y remarque de légères échancrures sur les côtés de la cuisse pour le passage de l'archet.

La rote est, en effet, la première de toutes les vièles sur laquelle des échancrures ont été pratiquées. Comme l'instrument était assez grand, et, par conséquent, large en proportion, le jeu de l'archet y devenait plus difficile que sur les vièles plus petites. A cause de la largeur de sa caisse de résonance, il aurait fallu un chevalet excessivement élevé pour permettre à l'archet d'atteindre toutes les cordes sans frotter en même temps sur les bords de la table; c'est pour obvier à cet inconvénient que l'on fut obligé de la rétrécir au milieu.

Un bas-relief en marbre, de la fin du XIIe siècle, qui est au musée de Cologne, représente un musicien jouant aussi d'une rote à archet. De forme élégante, avec des échancrures et deux ouïes assez larges, elle est tenue appuyée

ROTE
Chapiteau de Saint-Georges
de Boscherville
(XIIe siècle).

<hr />

1. Parlant du chapiteau de Boscherville, Fétis dit : « On y voit la rubebbe à deux cordes, tenue entre les jambes du personnage qui en joue avec un archet. » *Histoire générale de la musique.* t. IV. p. 501.

contre le genou gauche, et soutenue par la jambe droite de
l'artiste. On y compte trois cordes attachées à un cordier
et passant sur un chevalet. Tous les détails, y compris le
sillet de la touche, sont exécutés avec beaucoup de soin.
Le corps de l'instrument se prolonge de chaque côté et sur
une partie du manche, ce qui se voit assez souvent sur les
instruments à archet allemand de cette époque. Cette forme
du haut de la caisse a été adop-
tée pour les violes, et l'est
encore assez souvent pour la
contrebasse actuelle. Le bras
droit du musicien, ainsi que
les doigts de sa main gauche,
sont brisés. Il ne reste qu'une
petite partie de l'archet, celle
qui était adhérente à la table.

Une autre rote, plus allongée, se voyait sur un vitrail
de la chapelle de la Vierge ou
chapelle d'Hervée[1], de la cathédrale de Troyes. Cette verrière, qui datait des premières
années du XIIIᵉ siècle, repré-
sentait un arbre de Jessé, dé-
truit ou dispersé aujourd'hui.
Jouée par un roi David, qui
la tient comme l'ancien crouth,

ROTE
Bas-relief en marbre de la fin du
XIIᵉ siècle (musée de Cologne).

appuyée sur sa cuisse gauche, cette rote est très élancée,
et peut, à cause de l'élégance de ses formes, être considérée comme un type de cette époque. Montée de quatre
cordes, fixées à un attache-cordes, dans le genre de ceux
des guitares, car il n'y a pas de cordier, elle a quatre ouïes,
dont deux sont percées en dessous des larges échancrures

1. Cette chapelle est ainsi désignée, parce que c'est l'évêque de ce nom qui
l'a fait bâtir en 1223.

de la caisse, et les deux autres, dans le haut de la table de chaque côté de la touche. Sur le cheviller, cinq points en losange figurent les chevilles, bien qu'il n'y ait que quatre cordes (celui du milieu n'était sans doute que décoratif). L'archet, excessivement long, en forme d'arc, est tenu de la façon inverse à celle qui a été adoptée depuis, à peu près comme le tenait le célèbre contrebassiste italien Dragonetti.

ROTE
Vitrail de la cathédrale de Troyes
(XIIIᵉ siècle).

Quel était l'accord de la rote? Jérôme de Moravie n'en parle pas; mais il est à supposer que lorsqu'il dit dans son chapitre XVIII : « Nous parlerons d'abord de la rubèbe, puis des vièles — « *Idcirco primo de rubebá, posteà de viellis dicemur* », il a, comme le fait justement remarquer Coussemaker, « par ce mot collectif *viellis*, voulu désigner tous les instruments à archet de son temps, et y comprendre la rote et la gigue. Cette conjecture se fortifie en voyant la plupart des auteurs du Moyen Age employer le mot vièles dans un sens collectif. » Il est donc probable qu'un des accords indiqué pour la vièle s'appliquait également à la rote, qui était non moins estimée et recherchée.

III

Les trouvères et les troubadours employaient surtout la rote pour accompagner ou pour jouer les lais. M. Edélestan du Méril[1] nous apprend que le lai était un air, un accompagnement, qui devint assez célèbre pour désigner un certain genre de poésie, mais que, dans le principe, on ne l'appliquait qu'au travail du musicien.

Il y avait des lais pour chaque instrument, mais ceux de rote paraissent avoir été les préférés de Marie de France :

> Le lais escontant d'Aïélis
> Que hum Yrois doucement note
> Moult le sonne en sa rote.
> (*Lai de l'Espine.*)

Elle y joignait quelquefois celui de harpe :

> De cest Cunte K'oi avez
> Fu Gegemer le lai trovez,
> Qu'hum dist en harpe è en rote :
> Boine en est à oïr la note.

La rote a donné son nom aux *rotruenges*, chansons à ritournelles ou à refrain :

> Asséz avez oi chançons
> Et lons respis et nouviaux sons
> Dire fables et rotruenges
> Lais de rotes et de nouvielles
> Et autres mélodies belles.
> (*Roman des Sept Sages.*)

> Mult or à la cort jugléors
> Chantéors, instrumentéors.
> Mult poïssiez oïr chançons
> Rotruenges et noviax sons,
> Vièleures, lais et notes,
> Lais de vièles et de rotes
> Lais de harpes et de frétiaux
> Lyres, tymbres et chalumiaux
> Symphonies, saltérions,
> Monocordes, cymbres, corrons.
> (*Roman de Brut.*)

1. EDÉLESTAN DU MÉRIL. *Histoire de la poésie scandinave*, p. 299 et suivantes.

Employés comme termes collectifs, les mots viel ou vieller se rapportent souvent à l'action de jouer des rotruenges, et, dans ce cas, doivent désigner la rote :

> Se pot avoir moi un viel
> Tot moi diser bon rotruel.
>
> *(Roman du Renard.)*

> Viellent menestrel rotruenges et sons.
>
> (Du Cange, *Suppl. au Gloss.*)

Le nom de *rotulæ* a été donné à des espèces de noëls, que l'on chantait autrefois dans les églises pour bercer l'enfant Jésus.

On voit la rote figurer dans les bals et dans les fêtes :

> Quand les tables furent ostées
> Les rotes se sont arotées
> Pour dansier et faire festes.
>
> (Ms. de M. Douce[1].)

Vers 1320, Mario-Sanuto l'indique parmi les instruments destinés à une croisade : « ... *et aliqua alia genera dulcia musicorum, ut sunt violæ, cytharæ et rotæ*[2]. »

Eustache Deschamps cite encore la rote :

> Plourez harpes et cors sarrazinois
> La Mort machault la noble rhétorique
> Rubèbes, leuths, vielle, syphonie,
> Psalterions, tous instrumens coys,
> Rothes, guiterne, flaustes, chalemie,
> Traversaines, et vous nymphes de boys,
> Timpane aussi mettez en œuvre dois ;
> Et le choro n'y ait nul qui le réplique
> Faictes devoir plourez, gentils galois,
> La Mort machault la noble rhétorique

Roteor est mis pour joueur de rote, par d'anciens poètes,

---

1. De la Rue, t. I, p. 117.
2. Mario-Sanuti. *Secreta Fidelium Crucis*, lib. II, pars IV, cap. xxi, contenu dans le *Gesta Dei per Francos*. Hanoviæ, 1611.

et *rotaries* pour chansons ou airs propres à être joués sur
la rote.

La petite rote, à quatre cordes, du manuscrit des *Echecs
amoureux* est intéressante par la manière dont elle est tenue
par la charmante femme qui la joue, manière que l'on ne

PETITE ROTE A QUATRE CORDES

Les *Echecs amoureux*, manuscrit (xvᵉ siècle).

connaissait pas encore; et aussi parce qu'elle est de même
forme que la vièle jouée par Saint-Genest sur le vitrail
de l'ancienne église de Laxow, dont A. Jacquot a publié la
reproduction [1].

1. *La musique en Lorraine*. Paris, 1882.

Un manuscrit du xiv° siècle, portant le numéro 171 de la bibliothèque de Gand, contient un petit traité d'instruments à cordes dans lequel se voit le dessin d'une rote du même type que celle de la verrière de Troyes. L'auteur ne donne pas de nom à cet instrument, dont il attribue l'invention à

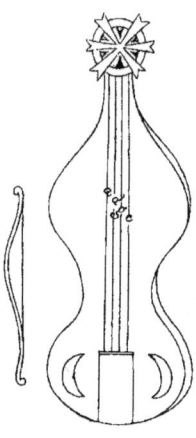

ROTE
A QUATRE CORDES
Manuscrit
de la biliothèque de Gand
(xive siècle).

un certain ALBINUS. Il y a de très grandes échancrures; les deux ouïes, en forme de croissant, sont tout au bas de la table de chaque côté du cordier; on n'y voit pas de chevalet, mais l'accord des quatre cordes est indiqué par les lettres : A, *la*; D, *ré*; G, *sol*; C, *ut*. Le haut de la caisse se prolongeant jusqu'au cheviller, le manche est si court que la main devait le tenir avec beaucoup de peine. L'archet qui est placé tout à côté n'offre rien de particulier.

On vient de voir des rotes montées de trois et de quatre cordes, mais le nombre de celles-ci a dû en être très variable et atteindre souvent cinq ou six, comme sur l'ancien crouth.

Ne quittons pas la rote sans faire remarquer que c'est seulement vers la fin du xiii° siècle ou au début du xiv° que la vièle commence à avoir sa table d'harmonie cintrée sur les côtés, tandis que la rote a déjà au xii° siècle la forme qui fut plus tard adoptée. Elle occupe donc, par suite de ce fait, une place des plus importantes dans l'histoire des instruments à archet.

LA RUBÈBE ET LE REBEC

I

ON devait connaître la rubèbe à peu près vers la même époque que la vièle, car elle est souvent citée dans les anciennes poésies, sous les noms de rebèbe, rebelle, rubèbe, etc., en même temps que cet instrument et que tous ceux que l'on pratiquait alors :

> Harpes bien sonnans et rebebes.
>
> *(Roman de la Rose.)*

> Guiterne, rebebe ensement
> Harpe, psaltérion, douçaine
> N'ont plus amoureux sentement
> Vielle, fleuthe traversaine.
>
> (Eustache Deschamps.)

> Sonnez, tabours, trompes, tubes, clarons,
> Flustes, bedons, symphonies, rebelles,
> Cymbales, cors doulx, manicordions.
>
> (Molinet, *Chanson sur la journée de Guinegate.*)

Guillaume de Machault, poète et musicien du xive siècle[1], n'oublie pas de la faire figurer dans son poème *Li Temps pastour*, au chapitre : *Comment li amant fut au diner de sa dame* :

Mais qui véist après mangier
Venir menestreux sans dangier
Pignez et mis en pure corps
    Là furent meints acors.
Car je vis là tout en un cerne
Viole, rubèbe, guiterne,
L'enmorache, le micamon
Citole et le psaltérion ;
Harpes, tabours, trompes nacaires,
Orgues, cornes plus de dix paires.
Cornemuses, flajos et chevrettes,
Douceines, simbales, clochettes
Tymbre, la flauste brehaingne
Et le grand cornet d'Allemaingne,
Flajos de sans, fistule, pipe,
Muse d'Aussay, trompe petite,
Buisines, èles, monocorde
Où il n'a qu'une seule corde,
Et muse de blet, tout ensamble ;
Et certainement il me samble
Qu'oncques mais tele mélodie
Ne fut oncques vene ne oye,
Car chacuns d'eus selonc l'acort
De son instrument sans descort,

---

1. Guillaume de Machault, né en Champagne vers 1284, était secrétaire de Jean de Luxembourg, roi de Bohême; il a composé des motets, des ballades, des chansons, ainsi qu'une messe à trois et à quatre parties, qui fut exécutée, dit-on, au sacre de Charles V, roi de France, en 1364. Un fragment de conversation, rapportée par Monteil dans son *Histoire des François*, etc., montre que de Machault avait des admirateurs enthousiastes : « Vous trouverez des personnes qui osent bien vous demander si la musique des anciens était meilleure que la nôtre? Ah. père André! qu'il est des hommes malheureusement nés! Pour eux la magnificence du déchant n'existe pas. Pour eux n'existent pas les mélodieuses compositions d'Adam de la Halle et de Guillaume de Machault, qu'on entendra encore avec transport dans mille ans d'ici; car nos plus fameux chantres ne cessent de vous dire qu'il en sera de la musique actuelle comme du vin dont ils boivent : *plus elle vieillira plus on la trouvera bonne.* »

Viole ¹, guiterne, citole,
Harpe, trompe, corne, flajole,
Pipe, soufle, muse, naquaire,
Taboure, et quanque on puet faire,
De dois, de pennes et de l'archet
Oïs et vis en ce parchet.

C'est encore à Jérôme de Moravie qu'il faut s'adresser
pour avoir la définition de la rubèbe et connaître son
accord :

« La rubèbe, dit-il, est un instrument de musique qui
n'a que deux cordes à une distance d'une quinte l'une de
l'autre; cet instrument se joue comme la vièle, avec un
archet. Ces deux cordes, tant par elles-mêmes qu'autrement
(c'est-à-dire sans et avec application des doigts sur les
cordes)¹ rendent dix sons, savoir : depuis C, *fa, ut (ut* grave),
jusqu'à D, *la, sol, re (re* à la neuvième de l'*ut*), de la manière
suivante. Celui qui veut jouer de la rubèbe doit tenir cet
instrument de la main gauche, entre le pouce et l'index,
immédiatement près de la tête, de la même manière que l'on
tient la vièle. S'il touche avec l'archet la première corde,
sans y appliquer les doigts, elle donne le son C, *fa, ut,* l'*ut*
grave); si l'on applique l'index sans l'arrondir, ainsi que
nous l'entendons dans l'application des autres doigts sur
la rubèbe comme sur la vièle, mais en le laissant tomber
naturellement sur cette corde, elle donne D, *sol, re (re* grave).
Si l'on applique le médiaire immédiatement auprès de
l'index, ce que l'on doit faire de tous les autres doigts, tant
sur la rubèbe que sur la vièle, on obtient le son E, *la, mi*
(*mi* grave); en appliquant l'annulaire ou quatrième doigt, on
obtient le son F, *fa, ut (fa* grave). Il est, en outre, nécessaire que ce soit la corde suivante qui forme les autres

1. Tous ces mots sont les conjugaisons des verbes violer, guiterner, cito-
ler, etc.
2. Nous donnons la traduction du latin, publiée par M. Perne, *Revue musicale,*
t. II, p. 457 et suiv., qui a été déjà reproduite par Coussemaker. Les mots entre
parenthèses, ne sont pas dans le texte primitif.

sons. Sans application de l'index, elle donne G, *sol, re, ut* (*sol*), et avec l'application A, *la, mi, re* (*la*) ; de même, par l'application du médiaire tombant sur la corde non naturellement, mais tourné et tiré au-dessous près de la tête de la rubèbe, on a le son B, *fa* (*si* bémol) ; par l'application de ce même doigt non tourné, mais tombant naturellement, la corde rend le son B, *mi* (*si* bécarre). Ce qui démontre que, du même doigt, on forme non un seul son, mais deux, savoir : B, *fa* (*si* bémol) et B, *mi* (*si* bécarre). De même, par l'application du quatrième doigt, on obtient C, *sol, fa, ut* (*ut* octave d'*ut* grave) ; et, par l'application de l'auriculaire, on obtient pour complément D, *la, sol, re* (*re* octave de *re* grave), et la rubèbe ne peut monter davantage [1]. »

La corde la plus grave donnait donc :   et

l'autre :   . De sorte qu'avec l'application des

doigts la rubèbe avait l'étendue suivante :

On voit, par cet exemple, que la rubèbe n'offrait que de très faibles ressources à l'exécutant, aussi paraît-elle avoir été moins estimée que les autres instruments à archet de son temps, car elle n'est pas au nombre de ceux que devait posséder un bon jongleur, suivant Giraud de Calençon, et ne figure pas non plus dans le fabliau *Les deux Bordeors ribaus* ; ce qui semble indiquer qu'elle n'était pas rangée parmi les instruments artistiques et que son rôle était secondaire.

1. JÉRÔME DE MORAVIE, ouvrage déjà cité, chap. XXVIII.

Divers passages des *Lettres de Remission* montrent que la rubèbe était principalement employée pour faire danser, que c'était l'instrument des ménétriers d'alors :

« Un nommé Isembart jouoit d'une rubèbe, et, en jouant, un nommé Le Bastard se print à danser. » (*Litt. remis.*, an 1391).

« Roussel et Gaygnat prinrent à jouer, l'un d'une fluste, l'autre d'une rubèbe, et ainsi que les aulcuns dansoient. » (*Ibid.*, an 1395.)

« Avec lesquels compaignons estoit un nommé François Gontaud, qui sonnait d'une rubèbe, et allèrent danser. » (*Ibid.*, an 1458.)

Ce rôle était, d'ailleurs, celui des vièles en général ; mais la rubèbe paraît avoir été plus particulièrement entre les mains des ménétriers de second ordre, pour figurer dans les fêtes bourgeoises, populaires et champêtres. Du reste, tous les instruments à archet, montés seulement de deux ou de trois cordes ont été dans le même cas, on les voit toujours défrayant les concerts du peuple, et cela en tous pays.

De même que la lyra, dont elle est un des dérivés, la rubèbe n'avait ni éclisses ni manche; sa caisse de résonance, à fond bombé, se prolongeait en s'amincissant jusqu'au cheviller.

Coussemaker et Kastner croient qu'elle devait être de plus grande dimension que la vièle. Tel n'est pas notre avis, car on la jouait en la tenant comme le violon, et, pour cette raison, on ne pouvait en augmenter la taille. Son accord, donné par Jérôme de Moravie, montre, il est vrai, qu'on y obtenait des sons graves ; mais employait-on toujours cet accord? N'était-il pas spécial pour exécuter des mélodies lentes? Ne le modifiait-on pas quand il s'agissait de faire danser aux sons de la rubèbe ? Cela ne nous paraît pas douteux. En tout cas, même en s'y conformant, il aurait été bien inutile que les proportions de la rubèbe

dépassassent celles de la vièle, attendu qu'avec la disposition de cet accord, si elle montait moins dans l'aigu, elle ne
descendait pas non plus autant dans le grave que cette
dernière. De sorte que, par suite de ce fait, il n'y aurait
rien d'impossible à ce que la rubèbe fût la plus petite des
deux.

II

Aymeric de Peyrac, poète du XIII° siècle, qui se sert un
des premiers, du mot rebec pour désigner la rubèbe, dit que
cet instrument rendait des sons aigus imitant les voix de
femmes :

Quidam rebecam arcuabant,
Quasi muliebrem vocem configentes[1].

Gerson, un autre auteur de la même époque, expliquant
les paroles du psaume *Laudate eum in chordis et organo*,
établit aussi que la rubèbe était plus petite que la vièle[2].
Tous ces textes ont jeté le doute dans l'esprit de nos
modernes musicographes et fait naître des opinions diverses :
— « Comment, dit Coussemaker, expliquer cette contra-
diction ? Faut-il admettre que l'accord enseigné par Jérôme
de Moravie doive être haussé d'une octave ? Cela ne paraît
guère vraisemblable[3]. » — Kastner n'est pas moins indécis :
« La différence de ces témoignages, dit-il, ferait supposer
que le rebec et la rubèbe, dans le siècle où vivaient les deux
écrivains précités (Jérôme de Moravie et Aymeric de Peyrac),
c'est-à-dire dans le XIII°, n'étaient peut-être pas des instruments tout à fait identiques, mais deux variétés de l'espèce. »
Et parlant de Gerson : « Cependant, il ne paraît pas que

1. Rapporté par du Cange.
2. *Tractatus de canticis* (Gerbert, *De cantu*, t. II, p. 151 et suiv.).
3. *Essai*, ouvrage déjà cité.

cet auteur, et, en général, les écrivains du Moyen Age,
aient pris, dans un sens différent, la rubèbe ou le rebec,
qu'ils se bornent, dans certains passages, à distinguer
d'avec la vielle[1]. » — Quant à Fétis, il dit carrément :
« M. de Coussemaker a confondu le rebec avec la rubèbe
de Jérôme de Moravie : celle-ci était la basse, l'autre le
dessus[2]. »

Nous pensons qu'il est possible d'apporter un peu de
lumière dans ce débat et de trouver l'explication logique des
textes d'Aymeric de Peyrac et de Gerson, en remontant à la
naissance de la rubèbe. Or, cet instrument n'était pas le seul
dérivé de la lyra, il y avait aussi la gigue, la plus répandue
des deux et aussi la plus petite, ou plutôt celle dont la caisse
de résonance était la plus étroite, la plus effilée. Avec elle,
il n'était pas nécessaire de hausser d'une octave l'accord de
Jérôme de Moravie pour obtenir des sons aigus, elle devait
les donner naturellement, puisque c'était là son caractère,
sa nature même. Elle formait avec la rubèbe les deux
variétés de l'espèce, et y tenait l'emploi de dessus. L'autre
n'en était pas la basse, mais plutôt le ténor; car la basse des
bas instruments à archet était alors le grand monocorde :

Qui à tous instrumens s'accorde,

comme dit Guillaume de Machault dans son poème sur la
Prise d'Alexandrie. C'est ce dernier instrument qui prit plus
tard le nom de trompette marine, lorsqu'il fut muni du petit
chevalet mobile, qui, par ses frémissements imitait un peu
le timbre de la trompette. Donc, si l'on veut bien comparer
la rubèbe et la gigue avec les deux textes précités, on arrivera
facilement à se convaincre que Gerson et Aymeric de Peyrac
ont bien pu confondre ces deux instruments à cause de leur
ressemblance, laquelle s'augmentait encore par la manière
de les tenir pour les jouer; et l'on pourra très bien admettre,

1. *Les danses des Morts*, p. 249.
2. *Histoire générale de la musique*, t. V, p. 166.

avec nous, qu'ils ont dû donner par erreur le nom de rebec
à la gigue, laquelle était plus petite que la vièle, et rendait
des sons aigus. Quant à supposer que la rubèbe et le rebec
n'étaient pas des instruments identiques, il n'y faut pas
songer; car on ne trouve jamais leurs deux noms dans le
même poème, les écrivains du Moyen Age se servant tantôt
de l'un, tantôt de l'autre, pour désigner un seul et même
instrument.

> Orgues vielles micamon,
> Rubèbes et psaltérion.

> (GUILLAUME DE MACHAULT, *La Prise d'Alexandrie*.)

> Où estes-vous chantz de linottes,
> De chardonneretz ou serins,
> Qui chantés de si plaisans notes
> Soubz les treilles de ses jardins?
> Où estes-vous les tabourins,
> Les doulcines et les rebecz,
> Que nous avions tous les matins
> Entre nous aultres mignonnetz?

> (COQUILLART, *Monol. du Puys.*)

Ces deux noms ont été employés indifféremment avec
celui de rebele, jusqu'à la première moitié du xvᵉ siècle :

> Merveille est de ce monde comme torne boucle
> Et tort et sans renom me chose et rebele
> Quar s'um bergier de chans tabore et chalemele
> Plus tost est apelé que cil qui bien vièle.

> (*Des Taboureurs*, attribué par de Roquefort à Rutebeuf.)

> Car, en dançant, tant me lassa,
> Que ma muse à bruiant cassa,
> Et mes nacaires pourfendi ;
> Oncques puis corde ne tendi
> Sur tabourin, ne sur rebelle.

> (JEHAN MOLINET, xvᵉ siècle.)

Mais à partir de la deuxième moitié du xvᵉ siècle, le

mot rebec paraît avoir été adopté d'une façon définitive :

> A tel menestrier, tel rebec ;
> Tenant toujours le verre au bec.
>
> (*Les Satires chrétiennes.*)

> O Muse, je t'invoque ; emmielle-moi le bec
> Et bande de tes mains les nerfs de mon rebec.
>
> (RÉGNIER, *Xe Satire.*)

Le nombre des cordes dont on garnissait la rubèbe ou le rebec ne fut pas toujours réduit à deux ; il a été bien plus souvent porté à trois. Coussemaker, et après lui Kastner, Fétis et Vidal disent que ces trois cordes s'accordaient de quinte en quinte. Nous ne pensons pas que cet accord par quintes, des trois cordes du rebec, ait été employé avant le xve siècle. Il est bien plus probable que jusqu'à la fin du xive siècle, lorsque cet instrument était monté de trois cordes, deux de celles-ci devaient être accordées à l'unisson ou à l'octave, conformément au système de cordes doubles alors en usage ; et que ce n'est que plus tard, vers le xve siècle, quand la famille des violes eut remplacé les vièles, que le rebec, restant la seule vièle en usage, se perfectionna dans son accord. Car si la rubèbe à trois cordes avait été accordée en quintes, elle aurait offert plus de ressources que la vièle proprement dite, et serait devenue l'instrument artistique. Or, d'après tous les auteurs du temps, la vièle était plus honorée que la rubèbe ; nous en trouvons la preuve évidente dans les instructions de Jérôme de Moravie.

Le rebec est la vièle à archet qui a été le plus longtemps en usage. A cause de sa longue carrière, on peut le considérer comme le chef des vièles du deuxième groupe. Au xviiie siècle, lorsque le violon commençait à être en grande faveur, on le voit encore entre les mains des ménétriers qui vont jouer de cabarets en cabarets. Universellement répandu,

il portait les noms de rabbel ou arrabel en Espagne, et de
rebeca en Portugal. Pendant la première moitié du XIXᵉ
siècle, on le retrouve en Bretagne; et, de nos jours, il figure
encore dans les concerts rustiques sous les noms de lyra en
Grèce et de goudok en Russie. Ajoutons que les Orientaux
emploient toujours le rebab.

Ménage dérive du rabel des Espagnols, dérivé lui-même
de l'arabe, le mot français rebec que d'autres font venir du
celtique reber.

Kastner n'est pas très heureux lorsqu'il dit que le crwth
trithant est l'ancêtre présumé du rebec. Parlant des barz de
village bretons, qui passent pour les descendants directs
des anciens ménestrels ou bardes, il cite le passage suivant
de M. Hersat de la Villemarqué :

« Ces barz, à l'exemple de leurs ancêtres, célèbrent les
actions et les faits dignes de mémoire; ils dispensent avec
impartialité à tous le blâme et la louange, et pour relever le
mérite de leurs chants, ils s'accompagnent des sons très
peu harmonieux d'un instrument de musique à trois cordes,
nommé rebek, que l'on touche avec un archet, et qui n'est
autre que la krouz ou rote des bardes gallois et bretons du
VIᵉ siècle[1]. »

Un peu plus loin, à propos du rabel des Espagnols, il
ajoute :

« Quelques-uns croient que cet instrument tire son origine de la rubèbe et n'en est qu'une imitation[2]. »

Il est bien évident que le crouth à trois cordes et le rebec
sont des bas instruments qui ont surtout été employés par
des ménétriers de second ordre. Mais de là à leur donner la
même origine, il y a loin, et l'on s'explique difficilement que
Kastner donne pour ancêtre présumé au rebec à fond bombé
le crouth, dont la caisse de résonance était plate avec des

1. Le nom du rebec, en bas-breton, est rebet, et celui qui en joue est appelé
rebeter. Dict. de la langue bretonne, par D. Louis Le Pelletier.
2. G. KASTNER. Danses des Morts.

éclisses; et cela, après avoir décrit séparément la forme de ces deux instruments.

A. Vidal pense que l'origine du rebec vient probablement de l'Orient : « Le rabeb, dit-il, qui a été apporté par les Maures en Espagne, lors de la conquête, vers le commencement du v111ᵉ siècle, n'est autre chose que le rebec[1]. » Et dans un renvoi, il ajoute :

« Don Ant. Rod. de Hita indique parmi les instruments usités par les Espagnols au Moyen Age : « el ravé gritador « con su alta nota », et plus loin : « el rabé morisco ». Le ravé gritador n'est évidemment que notre rebec « dur et sec ». Quant au rabé morisco, c'est, à n'en pas douter, le rabeb arabe. Ce mot de rabé s'est conservé en Espagne à travers les siècles, car, aujourd'hui encore, certaines peuplades de la Catalogne appellent le violon « rabaquet ». (*Historia de la musica espagnola desde la venedia de las Fenicios, hasta el año 1850*. Por Mariano Fuertes, Madrid, 1855.)

G. Chouquet fait aussi descendre le rebec du rebab[2]. Fétis affirme que l'archet nous vient de l'Inde et que le rebec est d'origine orientale.

Nous nous sommes suffisamment expliqué sur ce sujet dans l'introduction de cet ouvrage, nous n'y reviendrons pas. Cependant, nous tenons à faire remarquer qu'en établissant des rapprochements entre le rebab sans éclisses des Orientaux et le rebec, on a déplacé la question. Le rebec étant une imitation ou plutôt une continuation de la lyra, c'est donc entre celle-ci et le rebab qu'il faudrait d'abord établir des points de comparaison; car l'on ne se rapprochera de la vérité qu'en remontant jusqu'à l'ancêtre européen du rebec. Or, qu'on le veuille ou non, la rubèbe ou le rebec a eu la lyra pour prédécesseur en Europe, et le lecteur n'aura qu'à se reporter au chapitre qui est spécia-

---

1. A. VIDAL. *La lutherie et les luthiers*, p. 2. Le même passage existe aussi dans *Les Instruments à archet*, du même auteur.

2. G. CHOUQUET. *Musée du Conservatoire national de musique*, Paris, 1884.

lement consacré à ce dernier instrument, pour se faire une opinion sur ce point.

III

Un des médaillons sculptés d'une petite frise de la fin du xiᵉ siècle ou du commencement du xiiᵉ, provenant de l'ancienne chapelle du vieux château du Gros-Chigy, et utilisé aujourd'hui dans l'encadrement de fenêtre d'une ferme de la commune de Saint-André - le - Désert (Saône-et-Loire), dépendant du château actuel, offre une représentation de la rubèbe. Cette sculpture très sommaire n'est intéressante que par la manière dont le personnage tient l'instrument qu'il joue, et qui est la même que celle adoptée de nos jours pour le violon.

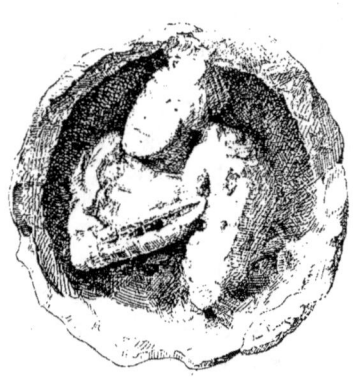

RUBÈBE
Ancienne chapelle du vieux château du Gros-Chigy
(Saône-et-Loire), xiiᵉ siècle.

Nous ne faisons que signaler les trois rubèbes à deux cordes, qui sont au nombre des instruments à archet du portail de l'église de Moissac ; car elles ne diffèrent que par le nombre de leurs cordes avec les lyra que nous avons déjà reproduites.

L'ange qui se voit à droite, sur le beau tableau de David Gérard, *La Vierge et les saintes*, du Musée de Rouen, joue d'un rebec qui peut être considéré comme un parfait modèle de cet instrument. Il n'y a pas de manche; la caisse, dont le fond est arrondi, se prolonge en se rétrécissant jusqu'au cheviller, renversé et recourbé, qui est garni de trois chevilles placées sur les côtés comme celles du violon. Les trois cordes sont attachées à un cordier et passent sur un chevalet dont les deux pieds reposent sur la table, en arrière des deux ouïes découpées en C presque droits tellement ils sont ouverts. La tou-che, aussi large que la caisse à laquelle elle adhère sur les côtés, est décorée d'une ro-sace; de plus, elle s'avance assez loin au-dessus de l'ins-trument et forme ainsi une double table. Ce détail si ca-ractéristique est particulier au rebec et à la gigue; on le re-marque sur la plupart de leurs représentations; du reste, l'ins-trument donné ici est assez petit, on pourrait même le prendre pour une gigue si ce n'était sa largeur.

REBEC
La Vierge et les Saintes
David Gérard (1450 + 1530).
Musée de Rouen.

Cette peinture offre encore un grand intérêt, car l'archet est tenu de la main droite par l'ange musicien à peu près comme l'on tient aujourd'hui celui du violon. Son pouce appuie contre la hausse au lieu de presser la baguette; quant à ses autres doigts, ils sont élégamment arrondis au-dessus de la baguette ainsi qu'on le fait de nos jours.

La main gauche de l'exécutant mérite aussi d'être étu-diée; le médius appuie à plat sur la chanterelle, et le pouce a l'air de remplir le même office sur la troisième corde.

Dans son tableau *Le couronnement de la Vierge*, qui est
au Musée du Louvre, Fra Angelico a peint deux anges
musiciens qui accompagnent les anges chanteurs en jouant,

REBEC

Le Couronnement de la Vierge. Fra Angelico (xvᵉ siècle). Musée du Louvre.

l'un d'une viole, que nous donnerons plus loin, et l'autre
d'un rebec. L'instrument, de coupe très élégante, est vu de
dos. Le fond rappelle, par sa forme, celui d'une barque. Les
côtés absolument droits de la caisse sont gracieusement
échancrés à chaque extrémité. Le cheviller, recourbé, con-

tient deux chevilles placées de face. L'archet, assez long,
n'a pas de hausse, ou plutôt celle-ci est figurée par un nœud
ou un renflement du bois; il est tenu par le pouce et l'index.
La position de la main gauche est excellente, le pouce
n'appuie pas sur la touche, mais contre la partie de l'instrument qui sert de manche.

Parmi les nombreux ménétriers qui sont représentés
dans la *Danse macabre*, il en est un qui joue du rebec[1] et

CHALUMEAU ET REBEC

Danse macabre. Manuscrit du XVe siècle. Bibliothèque nationale.

frotte consciencieusement son archet sur la table de son
instrument, laquelle est veuve de ses cordes ainsi que de
tous les autres accessoires. Le squelette musicien n'a pas
l'air de s'émouvoir pour si peu, il cherche à entraîner son
compagnon, qui s'en va en sens inverse tout en soufflant
dans un chalumeau.

« L'idée des squelettes musiciens, dit Kastner, placés en
tête des rondes funèbres, le plus souvent sur une estrade

---

1. Kastner a pris cet instrument pour une gigue, nous pensons que cette classification ne lui est pas applicable à cause de la largeur de sa caisse.

a'uprès du charnier, fut probablement suggérée par la coutume, très répandue pendant le Moyen Age, de pratiquer
des jeux et des divertissements après les saints offices
autour des églises, dans le lieu même qui servait d'asile aux
morts. C'est là que les pèlerins récitaient des cantiques et
des légendes, que les trouvères et les ménestrels *fablaient*
et chantaient, que les jongleurs faisaient leurs tours
d'adresse, que les marchands vendaient mille babioles, et
que la jeunesse des deux sexes tenait de doux propos et
dansait. Cette coutume ne fut, à la vérité, qu'une tolérance
de la part du clergé, qui s'y opposa formellement toutes les
fois qu'elle occasionna des abus et devint un sujet de scan-
dale. Le *Manuel du péché*, composé, à ce que l'on croit,
au XIIIe siècle, par l'évêque Grosthead, et cité par Douce,
proteste contre cet usage dans les vers que voici :

> Karoles ne lutes ne deit nul fere
> En seint église, ki me voit crere ;
> Kas en cimetière Karoler
> Utrage est grand u lutter.

« Mais la force de l'habitude l'emporta sur les exhorta-
tions et les remontrances. Ce fut en vain que l'autorité
ecclésiastique essaya, par des mesures plus rigoureuses et
par des défenses réitérées, d'abolir cet usage, qui, loin de
s'affaiblir, se perpétua de siècle en siècle[1]. »

Kastner ajoute, dans un renvoi, que le concile d'Exeter,
tenu en Angleterre en 1287, ordonne aux curés de ne point
souffrir, dans les cimetières, l'exercice de la lutte, des
danses et autres jeux, surtout pendant la célébration des
veilles ou des fêtes des saints ; que l'assemblée du clergé
de France, tenue à Melun en 1579, défend les spectacles
comiques et renouvelle l'ordonnance des anciens conciles
de ne point jouer des comédies et de ne point danser dans
les cimetières, et que le rituel de Cahors, donné en 1604

---

1. *Les danses des Morts*, p. 141. G. KASTNER.

par l'évêque Etienne de Popian, contenait les prescriptions suivantes : « *Par quoi mandons et très expressément enjoignons à tous prieurs, recteurs, curez ou leurs vicaires, chasser hors de l'église (à laquelle, comme maison de Dieu et d'oraison, convient la sainteté) et des porches et des cimetières et autres lieux sacrés et circonvoisins, toutes sortes de tambours et joueurs d'instruments, farces et quelconques représentations par personnages masquez ou déguisés, danses, jeux, etc.* »

Notre brave rebec ne figurait pas seulement que dans les

REBEC ET TROMPETTE DROITE
Les Échecs amoureux (xve siècle).

saturnales. On le voyait bien, il est vrai, dans l'orchestre de la *Fêtes des fous et de l'âne*; mais, accompagné du tambourin, il précédait aussi les épousées à l'église[1]. La même coutume existait en Allemagne. Du reste, pendant tout le Moyen Age, le rebec fut en vogue ainsi que la vielle à roue, la flûte, le chalumeau, la cornemuse, le tambourin et le tambour. Il s'employait dans les bals, festins, noces, mascarades, sérénades, etc.

On trouve, dans les *Comptes de l'Argenterie* du roy Charles VIII, qu'en 1483, étant à Septème, il fit donner

1. *Dictionnaire de Trévoux.*

35 sols « à ung poure insensé qui jouait du rebec. — Payé à Raymond Monnet, joueur de rebec[1]. »

Le rebec figurait aussi parmi les instruments reçus dans les cours royales.

REBEC AVEC CHEVILLER EN FORME DE LUTH
Voussure de l'orgue de Gonesse (début du XVIe siècle).

De 1523 à 1535 : « Lancelot Levasseur, joueur ordinaire de rebec du Roy. »

En 1559 : « Jehan Cavalier, joueur de rebec du Roy[2]. »

1. Archives nat., K. K, 73 et 76.
2. JAL. *Dictionnaire critique de biographie et d'histoire*, Paris, 1867.

On faisait aussi usage du rebec en Angleterre. Milton vante le son joyeux de cet instrument : « *The jocund rebeks sound* », et témoigne de la faveur qu'on lui accordait pour accompagner les danses. Brantôme a peu d'estime pour ceux qui venaient d'Ecosse. En 1526, le rebec faisait partie de la bande royale :

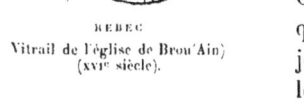

« The state band of Henry VIII (1526) consisted of XV trumpets, III lutes, III rebeks, III taborets a harp, II viols, IV druslamdes, a fife, and X sackbuts[1] ».

Les Echecs amoureux, manuscrit du xvᵉ siècle dédié à Louis de France, duc d'Orléans, renferme plusieurs vignettes, parmi lesquelles se trouve *le triomphe de Neptune*, représentant une sirène qui souffle dans une grande trompette droite et tient en même temps un rebec, monté de trois cordes, bien qu'on y compte cinq chevilles. Mais la double table formée par la touche y est très bien indiquée (voir p. 143).

Un des anges musiciens de la voussure de l'orgue de Gonesse (Seine-et-Oise), lequel porte la date de 1508, joue d'un rebec avec cheviller en forme de luth et dont

REBEC
Vitrail de l'église de Brou (Ain)
(xvıᵉ siècle).

on ne voit que le dos qui est à côtes.

On voit aussi un ange jouer du rebec à trois cordes, dans un des croisillons d'un vitrail de l'église de Brou (Ain), du xvıᵉ siècle. Ici le cordier et les ouïes sont à leurs places

1. R. North's. *Mémoires*, London. 1846. p. 97. note de l'éditeur.

10

habituelles; mais le peintre verrier a mis, par étourderie sans doute, le chevalet entre l'archet et la touche; de sorte que l'action des doigts sur les cordes y serait tout à fait nulle.

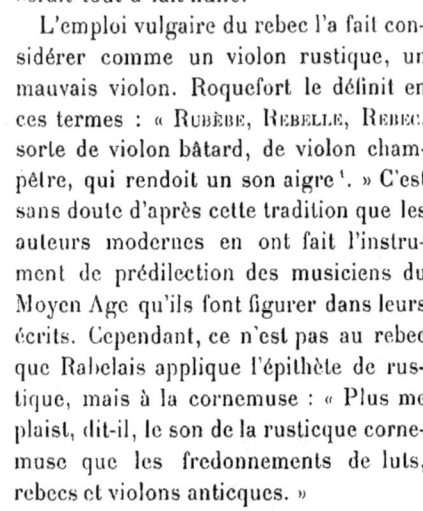

L'emploi vulgaire du rebec l'a fait considérer comme un violon rustique, un mauvais violon. Roquefort le définit en ces termes : « Rubèbe, Rebelle, Rebec, sorte de violon bâtard, de violon champêtre, qui rendoit un son aigre[1]. » C'est sans doute d'après cette tradition que les auteurs modernes en ont fait l'instrument de prédilection des musiciens du Moyen Age qu'ils font figurer dans leurs écrits. Cependant, ce n'est pas au rebec que Rabelais applique l'épithète de rustique, mais à la cornemuse : « Plus me plaist, dit-il, le son de la rusticque cornemuse que les fredonnements de luts, rebecs et violons antiques. »

GEIGE
OU
REBEC ALLEMAND

XVIᵉ siècle.

Régnier fait allusion à la mauvaise qualité du son du rebec dans ses satires :

Bref vos paroles non pareilles
Résonant doux à nos oreilles
Comme les cordes d'un rebec.

On appelait les joueurs de rebec, rebecqueux et rebecqueuse :

« En 1568, une femme nommée « Philippe la Rebecqueuse » fut fustigée par les rues de Nancy et marquée sur les épaules[2] ».

En Allemagne, au XVIᵉ siècle, le rebec se confondait

---

1. Roquefort. Etat de la poésie, etc., p. 108.
2. Jacquot. La musique en Lorraine.

encore avec les autres instruments à archet, auxquels on donnait indifféremment le nom de geige, qui équivalait à notre vieux mot vièle.

Nous reproduisons, d'après Prætorius[1], le dessin d'un *klein Geige ohne Bünde* (viole sans cases sur la touche), qui n'est autre qu'un rebec. Le chevalet porte sur la table dans laquelle sont percées les deux ouïes. Comme sur le rebec du tableau de Gérard David, la touche se prolonge au-dessus de la table et adhère aux côtés de la caisse.

Agricola prend le soin d'expliquer l'absence des divisions de la touche sur ces instruments : « Ecoute encore, dit-il, ce que je vais te dire : Comme elles (ces gigues) sont faites sans cases (*ohne Bünde*), on trouve plus de difficulté pour y appliquer les doigts et les conduire juste sur les cordes; mais il n'y a rien sur la terre d'assez difficile pour qu'on n'en vienne pas à bout avec de l'assiduité[2]. » Il nous apprend encore que cette sorte de geige était très usitée en Pologne, qu'il y en avait de plusieurs tailles et qu'on les accordait par quintes, de la façon suivante :

La transformation des vièles en violes avait déjà porté un rude coup au pauvre rebec, mais lorsque le violon parut, ce fut bien pis; chassé, traqué par les musiciens de haute marque, il tomba en discrédit et devint l'apanage exclusif

---

1. *Syntagma musici*, etc.

2.
Hör weiter was ich dir sag :
Die weil sie ohne Bünde gemacht,
Wird es schwerer geacht
Die Finger drauff zu appliciren
Und zwischen den saiten recht zu fürn
Doch ist nichts so schwer auff Erden
Es kan durch Vleiss erlangt werden.
(Musica instrumentalis...)

des ménétriers de bas étage. Le 27 mars 1628, une sentence fut rendue par le lieutenant civil de Paris :

« Faisant défense à tous musiciens de jouer dans les cabarets et mauvais lieux des dessus, basses ou autres parties de violon, ains seulement du rebec [1]. »

Un avis du procureur du roi, rendu le 29 août 1643, confirmé par une sentence du prévôt le 2 mars 1644, et par arrêt du Parlement du 11 juillet 1648, faisait encore une fois défense, sous des peines précédemment prononcées, à tous ménétriers non reçus maîtres *d'entreprendre à l'avenir sur l'exercice des joueurs d'instruments de musique et de jouer d'autres violons que du rebec.* Un siècle plus tard, le malheureux rebec est encore pourchassé. En 1741 non en 1742, comme le dit A. Vidal [2], Guignon fut nommé roi des violons et s'empressa de lancer une ordonnance dont nous détachons ce passage :

« Comme il seroit également impossible et opposé aux projets de la communauté, pour la perfection des arts qui en font l'objet, d'y comprendre un certain nombre de gens sans capacité, dont les talents sont bornés à l'amusement du

REBEC ALLEMAND

Appartenant
à M. Bedot de Genève.
(Fin XVIIIᵉ siècle.)

---

1. Bibliothèque de l'école des Chartres, A, vol. IV, p. 543.
2. Vidal dit aussi qu'aucun roi n'avait été nommé depuis 1657 (*La lutherie et les luthiers,* p. 5, renvoi 1 .

peuple dans les rues et dans les guinguettes, *il leur sera permis d'y jouer d'une espèce d'instrument à trois cordes seulement, et connu sous le nom de rebec, sans qu'ils puissent se servir d'un violon à quatre cordes sous quelque prétexte que ce soit.* »

Déjà en 1730, le rebec était considéré comme un instrument tombé en désuétude; car on lit dans la scène III de l'*Industrie*, prologue de *Zémire et Almanzor*, pièce représentée à la foire Saint-Laurent :

PIERROT à l'ANTIQUITÉ (*d'un ton de vieille*).

Ici que venez-vous faire?
Dites, ma bonne grand'mère,
N'y venez-vous point, pour plaire,
    Chercher l'eau de Beauté ?

L'ANTIQUITÉ (*montrant le palais*).

Air : *Griselidis.*

Demoisel, quoi qu'on die,
Mon manoir est illec,
Où l'on oit mélodie
De Luth et de Rebec.
    Las ! mon doux Fils,
Ce tems-ci ne vaut mie,
Celui de Pétion des Amadis [1].

Quoique le rebec fût encore usité au XVIIIe siècle, comme on vient de le voir par l'ordonnance de Guignon, il en reste bien peu de modèles, et la plupart des musées n'en possèdent que des fac-similés. Celui qui a été fait par J.-B. Vuillaume, en 1873, et qu'il a offert au musée instrumental du Conservatoire de musique à Paris [2], est un instrument de fantaisie, car il a un manche de violon.

Nous avons eu la bonne fortune d'en voir un, qui est d'origine allemande, et fait partie de la collection de M. Bedot,

1. *Le théâtre de la foire ou l'opera comique*, t. VIII.
2. N° 135 du Catalogue.

directeur du Musée d'histoire naturelle, à Genève. Nous pouvons le reproduire ici, de face et de profil, grâce à l'obligeance de son heureux propriétaire.

REBEC
ALLEMAND
Appartenant à
M. Bedot, de Genève.
(Fin xviiiᵉ siècle.)

Cet instrument a été trouvé, paraît-il, dans la Forêt Noire. Est-il bien de la fin du xviiiᵉ siècle comme le croient certains? En tout cas, c'est un spécimen très exact du rebec. De face, il rappelle tout à fait la lyra du manuscrit de Saint-Blaise. Sa touche occupe aussi toute la largeur de la table d'harmonie, mais elle va rejoindre les bords en s'arrondissant, au lieu d'être absolument plate et d'avoir des angles droits, comme dans les instruments de David Gérard et de Prætorius. Une tête sculptée se trouve à l'extrémité du cheviller, lequel a la forme de celui d'un violon. Il mesure :

Longueur totale. . . . . . 550 millimètres.
Largeur maximum 160   —
Épaisseur de la caisse. . . 620   —

La malice populaire s'était emparée du rebec. L'expression *visage de rebec*, qui fait allusion aux têtes qui étaient sculptées sur certains de ces instruments, se prenait en mauvaise part :

Elle en mourut la noble Radebec
Du mal d'enfant, que tant me sembloit nice :
Car elle avoit visage de rebec,
Corps d'Espaignol et ventre de Souice.

(RABELAIS.)

Il est bon joueur de rebec, se disait d'un homme habile, entendu ; mais sec comme un rebec n'était pas très flatteur. Dans la *Comédie des proverbes*, pièce comique d'Adrien de Montluc.

comte de Cramail, prince de Chabannais, petit-fils du fameux
maréchal Blaise de Montluc, pièce qui eut beaucoup de succès dans son temps, Florinde, faisant l'analyse des défauts
du capitaine Fier-à-Bras, qu'on lui destine pour époux, dit :
    « Pour la mine, il l'a telle quelle, et surtout il est délicat et
blond comme un pruneau relavé ; et la bource, il ne l'a pas
trop bien ferrée ; de ce costé-là, il est sec comme un rebec,
et plus plat qu'une punaise. »
    On voit qu'après avoir été admis dans les cours royales,
le pauvre rebec a terminé sa longue carrière sous les sar-
casmes et les railleries.

LA GIGUE

I

En France, le nom de gigue semble avoir été porté exclusivement par la plus petite des vièles, par celle qui servait de dessus ou plutôt de pardessus aux autres instruments à archet. On écrivait : gigue[1], gighe, gygue, gige, giga.

> Gigue, ne harpe, ne vièle
> Ne vaucissent une cenèle.
>
> (*Lai de l'oiselet.*)

> Madame Musique as clochetes
> Et li clerc plain de chançonetes
> Portoient gigues et vièles
> Salterions et fleutèles.
>
> (*La bataille des sept arts.*)

---

[1] « *Giga est instrumentum musicum et dicitur gallice gigue...* » *Magistri Johannis de Garlandis Dictionarus*, art. LVI.

De gighe sot, de simphonie,
Si savoit assès d'armonie,

(Roman de Brut.)

Estives, harpes et sautiers,
Vièles, gygues et rotes
Qui chantoient diverses notes.

Roman de la Poire.

On le voioit esbanoier
En estrumens oir, soner,
Psaltère, harpes et vièles
Et giges et chifonies bèles.

(Le Lucidaire.)

Là véissiez maint jogléor,
Maint hiralt et maint lecéor
Giges et harpes et vièles,
Muses, flaustes et frestèles,
Tymbres, tabors et sinfonies,
Trop furent grans les mélodies.

(Roman de Dolopathos.)

L'us flautella, l'autre viula,
L'us mena giga, l'autre rota.

(Roman de Flamenco.)

Mais il n'en était pas de même en Allemagne, où le mot geige, équivalent de notre mot vièle, s'appliqua d'abord indifféremment à toutes les vièles en général, et plus tard à toutes les violes ; et cela, qu'elles fussent construites de n'importe quelle façon, à fond plat ou bombé, ou bien avec manche dégagé ou non. Autrefois, on disait : gige et gigen :

Ern ist gige noch diu rotte.

(Wolfram von Eschenbach, Parcival.)

Se gige und ir rotte.

(Gottfried von Strassburg, Tristan.)

Liren und gigen.

(Gottfried von Strassburg.)

Et le verbe geigen, comme le nôtre viéler, exprimait l'action de jouer de la vièle ou de tout autre instrument à cordes et à archet.

Au début des recherches sur les instruments, quelques auteurs ont émis des opinions diverses sur la nature de la gigue. Roquefort en donne les définitions suivantes : « GIGUE, *gige*, sorte d'instrument à vent. — *Gigue*, espèce de danse. — *Gigue*, la cuisse. — *Gigueour, gigueur*, joueur de l'instrument appelé gigue ou gige », etc. [1]. Bottée de Toulmon reste dans le doute : « Quant à la gigue, dit-il, l'enmorache, le micamon et la trépie, j'avoue qu'ils me sont inconnus [2]. » Dante en parle dans sa *Divine Comédie* :

> E come giga e arpa, in tempora tesa
> Di molte corde, fan dolce tintino
> A tal da cui la nota non è intesa.
>
> *(Paradiso*, cant. XIV.)

Ce passage montre que la gigue était bien un instrument à cordes, et comme le mot allemand geige s'appliquait à toutes les vièles sans exception, la gigue ne pouvait donc être qu'un instrument à cordes et à archet.

Dans son *Roman de Cléomadès*, que nous avons cité dans le chapitre consacré à la vièle, Adenés li Rois ayant écrit :

> Et de giguéours d'Allemaigne,

de Coussemaker, qui traduit : « Joueurs de gigue d'Allemagne », en conclut que la gigue était d'origine allemande. Peut-être le vieux poète a-t-il voulu dire : et joueurs de gigue allemands, et caractériser la nationalité des individus qui jouaient ici de la gigue, plutôt que celle de l'instrument ?

---

1. ROQUEFORT. *Glossaire de la langue romane.*
2. BOTTÉE DE TOULMONT. *Dissertation sur les instruments de musique au Moyen Age.*.

Il n'y aurait rien d'impossible à ce que le nom de la gigue vînt de gigot. Emile Gouget *dit* :

« JAMBON, JAMBONNEAU. — Violon (argot d'orchestre). La couleur et la forme de ces deux objets ont quelque analogie. A ceux qui, trouvant ce rapprochement bizarre, s'indigneraient de voir la charcuterie envahir le domaine de l'art, nous rappellerons qu'au xviiᵉ siècle la contrebasse du hautbois était appelée *cervelas* et qu'au Moyen Age on se servait d'un violon à trois cordes, la *gigue* (de gigua, jambe, cuisse), ainsi nommée à cause de sa ressemblance avec un gigot[1]. »

Quoi qu'il en soit, la gigue était très estimée des jongleurs et des ménestrels; les trouvères parlent rarement de la harpe, de la vièle et de la rote, qui étaient les instruments les plus recherchés, sans la nommer. Guillaume de Machault la désigne sous le nom de gingue dans son poème sur la *Prise d'Alexandrie* :

Là avoit de tous instrumens;
Et s'aucuns me disoit : Tu mens.
Je vous dirai les propres noms
Qu'ils avoient et les seurnoms,
Au moins ceuls dont j'ai connoissance
Se faire le puis sans ventance;
Et de tous les instrumens le roy
Dirai le premier, si comme je croi :
Orgues, vielles, micamon,
Rubèbes et psaltérion,
Leus, moraches et guiternes
Dont on joue por les tavernes;
Cimbales, cuitolles, nacquaires,
Et de flaïos plus de X paires
C'est-à-dire de XX manières,
Tant de fortes comme de legières;
Cors sarrazinois et doussaines,
Tabours, flaustes traversaines,
Demi-doussaines et flaustes
Dont droit joue quand tu flaustes :

1. *Argot musical*, Paris, 1892.

Trompes, buisines et trompettes,
Gingues, rotes, harpes, chevrettes,
Cornemuses et chalemelles,
Muses d'Aussay riches et belles,
Eles, frestiaux et monocorde
Qui à tous instrumens s'accorde;
Muse de blef qu'on prend en terre
Trepie, l'eschaqueil d'Angleterre,
Chifonie, flaïos de saus;
Et si avoit plusieurs corsaus
D'armes, d'amour de sa gent
Qui estoient courtois et gent.
Mais tous les cloches sonnoient
Que si très grant noise menoient
Que c'estoient un grant merveille,
Le roi de ce moult se merveille,
Et dist qu'oncques mais en sa vie
Ne vist si très grant mélodie.

L'auteur donne ici une bien plus longue énumération des instruments de musique de son époque que dans *Li temps pastour*, et l'on peut voir que certains d'entre eux ne sont pas orthographiés de la même manière dans ses deux poèmes.

II

La gigue dérivait aussi de la lyra. Sa caisse, à fond bombé, sans éclisses et sans échancrures sur les côtes, se prolongeait en diminuant insensiblement, de façon à tenir facilement dans la main, jusqu'au cheviller, qui, le plus souvent, décrivait une courbe gracieuse en revenant sur lui-même, et dont l'extrémité était parfois ornée d'une tête sculptée. Percée de deux ouïes, la table, tout à fait plate, était surmontée, du côté du cheviller, par une touche aussi large qu'elle, et qui devenait une sorte de double table, car on y pratiquait aussi des ouvertures sous forme de rosace ou de losange; de sorte que, sur cette partie de l'instrument, un second corps sonore était disposé au-dessus du premier. Étroite et effilée, sa largeur, beaucoup moindre que celle du rebec, la différenciait de celui-ci; mais son diapason devait aussi offrir

des dissemblances qui empêchaient de les confondre. Instrument chantant par excellence, elle était plutôt propre à faire entendre des mélodies, des airs vifs et sautillants que des accompagnements et il est bien certain qu'Aymeric de Peyrac faisait allusion à la gigue et la confondait avec le rebec, à cause de sa forme, lorsqu'il écrivait que celui-ci rendait des sons imitant les voix de femmes.

En France, en Angleterre et en Allemagne, elle était généralement montée de trois cordes; mais en Italie, où elle fut également très répandue, les vieux maîtres des différentes écoles de peinture, qui nous en ont laissé de ravissants modèles, la représentent presque toujours avec un plus grand nombre de cordes; ce qui

GIGUE A QUATRE CORDES
D'après Cima da Conegliano
(1480-1520).

ferait supposer qu'elle y avait un caractère plus relevé, qu'elle y était un instrument plus artistique que dans les autres contrées.

L'exemple que nous donnons, emprunté à un tableau de Cima da Conegliano (1480-1520), nous montre un ange jouant d'une gigue où l'on remarque tous les détails de construction que nous venons de décrire. Montée de quatre cordes, son cheviller est arrondi, mais il n'y a pas de sculpture à son extrémité.

Gio-Bellini nous offre aussi un charmant modèle d'une gigue semblable, dans la *Vierge entourée des saints*, qui est à l'Académie royale de Venise. Une tête d'homme à la mine rébarbative décore son cheviller.

GIGUE A QUATRE CORDES

La Vierge entourée des saints, Gio-Bellini (fin du xv° siècle). Académie royale de Venise.

Deux gigues, ayant des chevillers semblables au précédent, sont entre les mains des anges qui entourent la Vierge, sur le magnifique bas-relief italien du xv° siècle [1], repré-

1. Bas-relief du monument Barbarigo, xv° siècle. *Royale académie des Beaux-Arts,* à Venise.

sentant l'*Assomption de la Vierge*. Les cordes, les chevalets, les cordiers et les archets ne sont pas représentés.

GIGUES

Assomption de la Vierge, bas-relief du monument Barbarigo (xv⁰ siècle).
Académie royale des Beaux-Arts, à Venise.

La gigue de l'ange qui se trouve à gauche de la Vierge est
exactement de même forme que celle de Gio-Bellini. La

caisse de l'autre instrument a des échancrures sur les côtés.

Douze anges, jouant de différents instruments, entourent la *Vierge et l'Enfant Jésus*, d'Angelico Fra Giovanni, qui est à la Galerie royale des *Offices*, à Florence. L'un d'eux y joue une gigue très exacte dans tous ses détails.

La gigue était considérée comme un instrument très gai. Giraud de Calençon, troubadour gascon du XIIIe siècle, don-

CHALUMEAU ET GIGUE
Manuscrit Simon (début du XVIe siècle). Bibliothèqu de Rouen.

nant des conseils à un jongleur, termine ainsi : « Et bien accorder la gigue pour égayer l'air du psaltérion. »

Sur le frontispice du manuscrit Simon, fait dans les premières années du XVIe siècle pour Georges Ier d'Amboise, cardinal ministre de Louis XII, roi de France, qui est aujourd'hui à la bibliothèque de Rouen, on voit deux enfants qui jouent, l'un d'une gigue en forme de losange, et l'autre d'un petit chalumeau. Ici, l'instrument est à peine esquissé, l'archet a la forme primitive d'un arc très prononcé.

11

Jérôme de Moravie a négligé de faire connaître l'accord
de la gigue. Nous pensons que, lorsque celle-ci n'avait que
deux cordes, on devait les accorder par quintes, comme
sur la rubèbe; et que si elle en possédait trois, l'une des
manières décrites par cet auteur pour la vièle
lui était applicable. Quant à la gigue italienne
à quatre cordes, son accord devait être inspiré de la deuxième manière indiquée pour
la vièle, mais sans corde double, et le tout à
une quarte ou à une quinte plus haut que pour
les autres instruments, puisque la gigue était
plus petite et par conséquent d'un diapason
plus élevé.

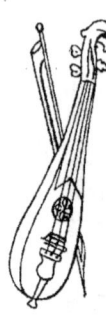

GIGUE
ALLEMANDE
D'après Lucinius
(xviie siècle).

Toutes ces suppositions sur les accords ne
s'adressent, bien entendu, qu'aux gigues
françaises, anglaises et italiennes, qui étaient
des instruments aigus. Mais en Allemagne,
où il y avait des gigues de différentes grandeurs, que l'on désignait par le nom collectif
de geige, et qui, au xvie siècle, formaient un quatuor complet, montées de trois cordes, elles s'accordaient ainsi :

Dessus.   Alto.   Tenor.   Basse.

Nous donnons, d'après Luscinius[1], le dessein de la plus
petite de ces gigues. Les autres étaient absolument semblables de formes, et n'en différaient que par les proportions. Prætorius donne le dessin d'un instrument semblable (planche XXI de son ouvrage) et le nomme « Geigen
ein Octav höher[2] ».

Ainsi que nous l'avons déjà signalé, le mot geige s'appli-

1. OTTOMARI LUSCINII. *Musurgia, seu Praxis musicæ*, etc.
2. PRÆTORIUS. *Theatrum Instrumentorum*, etc.

quait indifféremment, en Allemagne, à tous les instruments
à cordes et à archet. Luscinius appelle « gross Geige » un
instrument de forme tout autre, qui est une grande viole
à neuf cordes avec un manche court et large, ayant de profondes et hautes échancrures sur les côtés, et un cheviller
ployé en arrière comme celui du luth. Nous nous occuperons
de cette « gross Geige » dans le chapitre consacré aux violes.

III

Le violon, avec son timbre mordant et incisif, porta un
rude coup à la gigue. Bannie des concerts,
reléguée à la danse, elle se confondit
bientôt avec le rebec et finit par disparaître
avec lui. Les maîtres à danser, qui faisaient, comme on l'a vu plus haut, partie
des corporations ménétrières, furent les
derniers à s'en servir. Mais en même temps
que diminuait son prestige, on diminuait
aussi la largeur de sa caisse, afin de permettre à ces messieurs de la mettre
dans leur poche après chaque leçon. C'est
ce qui fit donner à l'ancien instrument
rétréci le nom de poche ou pochette; son
peu de son lui valut aussi celui de sour-
dine.

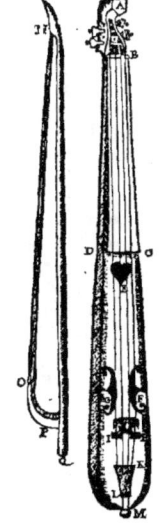

POCHETTE
AVEC SON ARCHET
D'après Mersenne
(XVIIe siècle).

Voici, d'après Mersenne, le dessin de la
pochette imitée de la gigue. Plus tard, la
pochette devenant prétentieuse s'attribua
les formes du violon.

On peut admettre comme pochette, imitée à la fois de la gigue et du violon, l'instrument que joue *Eurydice la Belle*, sur la
facétieuse estampe du XVIIe siècle que nous reproduisons.

La gigue a donné son nom à une danse d'un rythme
inégal et sautillant, qui a été très en honneur parmi nous

ORPHÉE LE CHARMANT ET EURYDICE LA BELLE

D'après une ancienne estampe (XVIIᵉ siècle)

jusqu'à la fin du XVIIIᵉ siècle, et qui l'est encore en Angleterre. Tous les grands compositeurs ont écrit des gigues :

Bach, Rameau, Couperin, etc. De plus, la gigue n'a pas été sans influence sur la création de certaines locutions populaires, comme celles-ci : *giguer*, courir, sauter, gambader; *gigue*, fille gaie, vive, égrillarde [1]. De sorte que la gigue n'a pas été seulement un instrument de musique fort apprécié, de son temps, pour la gaîté et l'entrain qu'elle apportait; mais on peut aussi la considérer comme la marraine de nos modernes *gigolettes*.

1. ROQUEFORT, *Glossaire*.

SIRÈNES MUSICIENNES

D'après une peinture murale dans la tour de l'ancien évêché de Beauvais
(XIVe siècle).

LA TROMPETTE MARINE

I

Nous ne pouvons quitter les vièles à archet sans dire un mot de la trompette marine, qui n'était pas, comme son nom pourrait le faire supposer, une conque sonore dans laquelle il n'y avait qu'à souffler; mais un monocorde à archet, qu'il ne faut pas confondre avec le monocorde scolaire, car il s'agit bien ici d'un instrument de musique, et non d'un appareil de physique propre à étudier les rapports mathématiques des sons.

On a déjà vu que la lyra était aussi un monocorde à archet. Celui qui donna naissance à la trompette marine avait une forme différente; il fut très usité durant le Moyen Age, et souvent cité dans les anciennes poésies.

> Symphonies, psaltérions,
> Monocordes, cymbes, chorons.
>
> *(Roman de Brut.)*

> N'orgue, harpe ne chyfonie,
> Rote, vielle et armonie,
> Sautier, cymbale et tympanon
> Monocorde, lire et coron,
> Ice son li XII instruments
> Que il sonna si doucement.
>
> *(Estoire de Troie la Grant.)*

Guillaume de Machault nous dit, dans la *Prise d'Alexan-drie* :

> Buisines, eles, monocorde
> Où il n'a qu'une seule corde.

Et dans *Li temps pastour* :

> Eles, fretiaux et monocorde,
> Qui à tous instrumens s'accorde.

On lit aussi dans *Fadet joglar*, de Giraud de Calençon :

> Manicorda
> Una corda.

Du Cange cite également la désignation de « monos-corde, où il n'a c'une seule corde [1] ».

En Allemagne, où cet instrument était aussi très répandu, il portait le nom de tympani-schiza. Voici la description qu'en donne Prætorius :

« Les Allemands, les Français et les habitants des Pays-Bas emploient un instrument qu'ils appellent tympani-schiza, et qui se compose de trois petites planches très minces, jointes grossièrement sous la forme d'une pyramide triangulaire très allongée. Sur la planchette supérieure, autre-

---

1. *Glossarium*, au mot « Monochordum ».

ment dit sur la table de résonance, est tendue une longue corde à boyaux qu'on fait vibrer par le moyen d'un archet fait avec des crins de cheval enduits de colophane Quelques-uns ajoutent une seconde corde plus courte de moitié que la première, afin de renforcer celle-ci par son octave aiguë.

Cet instrument doit être fort ancien. Les musiciens ambulants en jouent dans les rues. L'extrémité pointue, où sont fixées les chevilles, est appuyée contre la poitrine de l'exécutant; l'extrémité triangulaire opposée est placée en avant du musi-cien. On soutient l'instrument de la main gauche, et l'on effleure légèrement les cordes avec le pouce de la même main. La main droite fait manœu-vrer l'archet [1]. »

Le même auteur dit encore : « Le son en est plus agréable de loin que de près. »

On vient de voir que cet ins-trument n'était pas toujours monté que d'une seule corde ; il portait alors les noms de dicorde ou de tricorde, selon qu'il en avait deux ou trois.

DICORDE
Manuscrit de Froissard (xvᵉ siècle.)

La charmante peinture mu-rale, du xivᵉ siècle, représen-tant des sirènes musiciennes, qui était dans la tour de l'an-cien évêché de Beauvais (dont la gravure est placée en tête de ce chapitre), nous montre un exemple d'un très élégant dicorde. Comme on n'y voit pas d'archet, on peut se demander s'il était à cordes pincées ou frottées.

1. PRÆTORIUS. Ouvrage déjà cité.

On voit aussi un autre dicorde entre les mains d'un personnage, provenant d'une des éditions de la *Nef des fous*[1].
Est-ce par erreur ou facétie de l'artiste qu'il tient l'instrument levé tout droit en l'air devant lui?

Les deux instruments des exemples précédents sont de
petite taille; mais on en faisait de beaucoup plus grands. Tel
est celui qui se trouve sur une des marges du manuscrit de
Froissart, du xvᵉ siècle et qui est joué à peu près de la façon

SQUELETTE PORTANT UN TRICORDE ET ENTRAINANT UN ARTISAN
Doten Dantz (xvᵉ siècle).

décrite par Prætorius. Ici, l'instrument a, au moins, deux
mètres de haut et la caisse est carrée.

Tous les auteurs qui ont parlé de cette peinture désignent
l'instrument sous le nom de trompette marine ; le petit chevalet qui caractérisait celle-ci ne s'y remarque cependant pas.

Le squelette du *Doten Dantz*, qui entraîne un artisan,
porte sur son épaule gauche un grand tricorde dont les
trois cordes sont soutenues par un chevalet qui est placé

1. Voir à la fin de ce chapitre.

assez près de l'attache-cordes, lequel rappelle ceux des instruments à cordes pincées, tels que luth et la guitare.

II

C'est sans doute vers la fin du xve siècle, ou au début du
xvie, que le monocorde changea son nom en celui de trompette marine. Celui-ci fut motivé par l'adjonction d'un petit
chevalet mobile que l'on mettait sous la corde et qui produisait des trépidations imitant, selon les auteurs du temps, le
son timbré de la trompette; mais pourquoi disait-on trompette marine? On l'ignore, et aucune des explications
données jusqu'ici n'est admissible. Ce qu'il y a de bien
certain, c'est que l'art des constructions navales n'a rien
à y voir.

On ignore aussi l'époque exacte où fut introduit le chevalet sautillant. Nous pensons que le hasard y fut bien pour
quelque chose et que cet accessoire si caractéristique de la
trompette marine n'est que l'ancien magas du monocorde
des mathématiciens. On se souvient que ce chevalet diviseur était mobile et qu'il fallait le déplacer à tout instant
pour obtenir l'indication d'un nouvel intervalle.

L'application de l'archet au *canon harmonicus* devait certainement occasionner des trépidations fort désagréables
au magas; mais ces trépidations ayant l'avantage d'augmenter le volume du son, c'est sans doute dans le but de
renforcer la sonorité du grand monocorde que l'on y mit
un chevalet de ce genre.

Ce chevalet, sur lequel passait la corde, était en bois et
avait la forme d'un petit soulier. Son pied le plus large était
fixé à la table d'harmonie, tandis que l'autre bout, mince et
allongé en forme de queue, reposait sur une petite plaque
d'ivoire ou de verre incrustée dans la table. Il s'agitait légèrement quand on frottait la corde avec l'archet. On le plaçait

en bas de la table, tout près de la place où la corde était attachée.

La forme de ce chevalet n'est pas très accusée sur le dessin du « Trummscheit » ou trompette marine que donne Luscinius. Cet instrument qui est monté de deux cordes, dont la plus petite sonnait l'octave de la principale, a son cheviller renversé, comme l'était celui du luth. L'archet qui est à côté paraît être d'une solidité à toute épreuve.

Les Allemands nommaient encore la trompette marine : Trummelscheit, Trompeten-Geige (violon-trompette), Nonnen-trompett (trompette de nonne), ou bien Nonnengeige (violon de religieuse), et cela parce que cet instrument était pratiqué par les religieuses dans leurs couvents, pour suppléer la trompette, lorsque aucune d'elles ne savait jouer de cette dernière. On assure même que cet usage s'était conservé dans quelques cloîtres d'Allemagne jusque vers la fin du XVIII° siècle. Kastner raconte ainsi cette bizarre coutume :

« Les religieuses, dit-il, cultivaient autrefois des instruments dont l'emploi est aujourd'hui principalement réservé aux hommes, et dont les femmes ne jouent que par exception. Elles donnaient du cor, sonnaient de la trompette et jouaient de la flûte. Elles faisaient résonner les cordes des violes et, plus tard, celles du violon, du violoncelle, de la contrebasse, etc. Dans quelques couvents de l'Allemagne, elles sont restées fidèles à cette coutume.

Tous ceux qui sont allés à Lichtenthal, près Baden, ont pu entendre les religieuses du couvent de

TRUMMSCHEIT
OU TROMPETTE
MARINE
ALLEMANDE
A DEUX CORDES
D'après Luscinius
(XVI° siècle).

ce nom chanter l'office divin avec un accompagnement
d'orchestre dont plusieurs d'entre elles
exécutaient les parties. »

En France, pendant les xviie et xviii[e]
siècles, la trompette marine était généralement montée d'une seule corde; elle
avait environ cinq pieds de long, son
manche était distinct du corps sonore,
et sur ce manche, du côté du pouce,
les tons étaient indiqués par de petites
lignes.

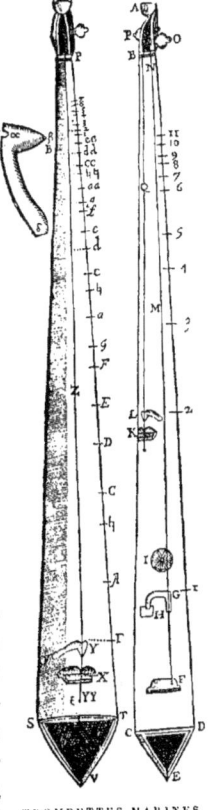

« Quant à la manière de toucher cet
instrument, dit Mersenne, il est si difficile qu'on rencontre peu d'hommes qui
en jouent bien, à raison qu'il faut couler
le pouce ou un autre doigt d'une certaine mesure et vitesse... néanmoins, je
ne doute pas que l'on ne le touche parfaitement lorsque l'on y aura employé
autant de temps que l'on fait à jouer de
la viole, ou du luth. Si l'on commençait
à toucher au chevalet tremblant, l'on
trouverait les mesmes points et les
mesmes divisions qui se rencontrent en
haut, comme enseigne l'expérience;
mais il est plus commode de faire toucher l'archet en haut, parce que l'on
a la cheville proche de la main pour
bander ou pour débander la chorde, et
le pouce touche plus aysément. Où il
faut remarquer que la chorde imite d'autant plus parfaitement le son de la trompette militaire qu'elle est plus tendue,

TROMPETTES MARINES
A UNE
ET A DEUX CORDES
D'après Mersenne
(xviie siècle.)

et qu'elle ne doit être ny trop grosse ny trop déliée : les
plus grosses cordes de raquette, c'est-à-dire celles qui

sont faites de douze boyaux de mouton, sont de bonne gros-
seur [1]. »

Il semble résulter de ces explications sur la manière de
jouer de la trompette marine que le pouce de la main
gauche y était employé comme sillet mobile, système qui a
été appliqué plus tard au violoncelle par le célèbre Bertault,
de Valenciennes, fondateur de l'école du violoncelle, afin
de jouer sur toute l'étendue de la touche. Le dire de Mersenne donne aussi à entendre que l'on se servait des sons
dits harmoniques sur la trompette marine; mais il est probable que les ronflements du chevalet mobile devaient
leur enlever de la pureté et les faire paraître légèrement
enrhumés.

Mersenne donne deux dessins de trompettes marines,
dont l'une est à une corde, et l'autre est montée de deux.
Les chevalets y sont très bien représentés, on en remarque
même un qui est dessiné séparément tout à côté et qui en
fait connaître la forme exacte.

Il fallait un certain tour de main pour bien régler ce chevalet et le placer de façon à ce que le pied frétilleur ne fût
ni trop près ni trop loin de la table, car, dans le premier
cas, il aurait produit un effet désastreux, et, dans l'autre,
sa présence devenait inutile. Les virtuoses inhabiles sur cet
instrument, ceux qui par suite d'inexpérience ou de mala-
dresse ne pouvaient le mettre au point, et y obtenir un son
convenable, le rendirent bien vite ridicule :

J'ai ri de cette invention des hommes,

dit le savant Glaréan [2] qui en fait une minutieuse description.

Molière, qui ne craignait pas de mettre à la scène les travers de son temps, raille aussi la trompette marine dans

---

1. MERSENNE. *Harmonie universelle*, liv. IV, p. 219.
2. *Risi ego machinamentum hominum.* GLARÉAN, *Dodecachordeu*, Bas., 1547,
cap. XVII, lib. I, p. 49.

son *Bourgeois gentilhomme*. Lorsque M. Jourdain reçoit de son maître de musique le conseil de donner, une fois par semaine, chez lui une fête musicale :

LE MAITRE DE MUSIQUE.

Au reste, monsieur, ce n'est pas assez; il faut qu'une personne comme vous, qui êtes magnifique et qui avez de l'inclination pour les belles choses, ait un concert de musique chez soi tous les mercredis ou tous les jeudis.

M. JOURDAIN.

Est-ce que les gens de qualité en ont?

LE MAITRE DE MUSIQUE.

Oui, monsieur.

M. JOURDAIN.

J'en aurai donc. Cela est-il beau?

LE MAITRE DE MUSIQUE.

Sans doute. Il vous faudra trois voix : un dessus, une haute-contre et une basse, qui seront accompagnés d'une basse de viole, d'un téorbe et d'un clavecin pour les basses continues avec deux dessus de violon pour jouer les ritournelles.

M. JOURDAIN.

Il y faudra mettre aussi une trompette marine. La trompette marine est un instrument qui me plaît et qui est très harmonieux.

LE MAITRE DE MUSIQUE.

Laissez-nous gouverner les choses[1].

Il n'y a qu'une voix pour décrier la pauvre trompette marine, car dans son histoire manuscrite de la musique, écrite vers 1760, Dom Caffiaux dit que c'est un instrument dont le son aigre est insupportable[2]. J.-J. Rousseau, qui publia son *Dictionnaire de musique* en 1768, oublie d'en parler.

1. *Le Bourgeois gentilhomme*, représenté à Chambord, le 14 octobre 1670, et à Paris, le 29 novembre de la même année, acte II, scène 1re.
2. DOM CAFFIAUX. *Histoire de la musique*, t. 1, dissert. 5, p. 173 (Bibl. nat.).

III

Malgré les critiques justes ou injustes qui lui furent adressées, la trompette marine figura longtemps dans les concerts royaux, où elle tint une place très honorable. Elle semble avoir été suffisamment cuirassée pour que les railleries arrivent jusqu'à elle sans l'atteindre. Les artistes qui la jouaient dans la bande de la Grande Écurie des rois de France étaient en même temps joueurs de cromorne[1], Parmi les titulaires de cette charge, on compte : Alexandre, Jacques, et Nicolas Anglard Danicamp dit Philidor, les trois premiers du nom, Claude Alais, Hames, Edme de Pot dit du Mont, Julien Bernier, Philippe Breteuil, Corbet[2]. Sous Louis XVI, la trompette marine dut céder la place à la contrebasse actuelle ; elle disparut alors, pour ne plus jamais reparaître.

Dans *Xerxès*, opéra de François Cavalli, représenté d'abord à Venise en 1654, et ensuite à Paris, le 29 novembre 1660, dans la haute galerie du Louvre, à l'occasion du mariage de Louis XIV, il y avait une entrée de marin jouant de la trompette marine.

En 1674, à Londres, on donna des concerts avec quatre trompettes marines, ainsi que la montre cette annonce alléchante :

« Rare concert de quatre trompettes marines, qui n'a jamais été entendu en Angleterre, Si quelqu'un désire l'entendre, il peut se rendre à Fleet-Tavern, près de Saint-James vers deux heures de l'après-midi, tous les jours de la semaine, le dimanche excepté, Le concert durera une heure et recommencera aussitôt après. Les meilleures places sont à un shilling, les autres à six pence[3]. »

1. Le cromorne était une sorte de hautbois : il y en avait tout une famille.
2. *État de la France*, 1702.
3. *Gazette de Londres*, 4 février 1674, n° 961. Cité par Halévy.

Avouons que ce quatuor de trompettes marines ne devait pas être banal.

Un musicien allemand, nommé J.-M. Gettle, a composé trente-six petits morceaux pour deux trompettes marines, qui se trouvent dans un recueil de musique de cet auteur, ayant pour titre : *Musica genialis latino-germanico* (Augsbourg, 1674).

Le Musée du Conservatoire de Paris possède deux modèles de trompette marine (nᵒˢ 204 et 205 du catalogue). L'une d'elles, ayant des cordes vibrantes tendues à l'intérieur de sa caisse, pourrait s'appeler, pour cette raison, trompette marine d'amour.

DICORDE

La Nef des fous, Sébastien Brandt (xvie siècle)

TRITONS MUSICIENS
Ballet comique de la Royne, M.D.LXXXII.

LES VIOLES

I

On a vu que nos anciens poètes se servaient parfois du mot viole comme synonyme de vièle :

Devant eux font li jugleor chanter
Rotes, harpes et violes soner.
(*Roman de Garin.*)

Guillaume de Machault écrivait indifféremment vielle ou viole :

Orgues, vielles, micamon
Rubèbes et psalterion.
(*La prise d'Alexandrie.*)

Car je vis là tout en un cerne
Viole, rubèbe, guitèrne.
(*Li Temps pastour.*)

La première de ces dénominations était généralement
employée par les trouvères, tandis que la seconde semble
avoir été préférée par les troubadours :

> L'us viola lais del Cabrefoil,
> E l'autre cel de Tintafoil ;
> L'us cantet cels del lis Aimanz,
> E l'autre cel que fes Iwanz :
> L'us menet arpa, l'autre viula
> L'us flaustella, l'autre siula.
>
> (Giraud de Cabrera, *Roman de Flamenca.*)

Le même auteur dit aussi :

> Mal saps viular
> Mal t'enseignet
> Cel que t'montret
> Los dolz à menar ni l'arçon.

A partir du xvᵉ siècle, le nom de viole resta définitivement
à l'instrument à archet, à éclisses et à manche et cela,
quelle que fût sa taille. C'est aussi vers cette époque que
la symphonie hérita du nom de vielle, qu'elle a toujours
porté depuis.

II

Les violes étaient le résultat des améliorations successivement apportées aux vièles. Ce n'était plus un ensemble
d'instruments, mais bien une famille, dans laquelle chaque
individu, tout en ayant quelques petits détails particuliers et
des proportions différentes à cause de son diapason plus ou
moins élevé, reproduisait à peu près le même modèle.

Les nouveaux instruments sont uniformes, on ne les voit
plus tantôt plats, tantôt bombés. Que la viole soit petite ou
grande, la caisse de résonance est toujours plate, des
éclisses assez hautes en font le tour et relient les deux

tables. — Les échancrures pratiquées sur les côtés sont en forme de C très ouvert. — La table d'harmonie est légèrement voûtée, tandis que celle du fond, généralement plate, est presque toujours coupée en sifflet du côté du manche. — Les ouïes, régulièrement fixées au nombre de deux, sont percées de chaque côté du chevalet à la hauteur des échancrures ; elles représentent, le plus souvent des C, sauf dans la viole d'amour où ce sont des flammes. — Sur les grandes violes, on voyait aussi au xve et au xvie siècle une rosace découpée à jour, entre le chevalet et la touche, vers l'extrémité de cette dernière, qui n'était pas très longue; cette rosace ne se rencontre que très rarement sur les basses de violes du xviie et du xviiie siècle. — Les bords des tables ne dépassent pas les éclisses, ils sont coupés au ras de ces dernières. La table d'harmonie étant presque toujours en sapin, pour donner de la solidité à ses bords et les empêcher de s'effriter, on y incrusta des filets qui en suivaient tous les contours. Celle du fond en eut aussi, et souvent ces filets étaient assez capricieux.

La division des cordes était marquée sur la touche des violes, comme cela se pratique encore sur la mandoline et la guitare: il y avait sept cases, qui étaient faites tout simplement avec de la corde à boyau entourant à la fois la touche et la poignée du manche. Cet usage fut abandonné lorsque les exécutants devinrent plus habiles; mais il reste encore quelques basses de violes ayant ces divisions, et nous avons vu d'anciens manches de violes où l'on distinguait parfaitement les emplacements qu'elles y occupaient.

Les violes sont toujours munies d'un cordier, qui est souvent de coupe élégante. Au lieu du trifolium et de l'équerre renversée que l'on remarque dans les anciennes vièles, on adopta la forme de crosse légèrement recourbée en arrière pour les chevillers des violes. Les têtes sculptées, qui commençaient à être de mode au Moyen Age, devinrent plus tard d'un usage général. Dans les petites violes, ce sont des têtes de femmes. Les basses de violes ont tantôt des têtes de cheval ou de lion ; parfois des rois y sont représentés.

Pour créer la famille des violes, qui était très nombreuse, il n'y eut pas à faire un grand effort. La rote du chapiteau de Saint-Georges de Boscherville, contenant déjà, en principe,

VIOLE A QUATRE CORDES DONT UNE EN BOURDON
Fra Angelico, *Le Couronnement de la Vierge*, musée du Louvre (xvᵉ siècle).

la forme qui fut adoptée, il a donc suffi de fixer le nombre des ouïes, d'en déterminer la place, et de modifier le cheviller pour avoir le modèle-type ; et il est de toute probabilité que le premier instrument ainsi perfectionné, celui qui fut ensuite reproduit dans toutes les grandeurs, était une basse de viole.

III

L'époque de transition, de la vièle à la viole, nous offre des modèles nombreux et variés de forme, qui permettent de suivre les transformations successives des côtés de la caisse.

Ainsi, une viole ayant des échancrures dont les extrémités ne sont pas arrêtées et ressemblant à celles d'une guitare, est jouée par un ange que l'on voit à gauche, et en face de celui qui joue du rebec [1], sur le *Couronnement de la Vierge* de Fra Angelico, qui est au musée du Louvre. Le cordier, le chevalet et les deux ouïes en forme d'oreille sont à leurs places respectives. La touche n'est pas en élévation au-dessus de la table, mais au même plan que celle-ci. Le manche, très long, aussi épais que la caisse, n'a pas sa poignée arrondie, il est carré au-dessous, ce qui devait être fort incommode pour l'exécutant. Trois cordes seulement, sur quatre, passent sur la touche, l'autre est disposée en bourdon et ne peut être actionnée par les doigts, l'archet seul est appelé à la faire résonner. Celui-ci n'est tenu que par le pouce et l'index, les autres doigts de la main droite sont relevés de façon très gracieuse. Ceux de la main gauche ne touchent pas les cordes à plat, comme nous l'avons vu jusqu'ici, mais en s'arrondissant, ainsi qu'on le fait sur le violon. Ces derniers détails font supposer une exécution musicale assez avancée et ne manquant

VIOLE
A QUATRE CORDES
Psaultier de René II,
duc de Lorraine
(fin du XVᵉ siècle),
bibliothèque de l'Arsenal.

1. Nous avons donné cet ange musicien, page 140.

pas de légèreté. Quant à la corde pédale ou bourdon, que
nous avons déjà vue sur le crouth et sur la vièle, et que
nous retrouvons, disposée de la même façon, à une distance
de neuf ou dix siècles, elle montre, une fois de plus, l'intime
parenté qui existe entre les instruments à archet, à éclisses
et à manche.

Une viole, dont les échancrures sont un peu plus profondes, mais très ouvertes, se trouve sur la miniature qui
sert de frontispice au superbe *Psaultier de René II*, duc de

VIOLE A SIX CORDES
Doten-Dantz (xvᵉ siècle).

Lorraine (fin du
xvᵉ siècle), qui est
à la bibliothèque de
l'Arsenal. Montée
de quatre cordes,
passant toutes sur
la touche, les ouïes
sont figurées par
deux rosaces dé-
coupées dans la ta-
ble d'harmonie au-
dessous des cor-
des. Le cheviller
est renversé, et les
chevilles sont pla-
cées sur les cô-
tés. L'archet, très primitif, est tenu à pleine main par le
musicien.

Un instrument semblable se voit aussi sur une gravure
des *Antiquités judaïques*, de Flavius Josèphe, édition de 1754.
Le musicien qui en joue est à côté d'un joueur de luth
et se trouve derrière David, qui joue de la harpe devant
l'Arche.

Le spectre du *Doten-Dantz* (xvᵉ siècle) que nous donnons
tient une viole sans échancrures, ayant un grand trou rond
au-dessous des cordes, en guise d'ouïes, il n'y a pas de

cordier ; un attache-cordes le remplace. Le chevalet n'est
pas figuré, mais les divi-
sions de la touche sont
parfaitement indiquées.

On voit aussi un ange
jouant d'une viole n'ayant
presque pas d'échancru-
res, sur un vitrail de l'église
de la Fresnoye (Somme)
du xvi⁰ siècle. Nous reproduisons cette verrière
d'après le relevé exécuté,
en 1846, par M. Letellier,
et appartenant aux archi-
ves de la Commission des
Monuments historiques.
Cet instrument ressemble
à la lyre-viole, du P. Mer-

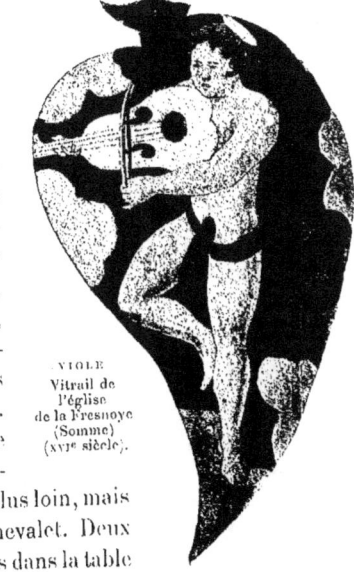

VIOLE
Vitrail de
l'église
de la Fresnoye
(Somme)
(xvi⁰ siècle).

senne que nous donnons plus loin, mais
il n'y a ni cordier, ni chevalet. Deux
grandes ouïes sont percées dans la table
à la place habituelle ; de plus, un grand
trou rond existe au-dessous des quatre cordes. A l'extrémité du manche, qui est très court, se trouve un cheviller
en équerre.

IV

Il y avait des violes de toutes tailles ; mais les principales, celles qui étaient les plus usitées, avaient conservé
les proportions des anciennes vièles qu'elles remplaçaient.

La « viola a braccio », ou viole proprement dite, corres-
pondait, comme dimension, à la vièle. La « viola a gambe »,
basse de viole, qui se jouait placée entre les jambes comme
notre violoncelle, remplaçait la rote. Le dessus de viole était

équivalent, par sa grandeur, au rebec. Et le pardessus de viole ou violette, improprement appelé quinton, que les Italiens nommaient aussi « violino piccolo alla francese », succédait à la gigue et avait le même emploi.

La famille des violes comprenait encore : la taille de viole, la « viola bastarda », la « viola a spalla » ou viole d'épaule, qui était une variété de la « viola a braccio », la viole d'amour,

VIOLA A BRACCIO A SIX CORDES
Voussure de l'orgue de Gonesse (début du xvie siècle).

la « viola pomposa », sorte de petite basse de viole à cinq cordes inventée, dit-on, par J.-S. Bach, la « viola bordone » ou baryton, la viole-lyre, et le « violone » ou contrebasse de viole. Tous ces noms avaient été donnés aux violes, tant à cause de leurs proportions plus ou moins grandes et du nombre de leurs cordes, que d'après la manière de les tenir pour les jouer. On voit qu'il y en avait une certaine quantité et qu'un jeu de violes, comme on disait alors, contenant toutes les variétés, pouvait être très important.

La voussure de l'orgue de Gonesse (Seine-et-Oise), à laquelle nous avons déjà emprunté un ange jouant du rebec, nous fournit encore deux exemples, l'un d'une « viola a braccio », l'autre d'une « viola a gambe », qui reproduisent

VIOLA A GAMBE A CINQ CORDES JOUÉE PIZZICATO
Voussure de l'orgue de Gonesse (début du xvi⁽ᵉ⁾ siècle).

le même modèle à des grandeurs différentes. Les costumes des anges qui les jouent montrent que cette peinture a dû être exécutée lors de l'installation de l'orgue, c'est-à-dire vers 1508.

De profondes échancrures en forme de C se voient sur

les côtés des caisses de résonance, qui sont fort larges. Une grande rosace découpée au milieu de la table en dessous des cordes, et quatre autres rosaces plus petites, percées à droite et à gauche, à égale distance de la première, figurent les ouïes. Le manche, qui est plus large près de la caisse qu'à son extrémité, se termine par un cheviller renversé comme celui d'un luth. Les divisions de la touche ne sont pas indiquées; et sur les deux instruments, par suite d'une erreur de l'artiste peintre, les chevalets, au lieu de se trouver près du cordier, sont placés en avant de la touche, entre celle-ci et l'endroit réservé pour le passage de l'archet.

Montée de six cordes, la « viola a braccio » est jouée comme un violon. On y distingue le bouton après lequel est attaché le cordier. La position du bras gauche de l'instrumentiste paraît excellente, les doigts retombent naturellement sur les cordes. L'archet, qui occupe aussi une très bonne position, a sa baguette penchée du côté du cordier, contrairement à ce qui se fait de nos jours; il est tenu entre le pouce et l'index de la main droite, et l'annulaire semble le soutenir. La ligne qui traverse cette viole et la coupe en deux est un joint du plancher sur lequel sont peints directement l'instrument et l'instrumentiste, et qui a un peu dévié.

La « viola a gamba » qui n'a que cinq cordes, reproduit le même type; mais on n'y remarque pas le bouton qui sert à attacher le cordier. Elle est jouée en pizzicato et l'ange musicien a ses doigts de la main droite placés de façon à pincer plusieurs cordes à la fois; il tient l'archet dans sa main gauche, entre le pouce et la poignée du manche, en même temps que ses doigts appuient tout à fait à plat sur les cordes.

Une charmante majolique italienne, du XVIe siècle, qui est au musée Correr, à Venise, nous offre un très beau modèle d'une grande « viola a braccio », jouée par Orphée charmant

des animaux, parmi lesquels on remarque un lion, un cerf,
un tigre, etc. L'instrument, fort bien dessiné, a aussi
des échancrures assez profondes en forme de C. Les deux
ouïes, qui sont également des C, se trouvent à la place
habituelle. On y compte quatre cordes, passant sur un chevalet placé près de l'attache-cordes, car il n'y a pas de

ORPHÉE CHARMANT LES ANIMAUX AUX SONS DE LA VIOLE

Majolique italienne (xvie siècle), Musée Correr, Venise.

cordier. Un filet décore les bords arrondis de la table. La
touche, qui n'est pas plus longue que le manche, n'a pas de
divisions, et le cheviller représente un trèfle. L'index, le
médius et l'annulaire de la main gauche appuient à plat
sur la corde, mais le petit doigt est arrondi. Quant à l'archet, Orphée le tient penché du côté de la touche, comme
nos violonistes modernes.

Nous reproduisons une « viola a spalla » italienne, qui est
montée de sept cordes, dont deux en bourdons, d'après Gio.
Bellini, *La Vierge et l'enfant Jésus entourés de divers saints*

VIOLA A SPALLA A SEPT CORDES, DONT DEUX EN BOURDONS
Gio. Bellini, *La Vierge et l'enfant Jésus entourés de divers saints*
Eglise Saint-Zacharie, à Venise (1505),

(église Saint-Zacharie, à Venise), tableau daté de 1505. Cet
instrument paraît être disposé pour faire entendre des harmonies, l'archet devait y toucher facilement plusieurs cordes
à la fois. C'est sans doute pour cela que les échancrures

y sont peu profondes mais assez longues et bien arrêtées.

VIOLE A CINQ CORDES
Buffet d'orgue de l'église N.-D. du Grand-Andely (Eure) (xvıe siècle).

Les cordes sont attachées à un cordier et passent sur un chevalet placé entre les ouïes, deux C allongés et peu ou-

verts. La touche s'avance assez loin au-dessus de la table,
on n'y remarque pas de divisions ou cases pour indiquer
l'emplacement des doigts. Le manche, relativement court,
se termine par un cheviller ayant la forme d'une lance dont
on aurait coupé la pointe.

La ravissante jeune fille qui joue cette viole et qui figure
un ange, appuie la table du fond sur son épaule gauche
et penche sa tête au-dessus pour la maintenir; elle tient
l'archet délicatement, le tire très droit et incline la baguette
du côté du chevalet. Le pouce, le médius, l'annulaire et le
petit doigt de sa main gauche pressent les cordes sur la
touche; son index est au-dessous de la poignée, on n'en voit
que l'extrémité près du sillet.

Sur un panneau du buffet de l'orgue de l'église Notre-
Dame du Grand-Andely (Eure), est représentée une femme,
debout, et jouant d'une grande viole à cinq cordes, qu'elle
tient appuyée contre elle. Nous donnons cette sculpture du
xvi° siècle, d'après la photographie qui appartient aux archives de la Commission des Monuments historiques. Cette
viole a des échancrures à peu près semblables à celles
du violon. Les deux ouïes sont des S. La table du fond
devait être percée d'un trou au milieu, permettant d'y passer
une agrafe, pour accrocher et maintenir l'instrument, ou
bien celui-ci était suspendu à la ceinture, par un fil attaché
au bouton du cordier. C'est sans doute ainsi que l'on a joué
de la basse de viole et plus tard du violoncelle dans les processions.

V

En Allemagne, il y avait, en outre des « klein Geigen »
que nous avons présentées dans le chapitre relatif au
rebec et à la gigue, différentes violes, dont le nombre des
cordes variait de quatre à douze. Sébastien Virdung, Agricola, Luscinius et Prætorius les décrivent sous les noms de

Grosz Geigen (grandes gigues), et en donnent des dessins
absolument semblables à celui que nous reproduisons, et
qui se trouve dans l'ouvrage de Prætorius, planche XXXIV,
où il est indiqué par le numéro 14 et accompagné des mots :
Alte Fiddel.

De grandes échancrures sont pratiquées sur les côtés de
la caisse pour le passage de l'archet,
qui est placé près de l'instrument
et ressemble un peu à celui dont se
servait Dragonetti. Une grande rosace décore le milieu de la table ; de
plus, deux ouïes se voient dans le
haut, de chaque côté des cinq cordes,
lesquelles sont fixées à un attache-
cordes. Le dessinateur a oublié de
représenter le chevalet, mais il a très
bien indiqué les sept cases de la
touche, ainsi que les chevilles qui
garnissent les côtés du cheviller,
qui est renversé, presque en équerre.

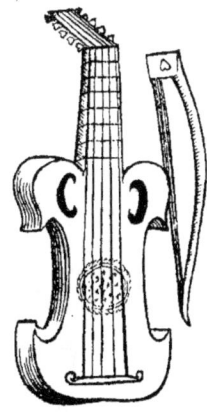

VIOLE ALLEMANDE

D'après Prætorius
(début du xviie siècle).

Virdung donne le dessin d'une
« Grosz Geigen » exactement pareille,
où le chevalet n'est pas représenté
non plus, et qui à neuf cordes.

Déjà, vers la fin du xve siècle, ces violes formaient un
quatuor complet, composé du discant, de l'alto, du ténor et
de la basse, et reproduisant absolument le même modèle
avec des proportions différentes.

Agricola nous fait connaître l'accord de celles que l'on
montait de quatre cordes ; par exception, la basse en avait
cinq ; le voici :

Discant   Alto et Tenor   Basse

13

Mais cet accord était sans doute très variable, chaque
instrumentiste devait s'accorder un peu à sa guise et d'après
la tonalité du morceau qu'il avait à jouer ou à accompagner.

On voit des basses de violes du même type, jouées par deux
musiciens couronnés, sur un des chars du *Triomphe de l'em-*

BASSES DE VIOLE A SIX CORDES
Triomphe de Maximilien, par Albert Dürer (XVI° siècle).

pereur Maximilien, dessiné par Albert Dürer, planche XVIII.
Elles sont montées de six cordes attachées à un cordier
très court et passent sur un chevalet qui n'a pas été oublié
par le grand artiste. Les échancrures sont moins grandes
que sur le dessin de Prætorius, et il n'y a pas de rosace;
les deux ouïes se trouvent à la place habituelle. La touche
s'avance un peu au-dessus de la table, les divisions y sont

indiquées. Le cheviller, arrondi, se termine par une sorte
de volute. Ces deux musiciens sont à l'avant du char et tournent le dos au conducteur. Albert Dürer les a représentés
l'un tenant son archet de la main droite et l'autre de la
main gauche, afin que l'on puisse mieux les voir sans doute.
On ne s'explique pas très bien pourquoi les caisses de ces
deux instruments sont moins hautes du côté où l'on tire

l'archet que de celui où
les doigts agissent sur
les cordes. Cette dis-
position serait très
avantageuse pour dé-
mancher, mais à la
condition que la caisse
fût moins élevée du
côté opposé.

Jost Amman, qui
nous montre un atelier
de luthier, où le maître
de céans, délaissant
ses outils et les instru-
ments qu'il a commen-
cé de fabriquer, joue
du luth pour se dis-
traire en attendant
l'arrivée des clients, a

ATELIER DE LUTHIER
Par J. Amman (xvi⁰ siècle).

aussi dessiné un trio de musiciens ambulants allemands,
dont l'un joue d'une sorte de petite gigue, et les deux autres
de très grandes basses ou plutôt contrebasses de viole. Les
sons aigres de la gigue, se combinant avec les ronflements
de ces grandes basses devaient certainement produire un
effet bizarre et peu harmonieux. On se figure mal la *Séré-
nade* de l'immortel Beethoven exécutée par un semblable
trio. Toutefois les instruments, les grands surtout, méritent
qu'on les examine, car nous n'en rencontrerons pas très

souvent de ce modèle. Ils ont des caisses tout à fait plates
et très basses d'éclisses. Deux ouïes se voient sur la table
d'harmonie, en dessous des échancrures, de chaque côté du
cordier, auquel sont attachées les trois cordes, qui passent
ensuite sur un chevalet arrondi. Les manches, très longs et
peu larges, semblent avoir des divisions. Les chevillers
recourbés se terminent par des volutes. Les deux musiciens scient les cordes
en travers, avec de
grands archets. L'un
d'eux, celui qui tourne
le dos, joue à la pre-
mière position, tandis
que l'autre, qui est vu
de face, a sa main gau-
che avancée sur le
manche et presse les
cordes à la quatrième
case.

MUSICIENS AMBULANTS JOUANT
DE LA GIGUE
ET DE LA CONTREBASSE DE VIOLE
Par J. Amman (xvie siècle).

Avec la planche XX
de Prætorius, nous re-
trouvons des instru-
ments artistiques. Les
cinq violes qui y sont
dessinées et qui pa-
raissent l'être avec
beaucoup de soin et
d'exactitude, ont toutes leurs tables d'harmonie voûtées. Il
n'est pas douteux que ces voûtes devaient exister depuis
longtemps déjà sur les violes montées d'un certain nombre
de cordes, car elles offrent une très grande force de résistance et permettent, par conséquent, à l'instrument de sup-
porter plus facilement le tirage des cordes; de plus, elles
sont très favorables à la sonorité. Cependant, comme c'est
la première fois qu'on les remarque sur les nombreuses

représentations d'instruments à archet données jusqu'ici,
le fait méritait d'être signalé[1].

Les numéros 1, 2 et 3 nous montrent des « violes à

1. 2. 3. Violn de Gamba. 4. Viol Baſtarda. 5. Italianiſche Lyra de bracio.

VIOLES

D'après Prætorius (début du xvɪᵉ siècle).

gambe » de grandeurs très différentes, quoique faites sur
le même modèle. Il est assez curieux de constater que la
même dénomination s'appliquait à des instruments de dia-

1. GRUFFYDD DAVYDD dit bien dans sa description du crouth à six cordes que le
dos y était voûté, mais ce détail ne se voit pas sur le dessin d'Edward Jones.

pasons divers, car à première vue on prendrait plutôt ces trois violes pour un alto ou ténor, une basse et une contre-basse, que pour trois basses. Ceci nous amène à croire que la qualification de « viola a gambe » donnée à une viole, indiquait seulement la manière dont on la tenait pour la jouer, mais n'impliquait pas pour cela que c'était une basse.

Ces trois instruments ont les bords de leurs tables décorées de doubles filets; ceux des cordiers le sont aussi. — Il n'y a pas de bouton dans l'éclisse pour accrocher le cordier, comme cela se pratique sur le violon; mais une petite barre de bois est collée en travers de cette éclisse et dépasse les bords de la table supérieure; c'est elle qui entre dans une ouverture ménagée à l'extrémité du cordier, et le fixe d'une façon assez rigide. — Les deux ouïes ont la forme de C, et se trouvent, comme sur nos instruments modernes, de chaque côté du chevalet, lequel n'est pas plat, mais arrondi, afin de permettre à l'archet de passer sur une seule corde, sans toucher ses voisines.

VIOLE A CINQ CORDES
'après Mersenne (XVIIᵉ siècle).

— Le haut de la caisse s'amincit pour arriver au manche, qui n'est pas fixé à angle droit dans l'éclisse. — Les touches, qui s'avancent un peu au-dessus des tables d'harmonie, sont garnies de sept cases, placées à égale distance l'une de l'autre, et faites avec des liens qui entourent à la fois la touche et la poignée du manche. — Une tête sculptée se voit à l'extrémité de chacun des che-villers; ceux-ci ne sont pas plus renversés que de nos jours, et les chevilles se trouvent aussi sur les côtés. — Elles sont montées de six cordes, mais celle qui est désignée par le numéro 3 a deux de ses cordes, les plus grosses, qui sont filées. C'est la première fois que nous en rencontrons. De plus, les six cordes de cette viole sont attachées au cordier par des bouclettes. — Les tables du fond, très probablement plates, paraissent être coupées en sifflet dans le haut, près du manche. Ce détail est très bien indiqué sur le numéro 2.

La « viola bastarda », qui porte le numéro 4, est semblable aux trois premières, mais un peu moins large en proportion de sa longueur. Une rosace est percée dans la table, en plus des deux ouïes, et se voit au-dessous des cordes en avant de la touche. Ses six cordes sont attachées au cordier par des bouclettes, comme sur le numéro 3. Une volute y termine le cheviller.

Quant au numéro 5, « italianische lyra da braccio », sa caisse de résonance est absolument semblable à celle d'un violon, mais avec des éclisses un peu plus élevées, et sans filets autour de la table. Les ouïes ont aussi la forme d'une *f*. Le manche, court et large, n'a que cinq cases, et se termine par un cheviller comme en avaient assez souvent les anciennes vièles. Cette viole est montée de sept cordes, dont deux accouplées et deux autres en bourdons; de sorte, qu'il y a exactement : trois cordes simples, une corde double, et deux bourdons, indépendants de la touche, mais très rapprochés de celle-ci,

VI

Nous reproduisons d'après Mersenne une ancienne viole : « laquelle n'avait que cinq chordes, dont le nom se voit sur la touche du manche près du sillet, à sçavoir *chanterelle* seconde, *tierce*, *quarte* et *bourdon*[1]. Et puis l'on void l'accord par lettres avec la clef de G re sol sur la seconde chorde[2]. »

Elle était accordée par quartes. Les cordes à vide sonnaient : la chanterelle, *ut*; la seconde, *sol*; la tierce, *ré*; la quarte, *la* et le bourdon, *mi*.

Après avoir fait une description des violes à six cordes, le même auteur en donne aussi l'accord suivant :

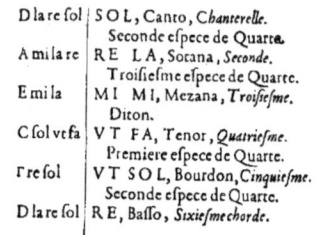

voicy comme les Italiens marquent cet accord que l'on m'a enuoyé de Rome,

ACCORDS DES VIOLES A SIX CORDES
D'après Mersenne (XVIIᵉ siècle).

« Lequel enseigne que la *Taìlle* et la *Haute-contre* sont à la quinte de la *Basse* et que le *Dessus* est à son octave; quoy que plusieurs mettent la *Taille* à la quarte de la *Basse*, et le *Dessus* seulement à un ton de la Haute-contre[3]. »

1. Ce bourdon, corde la plus grave, passe au-dessus de la touche. N'étant pas indépendant de cette dernière, il était actionné, comme les autres cordes, par les doigts de la main gauche.
2. MERSENNE. *Harmonie universelle*, p. 191, du *Traité des instrumens à chordes*.
3. *Harm. un.*, p. 194.

On voit par ces explications qu'il n'y avait rien de bien
fixe pour l'accord des violes : cependant, celui de la basse de
viole à sept cordes donné environ cinquante ans plus tard
par Jean Rousseau[1], est le même que le précédent, avec une
corde de plus dans le grave, accordée à une quarte au-
dessous de la sixième :

Parlant de l'accord des violes, Prætorius termine en
disant : « Il faut remarquer qu'on ne doit pas attacher grande
importance à la manière dont chacun accorde les violons
et les violes, pourvu qu'on joue juste et bien, etc...[2] »

Le seul fait à retenir, c'est que l'on accordait les cordes
des violes à un intervalle de quarte, sauf pour les deux du
milieu, qui se trouvaient toujours à la distance d'une tierce.
Avec ce système, il était facile de faire entendre des harmonies et de les soutenir. Ainsi, en se servant de l'accord
de Jean Rousseau, rien qu'en appuyant le premier doigt sur
les troisième, quatrième et cinquième cordes à la fois, on
obtenait un accord de ré majeur.

VII

Mais l'instrument harmonique par excellence était la lyre-
viole. Voici ce qu'en dit Mersenne :

« Proposition X.

« Expliquer la figure, l'accord et l'usage de la lyre.

« La figure de la Lyre est fort peu différente de celle de la

1. JEAN ROUSSEAU. *Traité de la viole*, Paris, 1687.
2. *Organographia*.

Viole, neantmoins son manche et la touche du manche est beaucoup plus large, d'autant qu'elle est couverte de quinze chordes, dont les six premières ne font que trois rangs, et si l'on veut doubler chaque rang, comme l'on fait sur le Luth, l'on aura ving-deux chordes. L'on met les deux plus grosses hors du manche, comme l'on voit depuis H jusques à K; et le petit manche H I est adjousté pour les bander. Il n'est pas besoin d'avertir que l'on peut adjouster un second manche semblable au second des Tuorbes, pour y mettre tant de basses que l'on voudra, puisque cela se pratique déjà sur les Violes. Il faut encore remarquer que le chevalet K L est plus long, plus bas, et plus plat que celui des Violes, parce qu'il porte une plus grande multitude de chordes, dont il faut toucher trois ou quatre en mesme temps d'un mesme coup d'archet afin de faire des accords. Or, le son de la lyre est fort languissant et propre pour exciter la dévotion, et pour faire rentrer l'esprit dans soy-mesme, l'on en use pour accompagner la voix et les récits. »

LYRE-VIOLE A QUINZE CORDES
DONT DEUX EN BOURDONS
ET SON ACCORD

D'après Mersenne (xviie siècle).

« Quant à son accord, il n'est pas difficile comme plusieurs se l'imaginent, quoy qu'il soit fort considérable et
extraordinaire comme l'on void aux notes qui suivent dont
chacune répond à chaque chorde, encore que l'on peut
l'accorder comme les Violes et en plusieurs autres manières ;
quoy qu'il en soit, il suffit d'expliquer icy l'accord dont on
peut user en touchant la lyre, lequel est représenté par la
figure A D E G : les sept lettres qui sont à costé du manche,
à sçavoir, *b, c, d, e, f, g* et *b*, représentent les sept touches ;
B est le lien du sifflet ; Q et R montrent les deux ouyes, et
N O M la queuë à laquelle on attache les chordes et qui est
attachée avec la cheville de bois M E. L'espaisseur qui est
fort grande est représentée par G E F. Quant au manche et à
ses chevilles, on les fait de telle forme que l'on veut, aussi
bien que la table et les autres parties ; car il importe nulle-
ment pourveu que la lyre et les autres instrumens ayent une
bonne harmonie. »

. . . .

« Au reste il est libre à chacun d'accorder la **Lyre** comme
il voudra, car il importe pourveu que l'on puisse toucher les
accords aysement, en couchant l'index sur les touches
comme l'on fait ordinairement pour faire quatre ou cinq
accords[1]. »

Plus loin[2], il donne l'exemple suivant, et avertit que « cet
accord est celuy de M. Baillif » :

Accord de la Lyre.

ACCORD DE LA LYRE (CELUI DE M. BAILLIF)
D'après Mersenne.

1. P. 204 et suiv.
2. P. 207.

Le même auteur fait encore connaître l'accord que voici :

Accord de la Lyre Italienne à vnze chordes.

ACCORD DE LA LYRE ITALIENNE
D'après Mersenne.

Prætorius publie aussi le dessin d'une « lyra a gambe », à douze cordes, dont deux sont disposées en bourdons. Cet instrument est absolument semblable à celui qui porte le n° 5 sur sa planche XX et qui est indiqué : « Italianische Lyra de braccio » ; seulement ce dernier possède un plus grand nombre de cordes. Ceci nous montre qu'il y avait des lyres de différentes grandeurs.

En Italie, les lyres étaient utilisées dans les églises. Etant à Rome, en 1639, notre célèbre violiste Maugars dit : « Quant à la musique instrumentale, elle estoit composée d'un orgue, d'un grand clavessin, d'une lyre, de deux ou trois violes, de deux ou trois archiluths [2]. »

VIII

La viole d'amour n'est autre qu'une « viola a braccio » à laquelle on a ajouté des cordes vibrantes en laiton. Ces cordes sont accrochées à des petits boutons d'ivoire ou de métal, fixés dans l'éclisse de chaque côté de l'attache du cordier. Elles reposent sur le chevalet, au-dessous des cordes de boyau, passent dans l'intérieur de la poignée du manche, où un espace leur est ménagé sous la touche, et

1. P. 216.
2. *Response faite à un curieux sur le sentiment de la musique italienne*, escrite à Rome, le 1er octobre 1639. Publiée par E. Thoinan dans une brochure intitulée *Maugars*, Paris, 1865.

vont retrouver leurs chevilles, qui sont placées à l'extrémité
du cheviller. Elles ne peuvent être actionnées, ni par les
doigts, ni par l'archet. Elles vibrent par sympathie, à
l'unisson de leurs sœurs, les cordes supérieures, chaque fois
que l'on émet sur ces dernières un son qui correspond har-
moniquement avec les leurs.

C'est le principe de la harpe éolienne appliqué aux instruments à archet, avec cette différence
toutefois que, dans la harpe éolienne,
les cordes vibrent au contact de l'air,
tandis que dans la viole d'amour ce
sont les vibrations des autres cordes
qui font résonner les cordes métalliques.

Cette adjonction de cordes harmoniques n'augmente pas beaucoup le
son de la viole, mais elle le prolonge,
l'adoucit et le rend plus pur.

Le nom charmant de viole d'a-
mour, qui lui a été donné, définit
avec une grande poésie l'union de
ces deux jeux de cordes, semblables
à deux cœurs amoureux, dont l'un,
tendre et timide, vibre à l'unisson de
l'autre par sympathie.

La sarangie ou sarungie du Bengale, étant montée de quatre cordes
de boyau et de onze cordes métalliques, Fétis en conclut que l'idée

LYRA A GAMBE
A DOUZE CORDES, DONT
DEUX EN BOURDONS
D'après Prætorius
(début du XVIIe siècle).

des instruments à archet et à double espèce de cordes
appartient à l'Hindoustan, et dit : « La viole d'amour était
connue antérieurement à Constantinople, où on la retrouve
encore. Il paraît que c'est de cette ville que l'instrument a
pénétré en Hongrie, par la Valachie et la Serbie..... La viole
d'amour et le baryton sont nés de ce principe de résonance

par sympathie harmonique qui de l'Inde a passé en Turquie par la Perse[1]. »

Selon Prætorius c'est à la « viola bastarda », dont on a vu le dessin plus haut, que les Anglais eurent les premiers l'idée d'adapter des cordes sympathiques[2].

Quoi qu'il en soit, voici ce que Jean Rousseau dit à propos des cordes de laiton :

« Le père Kircher dit que les violes des Anglois estoient ci-devant montées en partie de semblables chordes, et l'on voit encore aujourd'huy une espèce de dessus de viole monté de chordes de laton, qu'on appelle Viole d'Amour; mais il est certain que ces chordes font un méchant effet sous l'archet, et qu'elles rendent un son trop aigre; c'est pour cela que les François ne se sont jamais servy de pareilles chordes, quoyque quelques uns en ayent voulu faire l'essay[3]. »

Cet auteur ne connaissait pas l'emploi des cordes de laiton, en tant que cordes vibrantes; mais il ne résulte pas moins de ce qui précède, qu'à l'époque où il publia son traité, la viole d'amour était connue depuis longtemps en Angleterre. Les mots : « Et l'on voit encore aujourd'huy une espèce de dessus de viole monté de chordes de laton, qu'on appelle Viole d'Amour », ne laissent aucun doute à ce sujet. Fétis ne donne donc pas un renseignement exact lorsqu'il dit que c'est Ariosti qui fit entendre la viole d'amour pour la première fois à Londres, à la sixième représentation d'*Amadis*, de Hændel, en 1716[4], c'est-à-dire environ trente ans après la publication du traité de Jean Rousseau.

On devait connaître la viole d'amour en Italie, avant la fin du XVIIe siècle. Il suffit d'examiner les beaux modèles qui ont

1. Fétis. *Histoire générale de la musique*, t. II, p. 298.
2. Praetorius. *Organographia*, p. 48.
3. J. Rousseau. *Traité de la viole*, p. 22.
4. Fétis. *Biographie*.

été construits par les luthiers italiens au début du xviii° siècle,
pour être convainsu que l'on n'était déjà plus à la période
des essais, et que ces artistes
n'auraient pu réussir à les faire
aussi parfaits, si ces instruments n'avaient pas été prati-
qués depuis longtemps. Du reste, dans une exposition d'instruments de musique et d'autogra-
phes d'artistes célèbres, faite en
1898 à Brescia, il y avait « une
viole d'amour fabriquée à Brescia en 1500[1] ». Si l'instrument
ainsi désigné est bien réellement une viole d'amour, l'usage
européen des instruments à archet et à double espèce de cordes serait donc très ancien.

Nous reproduisons la charmante viole d'amour que M. L.
van Waefelghem fait entendre
avec tant de succès à la *Société
des Instrumens anciens*[2], car elle
est tout à fait remarquable comme facture.

Montée de sept cordes en
boyau, dont trois filées d'argent,
et de sept cordes vibrantes, elle
est signée : *Paolo Aletzie, Vene-*

VIOLE D'AMOUR (XVIII° S.)
Appartenant
à M. Louis Van Waefelghem.

1. *Le Ménestrel* du dimanche 11 septembre 1898, p. 294.
2. La Société des *Instrumens anciens* a été
fondée par MM. Louis Diémer, clavecin :
Jules Delsart, viola a gamba, Louis Van
Waefelghem, viole d'amour, et l'auteur de cet ouvrage, vielle. Elle est présidée
par M. L. Diémer, et a donné sa première séance à la salle Pleyel, le 28 mars 1895 ;
depuis 1896 les séances ont lieu à la salle Erard.

tia, 1720. Son cheviller, d'une grande élégance, est orné d'une ravissante sculpture représentant un Amour ailé, ayant un bandeau sur les yeux.

Elle mesure :

Longueur du corps sonore	400	millimètres.
Largeur du bas	240	—
— du milieu.	125	—
— du haut.	190	—
Hauteur des éclisses, en bas . . .	55	—
— — en haut. . .	45	—
Longueur du cheviller y compris		
la tête sculptée.	240	—

On rencontre assez souvent des violes qui ont été montées en viole d'amour. Pour arriver à ce résultat, on a dû creuser le manche sous la touche, afin d'avoir l'espace nécessaire pour le passage des cordes vibrantes, et comme le cheviller n'était pas assez long pour qu'on pût y ajouter de nouvelles chevilles, ces cordes ont été attachées à de petites chevilles en fer que l'on a placées en dessous, près du sillet.

Ariosti (Attilio), moine dominicain, né à Bologne vers 1660, remporta de grands succès sur la viole d'amour. Compositeur distingué et instrumentiste habile, le pape lui avait accordé, dit-on, une dispense qui l'exemptait des devoirs de son état et lui permettait de composer pour le théâtre. Après avoir fait représenter *Daphne* et *Erifile*, à Venise, il devint, en 1698, maître de chapelle de l'électrice de Brandebourg, et donna plusieurs opéras à Berlin, à Lutzenbourg, à Bologne et à Vienne. Mais c'est à Londres, où il se rendit en 1716, que l'attendaient ses plus grands triomphes. Fait sans précédent jusqu'alors en Angleterre, on imprima entièrement ses partitions de *Coriolan* et de *Lucius Verus*, dont la réussite avait été complète. De plus, il se fit entendre comme virtuose sur la viole d'amour, à la sixième représentation de l'*Amadis* de Hændel, dans un

entr'acte, et son beau talent excita un véritable enthousiasme.

Il a laissé, sous forme de *lezioni*, six sonates pour la viole
d'amour ; elles se trouvent dans un volume, fort rare aujour-
d'hui, contenant également six cantates, lequel a été publié
par souscription, à Londres, en 1728, et porte ce titre :
Cantates and a collection of lessons for the viole d'amore.

Ganswid, qui vivait à Prague au siècle dernier, se fit
également remarquer comme virtuose sur la viole d'amour.
Il composa plusieurs concertos, des sonates, des duos et des
trios pour son instrument, et forma de bons élèves, parmi
lesquels on remarque Powliezek, Eberle et François Richter,
qui fut le plus habile.

Désirant faire vrai, autant que possible, et rappeler les
douces et pénétrantes sonorités des instruments en usage
au temps où se passe l'action de son opéra *Les Huguenots*,
Meyerbeer a eu l'heureuse idée d'utiliser la viole d'amour
pour le prélude et l'accompagnement de la romance du
ténor qui se trouve au premier acte de cet ouvrage. C'est
d'un effet charmant ; mais on doit regretter que les artistes
chargés d'exécuter cette partie à l'orchestre de l'Opéra, à
Paris, aient pris, depuis longtemps déjà, l'habitude de ne
faire entendre seulement que le prélude de ce morceau sur
la viole d'amour, et d'en accompagner tout le reste avec
l'alto. Telle n'a pas été l'intention de l'auteur, et il nous
semble qu'avec un peu de bonne volonté, il serait facile de
restituer cet accompagnement à l'instrument pour lequel il
a été écrit. En le faisant, on montrerait du respect à la fois
pour le maître et pour le public.

M. Gustave Charpentier vient aussi de faire un très heureux emploi de la viole d'amour dans sa *Louise*, dont la
première représentation a eu lieu tout récemment à l'Opéra-
Comique.

14

IX

La « viola bordone », ou baryton, avait aussi des cordes vibrantes, dont le nombre a souvent varié; d'abord de sept

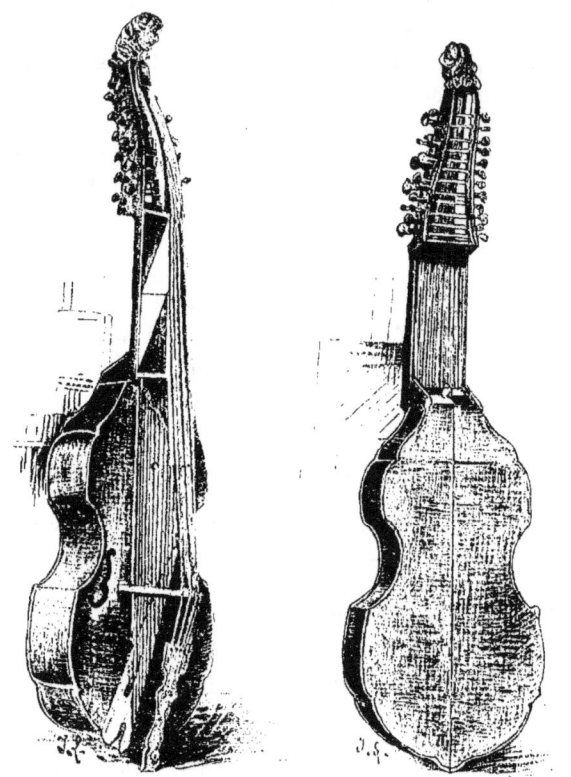

VIOLA BORDONE
(Musée instrumental du Conservatoire de musique, à Paris).

et de onze cordes, il est arrivé progressivement au chiffre de vingt-deux.

Il en existe, à Londres, au *South Kensington Museum*, un très beau spécimen dont la caisse rappelle, par ses contours, celle de la lyre-viole de Mersenne, et qui porte la signature de Joachim Thielke, Hambourg, 1686, lequel a laissé divers instruments : luth, viole, guitare, etc., qui sont des chefs-d'œuvre de marqueterie et d'incrustation de bois, nacre, ivoire, or et argent.

Un non moins beau modèle de « viola bordone » se trouve au musée instrumental du Conservatoire de musique à Paris [1]. Il est de Norbert Bedler, luthier de la cour de Bavière, et daté de Würtzbourg, 1723.

Ce baryton est monté de six cordes de boyau et de dix-huit cordes de laiton. Il a des échancrures sur les côtés de la caisse, comme une viole ordinaire, deux ouïes et une toute petite rosace au-dessous de la touche. Attachées à un cordier, les six cordes de boyau reposent sur un chevalet très élevé et passent au-dessus de la touche qui n'a pas de divisions ou cases, avant d'aller retrouver leurs chevilles, lesquelles sont placées sur les côtés du cheviller. Les dix-huit cordes de laiton, accrochées à des boutons qui sont enfoncés dans l'éclisse, de chaque côté de la cheville servant à retenir le cordier, s'appuient sur un chevalet très large et très bas, placé en travers et au-dessous du grand, et de là vont rejoindre le cheviller en passant à découvert, dans l'intérieur de la poignée du manche. Elles sont protégées, au-dessus de la table, par la touche et par une petite tablette décorée d'ébène et d'ivoire. Les tables sont ornées de filets et ont des bords arrondis, dépassant les éclisses; celle du fond est coupée en sifflet; dans le haut, près du manche, une charmante tête sculptée termine le cheviller.

Voici les proportions de cet instrument :

Longueur totale . . . .   1,400 millimètres.
—   de la caisse y compris
les bords des tables. 0,690   —

1. N° 168 du catalogue, édition 1884.

Largeur	du bas	0,400 millimètres.
—	du milieu	0,250 —
—	du haut	0,330 —
Hauteur	des éclisses, en bas . .	0,133 —
—	— en haut . .	0,115 —
Longueur	des ouïes	0,118 —
—	de la poignée du man- che	0,270 —
—	du cheviller	0,400 —

Vidal donne l'accord suivant du baryton à six cordes, mais sans en indiquer la source :

et dit : « La plus grave des cordes sympathiques s'accordait sur :

en montant par succession diatonique jusqu'à la dernière[1]. »

L'intervalle de sixte qui se trouve entre la quatrième et la cinquième corde nous surprend beaucoup; il doit probablement y avoir erreur.

D'après Carl Engel, la « viola bordone » à sept cordes s'accordait ainsi :

et la corde sympathique la plus grave était aussi

Le baryton, qui n'a jamais été en faveur qu'en Allemagne.

---

1. *Instruments à archet*, t. I, p. 52.
2. *Descriptive Catalogue of the Musical instruments in the South Kensington Museum*, London, 1870, p. 50 et 51.

y était déjà connu au début du xvi° siècle, car la collection
de la Gesellschaft der Musikfreunde, à Vienne, en possède
un spécimen signé *Magnus Felden*, Wien, 1556. Ant. Lidl,
de Vienne, et Karl Frantz, musiciens attachés au service du
prince Esterhazy, le remirent en honneur au xviii° siècle.
Karl Frantz, publia même, en 1785, douze concertos pour
cet instrument. Le prince N. Esterhazy en jouait assez bien
et fit écrire par Joseph Haydn soixante-trois pièces pour
cette viole, dont le grand nombre de cordes sympathiques,
difficiles à bien accorder, occasionnait un chevrotement
désagréable.

Le système des cordes vibrantes a aussi été appliqué à la
basse de viole (où elles ont été ajoutées après coup), au
violon, à la vielle, à la trompette marine. Logiquement,
tous ces instruments ainsi montés de cordes sympathiques
auraient dû prendre le qualificatif d'*amour*, pour les distinguer des autres, et s'appeler *baryton d'amour, basse de viole
d'amour, violon d'amour*[1], *vielle d'amour* et *trompette marine
d'amour*.

Mais, si tous les instruments qui ont des cordes vibrantes
ne portent pas, ce qui est un tort à notre avis, le qualificatif
d'*amour*, en revanche, un dessus de viole n'en ayant pas, et
qui est tout simplement monté de sept cordes de boyau, est
désigné sous le nom de viole d'amour par M. A.-J. Hipkins[2]. Il est bien question de cordes vibrantes dans le
texte[3], mais l'instrument qui est donné comme exemple
n'en a jamais eu, même d'additionnelles.

1. Un violon, monté de douze cordes vibrantes, qui est au musée instrumental
du Conservatoire de musique à Paris, a été catalogué avec justesse sous le nom
de *violon d'amour*, par G. Chouquet, n° 136 du catalogue, édit. 1884.
2. A.-J. Hipkins. *Musical instruments*, Édimbourg, 1888, pl. XXVII.
3. *Ibid.*, p. 53 et 54.

X

Jean Rousseau donne les renseignements suivants sur le « violone » ou contrebasse de viole :

« Les premières violes dont on a joué en France estoient à cinq chordes et fort grandes, leur usage estoit d'accompagner; le chevalet estoit fort bas et placé au-dessous des ouyes, le bas de la touche touchoit à la table, les chordes estoient fort grosses et son accord estoit tout par *quartes* : sçavoir, la chanterelle en C *sol ut*, la seconde en G *ré sol*, la tierce ou troisième en D *la ré*, la quatrième en A *mi la*, et la cinquième, qu'ils appeloient bourdon, estoit en E *si mi*. La figure de cette viole approchoit fort de la basse de violon.

« Dans la suite, on a changé cette figure en celle des violes dont nous nous servons aujourd'huy, à la réserve du manche; car il estoit rond et massif et trop penché sur le devant, outre que l'instrument estoit fort grand, en sorte que le père Mersenne dit que l'on pouvoit enfermer un des jeunes Pages de Musique dedans pour chanter le dessus pendant que l'on jouoit la basse, et il dit de plus que cela a esté pratiqué par le nommé Granier devant la royne Marguerite, où il jouoit la basse et chantoit la taille, pendant qu'un petit page enfermé dans la viole chantoit le dessus [1]. »

Granier, le héros de cette histoire, mourut vers 1600. Il fut un des premiers à se faire remarquer sur la basse de viole, et devint l'un des sous-maîtres de la chapelle du roi, après avoir été au service de Marguerite de Valois. Cette princesse, qui était fort belle, mais impérieuse et vindicative, faisait, sur les plus légers prétextes, fustiger de coups de bâton un autre de ses musiciens nommé Choisnin [2].

1. *Traité de la viole*, p. 19.
2. *Histoire de la musique*, par Blondeau, t. I, p. 285.

L'histoire ne dit pas si elle était aussi aimable pour le
célèbre Granier.

Au siècle précédent, Marguerite d'Écosse, dauphine de
France, depuis reine de France, épouse de Louis XI, n'usait
pas des mêmes procédés envers le poète Alain Chartier, qui
fut secrétaire de Charles VI et de Charles VII. L'ayant
trouvé un jour endormi dans l'antichambre du roi, elle lui
donna un baiser et s'en justifia agréablement, selon Titon
du Tillet, « en disant qu'elle ne baisoit pas l'homme, mais
seulement la bouche d'où sortoient de si belles pensées et
des expressions si aimables[1] ». F. Halévy ignorait sans
doute cette anecdote, sans cela, il aurait malicieusement
insinué que le mode myxo-lydien n'était peut-être pas
tout à fait étranger à cette tendre preuve d'admiration[2].

XI

J. S. Bach passe pour avoir imaginé, vers 1720, une
viole à cinq cordes seulement, qui est connue sous le nom
de « viola pomposa ». C'était une petite « viola a gambe », ou
plutôt un petit violoncelle, ayant une corde de plus dans
l'aigu; lequel s'accordait par quintes : ut sol ré la mi, et qui
permettait aux exécutants encore peu habiles à cette époque,
d'atteindre les notes élevées sans démancher. Ce fut, dit-on,
Martin Hoffmann, célèbre luthier de Leipsig, qui construisit la « viola pomposa », d'après les indications de Bach; et
Jean-Georges Pisendel[3], maître des concerts de l'Électeur
de Saxe, roi de Pologne, qui la fit entendre.

Les rapides progrès d'exécution la rendirent inutile, aussi

1. *Parnasse françois*, p. XXXVI.
2. Voyez l'introduction de cet ouvrage.
3. Cet artiste (né en 1687, mort en 1755), violoniste distingué, avait été élève
de Corelli lorsque celui-ci était violon solo dans la chapelle du margrave
d'Anspach. C'est en 1728 qu'il fut nommé maître des concerts de l'Électeur de
Saxe, roi de Pologne.

fut-elle promptement abandonnée; et son inventeur, le
grand Bach lui-même, qui a beaucoup écrit pour la « viola
a gambe » et un peu pour la viole d'amour, ne nous a rien
laissé dans ses œuvres si nombreuses, pour la « viola
pomposa ».

XII

On a vu que la « viola a gambe », désignée par le numéro 3
sur la planche XX de Prætorius, est montée de six cordes,
dont deux, les plus graves, sont filées, c'est-à-dire entou-
rées d'un fil de métal très fin; et que Mersenne ne fait
pas connaître des violes ayant plus de six cordes et
n'indique pas non plus s'il y en avait de filées.

D'après Jean Rousseau, ce fut vers 1675, que Sainte-
Colombe ajouta la septième corde, afin d'augmenter
l'étendue d'une quarte, en même temps qu'il introduisit en
France l'usage des cordes filées d'argent. Nous pensons
donc que Titon du Tillet commet une erreur en disant :
« Pour rendre la viole plus sonore, Marais est le premier
qui ait imaginé de faire filer en laiton les trois dernières
cordes des basses [1] », et qu'il vaut mieux s'en rapporter à
Rousseau, contemporain de Sainte-Colombe, qui en attribue
la paternité, en France, à ce dernier.

Nous ne savons si la date de l'adjonction de la septième
corde, donnée par Rousseau est bien exacte; dans tous les
cas, déjà en 1675, un gentilhomme est représenté jouant
d'une basse de viole montée de sept cordes, dont trois, les
plus graves, semblent être filées [2]. Le dessinateur n'a
donc pas attendu pour reproduire l'instrument augmenté
d'une corde par Sainte-Colombe, et le fini d'exécution

1. *Parnasse françois*, p. 625.
2. *Costumes du siècle de Louis XIV*, cabinet des Estampes à la Bibliothèque
nationale.

montre qu'il a travaillé d'après un modèle. Ce qui nous fait
supposer que l'on se trouve en présence de trois cordes
filées, c'est que celles-ci ne sont pas attachées au cordier

Habit de Ville   1675.

Il rauit par son harmonie   S'il accordoit son instrument
Mais il feroit tout autrement   Aufec sa charmante organie

GENTILHOMME JOUANT DE LA BASSE DE VIOLE A SEPT CORDES
(xviiᵉ siècle).

par des bouclettes, comme le sont les quatre autres, et que
ce genre d'attache serait plus difficile à faire avec des cordes

filées. Nous faisons
remarquer cepen-
dant que, sur le des-
sin de Prætorius, les
deux cordes, dont
on distingue très
bien le filage, sont
attachées, ainsi que
leurs voisines, avec
des bouclettes.

La tenue de l'in-
strument est excel-
lente ainsi que la
position de la main
gauche, dont les
doigts s'arrondis-
sent au-dessus des
cordes. Le person-
nage tient l'archet
comme l'on faisait
dans ce temps-là,
c'est-à-dire les
doigts en dessous de
la baguette et le
pouce au-dessus,
mais il le tire très
droit.

PARDESSUS DE VIOLE
OU QUINTON DE LOUIS GUERSAN
(Paris, 1768).

XIII

Presque tous les
luthiers français ont
construit des par-
dessus de viole ou quintons vers le milieu du xvIII^e siècle.

Ces instruments, dont le son est
dur et sec, n'ont presque pas été
joués. Nous en reproduisons un de
Louis Guersan, daté de 1768, qui
est en parfait état de conservation
et n'a pas subi la plus petite répa-
ration. Le fond et les éclisses y sont
en bois de deux couleurs; le vernis
est jaune; la table d'harmonie est
voûtée; celle du fond est plate et
coupée en sifflet près du manche;
les bords, qui sont ornés de doubles
filets, ne dépassent pas les éclisses,
et le cheviller finement sculpté, se
termine par une ravissante tête de
femme. L'instrument mesure :

PARDESSUS DE VIOLE,
OU QUINTON
DE LOUIS GUERSAN
(Paris, 1768).

Longueur totale	620	millim.
— de la caisse. . .	320	—
Largeur du bas.	195	—
— du milieu	110	—
— du haut.	155	—
Hauteur des éclisses, en bas	57	—
— des éclisses, en haut.	55	—
— des éclisses, près du manche. .	48	--
Longueur des ouïes	64	—
— de la poignée du manche. . . .	125	—
— du cheviller, de- puis le sillet jusqu'à l'extré- mité de la tête.	137	—

Après la description de toutes les
violes que nous venons de faire, on sera sans doute très
étonné de lire ce passage de M. Mahillon :

« Au xvᵉ siècle, la viole succède à la vielle à archet que nous trouvons reproduite sur un grand nombre de monuments d'architecture du Moyen Age; à partir du xvıᵉ siècle, elle se classe déjà en famille. Dès le commencement du xvııᵉ siècle, nous constatons l'existence de deux familles différentes et complètes de violes, les violes da gamba (en all : knéegeige) : ainsi nommées parce que les principales se tenaient entre les jambes, et les violes da braccia ou da spalla, ou violons qui se tenaient sur les bras ou contre l'épaule. Les caractères distinctifs des violes da gamba comparés à ceux des violes da braccia, dont la forme s'est assez exactement conservée dans nos instruments à archet actuels, sont les suivants : les violes da gamba sont généralement à six cordes (les violes da braccia n'en avaient que quatre), le manche des premières violes est plus large, il est pourvu de divisions de même que la touche; le cheviller est presque toujours terminé par une figure sculptée; les éclisses sont très hautes, les échancrures arrondies et les ouïes de la table découpées en ⊃C[1]. »

C'est à peu près comme si l'on disait que la contrebasse à trois cordes n'est pas de la même famille que la contrebasse à quatre cordes ; ou que le violon et le violoncelle sont de familles différentes, parce que l'un se joue placé sous le menton et que l'autre se tient entre les jambes.

On ne dit pas que les flûtes à une et à six clefs sont de familles différentes, ni que la flûte Boëhm est d'une autre famille que les premières ; mais simplement que ces flûtes ne sont pas du même système, tant pour la perce que pour le nombre et la disposition des clefs.

Les violes aussi étaient de divers systèmes pour le nombre et pour la disposition des cordes ; mais leurs caisses de résonance étaient toutes construites d'après le

---

1. Victor-Charles Mahillon. *Catalogue descriptif et analytique du musée instrumental du conservatoire royal de musique de Bruxelles*, Gand, 2ᵉ édit., 1893, p. 213 et suiv.

même principe. C'est pour cette raison qu'elles ne formaient qu'une seule et unique famille, et cela, qu'elles soient petites ou grandes, ou bien tenues sur l'épaule ou sur le bras, sur le genou gauche, ou entre les jambes ; ou

MARIN MARAIS
(Paris, 1656-1728).

encore comme sur le beau portrait de Marin Marais, où le grand artiste est représenté au repos, et tenant sa belle basse de viole à sept cordes appuyée de côté sur son genou droit.

Parlant des violes, Vidal dit aussi :

« Elles se divisent en deux classes :

« Viola da braccio qui se jouait sur l'épaule ou sur les genoux ;

« Viola da gambe qui se jouait entre les jambes[1]. »

Ces deux classes de M. Vidal étant équivalentes aux deux familles de M. Mahillon, il est inutile d'insister davantage.

XIV

On ne sait pas grand'chose sur les premiers constructeurs d'instruments à archet, sinon qu'il y avait à Paris, en 1292, un « feseeur de vièles » nommé Henry, et connu sous le nom de *Henry aux vièles Henry*, lequel habitait la rue aux Jugléeurs et était imposé pour la taxe à la somme de 6 et 12 sols parisis par an[2].

Il n'est pas fait mention d'une corporation particulière pour la fabrication des instruments de musique, dans le *Registre des métiers* d'Etienne Boileau, qui date de 1258[3]. M. Constant Pierre explique très logiquement cette absence d'une corporation spéciale, lorsqu'il dit : « En l'état rudimentaire de l'art musical au Moyen Age, la facture des instruments de musique n'était pas assez importante pour occuper exclusivement des ouvriers spéciaux et former une industrie à part ; ils étaient construits, croit-on, par ceux qui mettaient en œuvre d'autres objets de matière semblable à celle dont ils étaient formés : bois, ivoire, argent, etc.[4] ». Une ordonnance du mois d'août 1297 nous apprend qu'il y avait alors, à Paris, trois « feseeurs de trompes ». Ceux-ci, trop peu nombreux, pour former une corporation indépen-

1. *Instruments à archet*, t. I, p. 47.
2. *Bibl de l'École des Chartes*, 1841-1842, t. III, p. 379. Cité par Vidal.
3. Bibl. nat., mss. fr., 11709.
4. CONSTANT PIERRE. *Les facteurs d'instruments de musique*, p. 7.

dante, se firent rattacher à celle des « forcetiers[1] », dont ils relevaient plus spécialement par la nature de leur travail, afin de bénéficier des mêmes avantages et privilèges.

Voici ce document :

« En l'an de grâce mil cc iiijxx et xvij, le merquedi après la my-aoust, furent présent par devant nous Robert Mang, lors garde de la prévosté de Paris, Hen. l'Escot, Guill. d'Amiens et Rog. l'Englois, fesceurs de trompes, si come ils disoient, affermanz que en toute la ville de Paris n'avoit ouvreers de leur mestier, fors hostelx des trois persones desubs dictes ; et nous requistren en suppliant, par le proufict le Roi, et pour amender leur mestier, que ils fussent gardez et maintenuz selonc les conditions den dict mestier de forceterie en la fourme desubs escripte ; et que uns des mestres den dict mestier de forceterie et li uns d'els, fussent gardes de l'œuvre des trompeors en tel manière que cil qui seroit garde den mestier, ne les autres trompeors ne puissent riens demander ne reclamer en dit mestier de forceterie ne euvrier de celui mestier.

« Et nous, leur requeste oye, den consentement et de la volenté de Adam le forcetier, de Jehan le Piquet mestres du mestier de forceterie, présenz à ce pardevant nous, leur avons octroié leur requeste en la fourme desubs dicte, sauf autruy droict.

« En tesmoing de quoy, etc.[2]. »

Plus tard, les « fesceurs de trompes » durent se joindre aux chaudronniers, car on voit figurer parmi ceux-ci, dans l'*Almanach Dauphin*, de 1777, Carlier, célèbre pour la fabrication des cors de chasse, trompettes et timbales.

A Rouen, les faiseurs d'instruments se réunirent à la

---

1. Selon Du Cange, les forcetiers étaient les fabricants d'objets, et surtout de coffres, en fer ou en cuivre.

2. *Ordonnances sur le commerce et les métiers rendues par les prévôts de Paris depuis 1270 jusqu'à l'an 1800*, publié par G.-B. Depping, Paris, 1837, p. 360.

corporation des ménétriers et maîtres de danse de cette
ville. Charles VII confirma leurs statuts en 1454, et de nouveaux privilèges leur furent accordés en 1611 et 1717[1].
Mais, relativement à Paris, aucun document ne vient nous
renseigner sur la situation occupée par ces artisans, entre
l'ordonnance de 1297, reproduite plus haut, et les lettres
patentes portant création de la communauté des faiseurs
d'instruments de musique délivrées par Henri IV, au mois
de juillet 1599, et que voici :

 « *Lettres de création du métier de faiseur d'instrumens*
 de musique en maîtrise et de leurs privilèges et statuts.

 « Henry, par la grâce de Dieu, Roy de France et de
Navarre, à tous présens et à venir, salut :
 « Par notre édit de rétablissement et règlement général
fait sur tous les arts, trafics, métiers et maîtrises, jurez et
non jurés de ce royaume, du mois d'avril 1597, nous
aurions entr'autres choses, par le quatrième article d'iceluy, ordonné que tous marchands et artisans des villes
et bourgs et bourgades de ce royaume, non jurés ny encore
établis en jurande es-dites villes et faux-bourgs, nous pay-
roient la finance à laquelle ils seroient pour ce taxez en notre
Conseil, eu égard à la qualité dud. métier, et pour estre
leur dit métier juré; à quoy nos bien amez et féaux, les
maîtres faiseurs d'instrumens de musique de notre ditte
ville de Paris, demandant de jouir dud. bénéfice et privilège,
nous auroient payé finance au commis de la recette générale
desd. deniers, la somme à laquelle ils auroient été taxez en
notre Conseil, comme de ce appert des quittances dud.
commis y attachées, avec le dit édit, sous le contrescel de
notre chancellerie, et nous auroient très humblement
supplié et requis leur en octroyer nos lettres pour ce néces-

---

1. Lavoix. *Histoire de l'instrumentation*, p. 23.

saires; sçavoir faisons que nous, voulant leur subvenir en
cet endroit et faire dorénavant leur métier en bon ordre et
police et obvier aux abus qui se sont commis par le passé
en iceluy, avons led. art et métier de maître faiseur
d'instrumens de musique fait, créé et érigé et étably; faisons, créons, érigeons et établissons jurés; voulons et nous
plaît que lesd. maîtres faiseurs d'instrumens de musique de
notre ville de Paris jouissent des privilèges, statuts et
ordonnances qui en suivent :

« ARTICLE 1ᵉʳ. — Que nul ne sera admis et reçu à tenir
boutique d'instrumens de musique en notre ville de Paris,
qu'il ne soit reçu par deux maîtres jurez étans en charge,
lesquels jurez tiendront papiers et registres de tous ceux
qui seront reçus audit métier de faiseurs d'instrumens de
musique, et après avoir fait chef-d'œuvre et expérience, et
qu'il soit apparu de leurs capacitez, bonne vie et mœurs, et
du tems de leur apprentissage faits en notre bonne ville de
Paris, seront reçus ded. jurez, et, pour ce faire, feront le
serment requis et accoutumé par devant notre procureur au
Châtelet, et enregistrer au greffe d'iceluy pour y avoir
action quand besoin sera, après toutes fois leur avoir payé
la finance.

ART. 2. — *Item*. Les jurez seront deux ans entiers en
charge; finis et expirez, en sera nommé et élu d'autres en
leurs places par la pluralité des voix de la communauté dud.
métier.

« ART. 3. — *Item*. Que défenses très expresses seront
faites à toutes personnes, de quelque métier, qualité et condition qu'elles soient, de tenir boutique ny magazin desd.
instrumens de musique, vendre ny achetter iceux pour
revendre et débiter en gros ou en détail, soit grands ou
petits, de quelque sorte que ce soit, en notre ville de Paris
ny ès faubourgs d'icelle, s'ils ne sont reçus maîtres dud.
métier et ayant esté apprentifs en lad. ville; ains les pourront vendre aux maîtres et jurés dud. métier et ne pourront

15

faire autrement, sur peine de confiscation desd. instrumens qui seront trouvez au magazin ou exposez en ventes par autres personnes que lesd. maîtres et jurez.

« Art. 4. — *Item*. Qu'il ne sera fait, reçu aucun apprentif aud. métier, qu'il n'ait esté obligé six ans entiers avec l'un des maîtres dud. métier, et huit jours après que led. brevet d'apprentissage sera passé, le maître dud. apprentif sera tenu d'apporter led. brevet par devers lesd. jurés pour estre enregistré afin d'éviter aux abus qui s'y pourraient commettre, n'entendant toutes fois comprendre les fils de maître dud. métier à faire apprentissage, lesquels seront reçus maîtres dud. métier par lesd. jurez, en étant par eux trouvez capables, sans toute fois faire aucun chef-d'œuvre.

« Art. 5. — *Item*. Ne pourront aucuns desd. jurez et maîtres dud. métier tenir plus d'un apprentif à la fois, lequel ayant fait son apprentissage le temps et espace de quatre ans et ne luy restant plus que deux ans pour achever lesd. six années, lesdits jurés ou maîtres dud. métier pourront, en ce cas, prendre un autre apprentif et non autrement.

« Art. 6. — *Item*. Où se trouveront aucuns desd. jurez ou maîtres avoir ouvert deux ou plus grand nombre de boutiques, seront icelles fermées incontinent et sans délay, nonobstant tout ce qu'ils pourroient dire ou alléguer pour leurs défenses.

« Art. 7. — *Item*. Qu'où il adviendroit que quelqu'un des maîtres dud. métier vînt à décéder, leurs veuves pourront tenir boutique dud. métier tout ainsy qu'ils faisoient au vivant de leurs maris, leur sera aussy loisible de tenir nn ouvrier ayant esté apprentif dud. métier en notre ville, et si elles se remarient, elles seront entièrement privées de la ditte franchise.

« Art. 8. — *Item*. Que nul ne pourra travailler dud. métier en chambre, en notre ville de Paris, ny faubourgs d'icelle, qu'il n'ait fait apprentissage en notre ville de Paris et qu'il n'ait esté reçu maître, ainsi qu'il est spécifié à l'article premier.

« ART. 9. — *Item*. Que défenses sont faites à tous lesdits jurez, maîtres et compagnons dud. métier, de porter ny faire porter par quelques personnes que ce soit, vendre ou revendre aucuns instrumens de musique par les rues de la ditte ville, à peine de confiscation d'iceux et d'amande arbitraire.

« ART. 10. — *Item*. Pour le regard des marchands étrangers ou autres de ce royaume qui apporteroit des marchandises, soit instrumens de musique, sapins ou autres choses servant aud. métier, ne pourra icelle marchandise estre achetée en gros par aucuns jurez ou maîtres dud. métier, sans en avertir la communauté d'iceluy : pour ce faire être icelle marchandise lotie et partie entre eux, et où, en cas qu'aucun dud. corps eut acheté lesd. marchandises desd. forains sans en avertir la communauté, laditte marchandise sera confisquée et les défaillans condamnés en telle amande que de raison.

« ART. 11. — *Item*. Pour éviter aux abus qui se pourroient commettre aud. métier, les jurez d'iceluy ne recevront ny admettront en la ditte maîtrise, aucun qu'il n'ait fait apprentissage et ne soit expérimenté et reconnu par les maîtres capables d'iceluy exercer, comme il est dit cy-dessus, encore qu'il fut pourvu de lettres de maîtrise du Roy, princes et princesses, créés ou à créer par cy-après.

« ART. 12. — *Item*. Pourront les jurez maîtres dud. métier faire toutes sortes d'étuis pour lesd. instrumens et iceuy instrumens enrichir de toutes sortes de filets, marqueterie et autres choses à ce nécessaires, comme dépendans de leur dit métier, comme ils ont fait de tous tems, sans qu'ils en puissent estre empêchez par quelque personne que ce soit.

« ART. 13. — *Item*. Que les compagnons dud. métier qui désireront estre maîtres d'iceluy, seront reçus lorsque bon leur semblera, après toutes fois avoir esté apprentifs de la ditte ville de Paris le tems ordonné cy-dessus, en payant les droits du Roy et des jurez et faisant le serment par devant le procureur du Roy.

« Art. 14. — *Item.* Seront tenus tous les maîtres dud. métier d'avertir les jurez d'iceluy des malversations qui se pourroient commettre aud. métier, à peine de l'amande arbitraire applicable qu'il sera ordonné.

« Pour iceux statuts et ordonnances contenus et déclarés les dits articles, etc.

« Donné à Paris au mois de juillet l'an de grâce mil cinq cent quatre-vingt-dix-neuf et de notre règne le dixième.

« Enregistrés au registre noir neuf étant en la chambre du prévôt du roy notre seigneur au Chastelet, le 30 novembre 1599[1]. »

Ces statuts de la corporation des faiseurs d'instruments de musique de la ville de Paris, qui diffèrent peu de ceux des autres corps de métiers, furent confirmés, par Louis XIV, environ quatre-vingts ans plus tard.

« *Confirmation des statuts des maistres faiseurs d'instrumens de musique.*

«. Louis, par la grâce de Dieu Roy de France et de Navarre, à tous présens et à venir, salut.

« Nos bien amés les maistres faiseurs d'instrumens de musique de notre bonne ville de Paris, nous ont fait remontrer que le feu roy Henry le Grand, nostre très honoré seigneur et ayeul, auroit, conformément aux édits et règlemens sur le fait des arts marchands, artisans et mestiers agréé, approuvé, confirmé et authorisé les statuts et règlemens faits par leurs prédécesseurs sur le fait de leur art et métier par

---

1. Constant Pierre, ouvrage déjà cité, d'après : *Recueil d'ordonnances concernant les arts et métiers,* mss. fr. (Arch. nat., AD, XI, 26).

ses lettres pattentes du mois de juillet mil cinq cent quatre-vingt-dix-neuf, registrées par le prévost de Paris, le vingt novembre au dit an. Que les dits exposants ainsy que leurs prédécesseurs ont inviolablement gardées et observées sans aucun trouble. Mais d'autant qu'elles n'ont été confirmées et autorisées par le feu Roy nostre très honnoré père que Dieu absolve, ny par nous depuis nostre advènement à la couronne, lesdits exposans craignant qu'on leur voulut objecter le deffault des lettres de confirmation lorsqu'ils seroient nécessité d'agir contre ceux qui interviendront aux dits règlemens ou qui se voudroient ingérer auxdits mestiers sans aucunes maistrise, réception, expériance n'y capacité pour rendre leurs ouvrages parfaits, ainsy qu'il est requis par les dits statuts et règlemens. C'est pourquoy ils sont obligés de recourir à nous et très humblement faict supplier leur octroyer nos dittes lettres sur ce nécessaires. A quoy inclinant favorablement de nostre grâce spécialle, plaine puissance et authorité royale, nous avons agréé, approuvé, confirmé et authorisé et par ces présentes signées de nostre main, agréons, approuvons, confirmons et authorisons lesdits statuts et ordonnances dudit art et mestier de faiseurs d'instrumens dudit mestier de musique, voulons et ordonnons que lesdits exposans et leurs successeurs maistres dudit mestier en jouissent et usent selon leur forme et leur teneur. Suivant lesdites lettres de confirmation du mois de juillet mil cinq cens quatre-vingt-dix-neuf et sentence d'enregistrement du vingt novembre audit an cy attachées sous le contre scel de nostre chancellerie, tout ainsy qu'ils en ont bien et dûment jouy, jouissent et usent encore à présents pourvu qu'il ne soit intervenu aucun arrest et règlement contraire. Sy donnons en mandement à nos amis et féaux conseillers les gens tenans nostre cour de Parlement à Paris, prevost dudit lieu ou son lieutenant, que ces présentes, nos lettres de confirmation, ils fassent registrer et de leur contenu, jouir et user lesdits exposans et leurs successeurs, maistres dudit art et mestier plainement, paisiblement et perpétuellement, cessant et faisant cesser tous troubles et empeschemens contraires, car tel est nostre plaisir, et afin que ce soit chose ferme et stable à toujours, nous avons fait mettre notre scel à ces dittes présentes.

« Donné à Saint-Germain-en-Laye au mois d'avril l'an de grâce mil six cens soixante-et-dix-neuf et de nostre règne le trente-sixiesme, et plus bas signé : Louis, et sur le reply est inscrit : Par le Roy, Colbert, avec paraphe, et à costé visa : Le Tellier, pour confirmation des statuts en faveur des faiseurs d'instrumens de musique, et sur le reply :

« Registrées ouy le procureur général du Roy, pour jouir par les impetrans et ceux qui leur succéderont en la ditte maistrise, de leur effet et contenu estre exécuté selon leur forme et teneur suivant l'arrest de ce jour.

« A Paris, en Parlement, le six septembre mil six cens quatre-vingt[1]. »

Malgré l'autorisation, cependant si précise, donnée aux faiseurs d'instruments de musique, par l'article 12 des statuts de 1599, d'enrichir leurs produits « de toutes sortes de filets, marqueterie et autres choses à ce nécessaire », la corporation eut de nombreux différents avec celles des boisseliers-souffletiers, des menuisiers, des tabletiers-évantaillistes et des peintres, au sujet des soufflets et des caisses d'orgues, du tournage et des viroles en ivoire des flûtes, hautbois, etc., ainsi que des peintures qui décoraient les harpes.

De son côté, l'autorité leur suscita aussi des difficultés. Afin de satisfaire aux exigences du trésor royal, on créa de nouveaux privilèges; ce furent d'abord des jurés en titre d'offices aliénables moyennant finance, puis des charges de trésoriers, auditeurs des comptes, greffiers, etc. Romain Chéron et Honoré Rastoin ayant levé deux offices de jurés à

---

1. CONSTANT PIERRE, d'après : *Ordonnances de Louis XIV* (Arch. nat., X¹ᵃ 8675, p. 86).

raison de mille livres chacun, et les facteurs d'orgues et faiseurs de hautbois, flûtes, etc., refusant de se soumettre à
leur jurande, par arrêt du Conseil d'État, rendu, à leur
requête, à Versailles, le 11 novembre 1692 : « Sa Majesté a
ordonné et ordonne que tous les facteurs d'orgues, faiseurs
de hautbois, flûtes et tous autres instruments de musique
de la ville de Paris, demeureront réunis en un seul corps de
maîtrise et jurande, et seront sujets aux visites de ceux qui
ont levé les offices (c'est-à-dire R. Chéron et H. Rastoin) ou
de leurs successeurs ».

M. Constant Pierre, auquel nous empruntons ces renseignements, dit aussi :

« Dès le début de sa carrière, le facteur avait à compter
avec de nombreuses exigences imposées par l'édit de 1581.
Pour être apprenti, il fallait passer un contrat par-devant
notaire et le faire enregistrer au greffe de la communauté,
en payant les droits d'enregistrement, de cire, de chapelle,
de bienvenue, du garde juré, du clerc, et une imposition
annuelle pendant toute la durée de l'apprentissage. Des for-
malités analogues étaient obligatoires pour passer compagnon; les aspirants à la maîtrise avaient en sus à acquitter
les droits de réception, le droit royal, l'enregistrement de la
lettre de maîtrise, les honoraires du doyen, des jurés, du
syndic, des maîtres anciens et modernes, de l'huissier, du
clerc, procédant à leur réception; puis le droit d'ouverture
de boutique. Parvenu à la maîtrise, il n'était pas encore l'égal
de ses collègues; il lui fallait franchir les grades de maître
moderne, puis d'ancien; alors il était apte à être appelé,
toujours moyennant finance ou par élection, aux charges de
garde, de syndic, de juré-comptable et de doyen, qui lui permettaient de prélever à son tour des droits et honoraires sur
ses confrères.

« La loi n'était pas égale pour tous. Les fils de maîtres,
dispensés de l'apprentissage et du chef-d'œuvre, étaient compagnons de droit et, de compagnons, devenaient maîtres

sans brevets, par parenté ou par mariage avec des filles de maîtres. De tout temps, il y eut des privilèges particuliers; les rois, les princes et princesses accordaient des lettres de maîtrise; les maîtres et ouvriers attachés à la cour jouissaient de diverses immunités, ainsi que ceux qui habitaient les faubourgs, la galerie du Louvre, le cloître et parvis Notre-Dame, l'enclos de Saint-Denis-de-la-Chartre, de Saint-Germain-des-Prés, de Saint-Jean-de-Latran, de Saint-Martin-des-Champs, du Temple, des hôpitaux, etc. [1]. »

Par arrêts du Conseil d'État des 3 mars, 16 mai 1716 et 24 juin 1747, les syndics et jurés de toutes les corporations ouvrières furent tenus de remettre entre les mains du procureur général Berryer, un état de leurs revenus, dettes et dépenses annuels. Le règlement de la communauté des faiseurs d'instruments de musique porte la date du 23 juin 1747 et comprend dix-huit articles. Un assez grand nombre de luthiers furent jurés-comptables : Jean Galland (1744-1745), Jean-Nicolas Lambert (1745-1746), Louis Guersan (1748-1749), Claude Boivin (1752-1753), Benoit Fleury (1755-1756), Jean Louvet (1759-1760), François Gaviniès (1762-1763), Joseph Gaffino (1766-1767), etc. Inutile d'ajouter que l'Assemblée nationale supprima la communauté des faiseurs d'instruments de musique, en même temps que toutes les autres corporations, maîtrises et jurandes, en votant la loi des 2 et 17 mars 1791, et accorda ainsi entière liberté de fabrication et de vente à tous.

XV

Le nom de luthier fut donné probablement vers le xve siècle aux faiseurs d'instruments à corde; J.-J. Rousseau le définit ainsi :

1. *Les facteurs d'instruments de musique*, p. 49 et 50.

« LUTHIER, *s. m.* Ouvrier qui fait des violons, des violoncelles et autres instruments semblables. Ce nom, qui signifie
Facteur de Luths, est demeuré par synecdoque à cette sorte
d'ouvriers, parce qu'autrefois le luth étoit l'instrument le
plus commun et dont il se faisoit le plus[1]. »

Aujourd'hui que le luth a été complètement abandonné, le
mot luthier est devenu une dénomination illogique qui n'a
plus sa raison d'être; cependant, soit par la force de l'habitude ou faute d'un terme mieux approprié pour le remplacer,
il ne semble pas qu'il doive disparaître.

Au siècle dernier, la plupart des luthiers construisaient
des harpes; c'est même Salomon, paraît-il, qui eut le premier
l'idée de les faire dorer; mais l'invention de la pédale à double
mouvement par S. Erard, en 1811, ayant rendu le méca-
nisme de cet instrument très compliqué, sa construction est
passée depuis entre les mains de facteurs spéciaux.

Il y a longtemps déjà que l'on se sert du mot facteur pour
désigner les constructeurs d'orgues, de pianos et d'instruments à vent en bois et en cuivre, et les distinguer ainsi
d'avec les luthiers qui, eux, se consacrent entièrement à la
fabrication des instruments à cordes frottées et pincées.

Les nombreux instruments de musique usités au Moyen
Age nous sont trop peu connus pour qu'on puisse en parler
sûrement.

En outre, les noms des premiers luthiers, lesquels, du
reste, négligeaient de signer leurs œuvres, ne sont pas par-
venus jusqu'à nous. Ce n'est que dans les documents rela-
tifs aux impôts et dans les comptes des maisons royales
et princières que l'on arrive à en découvrir quelques-uns;
et encore, cette source de renseignements est si peu féconde
qu'il est de toute impossibilité, à l'heure actuelle, d'établir l'histoire de la lutherie pour toute la longue période
qui a précédé l'apparition du violon; car les rares docu-

1. J.-J. ROUSSEAU. *Dictionnaire de musique.* p. 269.

ments que l'on possède sont tout à fait insuffisants pour
cela. Ainsi, les découvertes se résument, pour la France,
à *Henry aux vièles*, dont il a été déjà parlé, et qui habitait
la rue aux Jugléeurs, à Paris, en 1292 ; puis à *Jehan de
la Comté* qui, vers 1450, d'après les comptes des ducs de
Bourgogne publiés par M. de la Borde, vendit une harpe
pour la comtesse de Charollois, moyennant la somme de
douze livres ; et c'est à peu près tout. Mais à partir de
l'époque de la Renaissance, c'est-à-dire vers la fin du
xv° siècle et au début du xvi°, les renseignements sur les
luthiers deviennent un peu moins rares.

La noblesse, héritière des grandes traditions du xv° siècle,
cultiva davantage la poésie et la musique. Les rois, les
princes, et à leur imitation les autres seigneurs, furent plus
ou moins mélomanes. Chacun d'eux protégeait non seulement les arts et les artistes, mais avait encore la prétention
de faire des vers et de les mettre en musique. Les uns chantaient leurs œuvres en s'accompagnant eux-mêmes avec un
instrument quelconque ; d'autres, plus modestes, se contentaient d'être accompagnés par des artistes, et comme, à cette
foule luxueuse et élégante, il fallait des instruments non
moins beaux que leurs costumes et que les autres objets
qui les entouraient, qu'il était de toute nécessité que ces
instruments fussent dignes du cadre où ils figuraient, les
luthiers s'appliquèrent à les leur fournir aussi richement
décorés que possible et à en faire de véritables œuvres d'art.
Pour cela, ils firent appel aux ouvriers les plus habiles à
travailler le bois, l'ivoire et la nacre.

XVI

Le mouvement artistique qui allait se propager dans une
certaine partie de l'Europe avait son foyer en Italie, dans
les petites cours des nombreux princes qui régnaient alors

sur la péninsule. Les artistes de tous les pays, peintres, sculpteurs et musiciens, s'y donnaient rendez-vous, et les grands seigneurs, heureux Mécènes, les attachaient, à prix d'or, à leurs personnes. Il y avait donc un courant, une ambiance favorables à toute manifestation d'art, dont la lutherie fut appelée à bénéficier, et ce n'est pas vouloir amoindrir le mérite, disons le mot, le génie des premiers luthiers italiens, que de constater l'élévation intellectuelle du milieu dans lequel ils vivaient.

C'est l'Italie qui eut l'honneur d'être le berceau de la lutherie artistique. C'est là que l'on construisit les premiers instruments élégants et que l'on réussit à les rendre parfaits sous tous les rapports, et ce sont les beaux modèles que l'on y créa qui furent copiés depuis, avec plus ou moins de bonheur, par les luthiers des autres contrées. Il est donc tout naturel que nous parlions d'abord des luthiers italiens.

CHEVALET ITALIEN
DE VIOLE D'AMOUR
(XVIIIᵉ siècle).

Parmi ceux dont les noms sont connus, il faut citer : Pietro Dardelli (le père), moine franciscain, autrement dit cordelier, du couvent de Mantoue, qui vivait à la fin du XVᵉ siècle, et qui passa la plus grande partie de son existence à faire des luths et des violes ornés de marqueterie. Fétis parle d'un luth de ce maître, fait pour la duchesse de Mantoue, qui porte la date de 1497, avec le nom de Padre Dardelli. Cet instrument est orné de marqueterie d'ébène, d'ivoire et d'argent; de plus, les armes de Mantoue sont dessinées sur la table; il appartenait, vers 1807, à un artiste peintre de Lyon, nommé Richard.

Brensio Girolamo (Brensius Hyeronimus), de Bologne,

faiseur de violes de la fin du xv⁵ siècle; le musée de l'Académie de musique de Bologne conserve deux violes de ce
luthier primitif, et M. Hart déclare en posséder une troisième.

On compte encore, parmi les plus anciens faiseurs de
violes italiens, Venturi ou Venturo Linarolli, qui travaillait
à Venise vers 1520; G. Kerlino, Brescia, 1540; Pellegrino
Zanetto, également à Brescia, dont le musée instrumental
du Conservatoire de Paris possède une très belle basse de
viole, n° 170 du catalogue, et qui porte la date de 1547. Ce

bel instrument, qui
ressemble beau-
coup à celui que le
Dominiquin a placé
entre les mains de
sa *Sainte-Cécile*, qui
est au musée du
Louvre, a été rap-
porté d'Italie par
Tariso; il devint la
propriété de Nor-

CHEVALET ITALIEN DE VIOLE D'AMOUR
(xviii⁵ siècle).

blin, qui fit rempla-
cer la touche ori-
ginale par une touche de violoncelle. Vers 1550, Mor-
glato Morella faisait aussi des violes à Mantoue. Fétis dit
que ce luthier se rendit célèbre par ses violes et ses luths.
Aug. Maffei parle avantageusement des instruments de cet
auteur [1].

Presque tous les luthiers italiens ont construit des violes
dont il existe encore de nombreux modèles, signés : Gasparo
da Salò, Ciciliano, Grancino, Corna, Busseto, Frei, Catte-
naro, Storini, etc., que l'on conserve dans les musées et
dans les collections particulières. Acevo (Saluces, 1650-

---

1. AUG. MAFFEI. *Annali di Mantoue*, fol 147

1695), élève de Gioffredo Cappa, passe pour avoir fait, en 1693, une « viola a gambe » qui aurait appartenu à notre grand violiste Marin Marais.

XVII

On avait cru, jusqu'à ces derniers temps, que le célèbre Gaspard Duiffoprugcar, dont le graveur Pierre Wœiriot nous a laissé un si beau portrait, était né dans le Tyrol italien vers la fin du xv\ :superscript?e siècle ; qu'il avait voyagé en Allemagne avant de se fixer à Bologne, où François I\ :superscript?er ayant entendu parler de ses talents, lorsqu'il se rendit dans cette ville, en 1515, pour régler les affaires ecclésiastiques de la France et signer le concordat avec Léon X, lui fit des offres si brillantes pour se l'attacher, que Duiffoprugcar accepta de suivre le roi de France à Paris, où il construisit des instruments pour les musiciens de la Chapelle et de la Chambre ; que, le climat de la capitale ne lui convenant pas, il avait demandé et obtenu l'autorisation de se retirer à Lyon.

Cette version, publiée en 1810 par Choron et Fayolle [1], fut acceptée sans contrôle et répétée depuis à satiété comme très authentique ; on ajoutait seulement que Duiffoprugcar avait été ouvrier marqueteur avant de devenir luthier.

Il y avait bien quelque difficulté à faire concorder la date du séjour à Bologne de notre artiste avec celle du portrait, lequel représente un homme dans la force de l'âge, et non un vieillard ; mais on s'en tirait comme on pouvait, disant que Wœiriot avait dû exécuter son œuvre plusieurs années avant que de la publier.

Dans son discours de réception à l'Académie des sciences,

1. Choron et Fayolle. *Dictionnaire historique des musiciens.*

belles-lettres et arts de Lyon, prononcé en séance publique
le 21 mars 1893[1], le docteur Henry Coutagne a fait la preuve,
en comparant le portrait de Duiffoprugcar avec ceux de
plusieurs personnalités lyonnaises de la même époque, et
dus également au burin de Pierre Wœiriot, que les chiffres
romains figurant sur celui qui nous intéresse indiquent
l'âge du modèle, et, les chiffres arabes, l'année où le portrait
fut exécuté. Ce qui veut dire qu'en 1562, Duiffoprugcar
devait avoir quarante-huit ans.

De plus, Henry Coutagne établit avec des pièces justifica-
tives dont l'authenticité ne peut être mise en doute[2] que ce
luthier est né en 1514, à Freising, dans la Haute-Bavière;
qu'il vint se fixer à Lyon vers le milieu du xvi° siècle; que des
« Lettres de naturalité » lui furent données en 1558, par
Henri II, roi de France, et qu'il mourut en 1570, à Lyon,
laissant plusieurs enfants, dont un fils également luthier,
ou plutôt faiseur de lutz.

Ce dernier ayant signé « Jehan Duiffoproucart » au bas
d'un acte daté de 1585, le docteur Coutagne a cru devoir
adopter cette orthographe pour l'écriture du nom patrony-
mique. Or, celui-ci étant libellé : Duiffobrocard, Duiffo-
prougar, Dufourbourcar, Duyfautbocard, Dieffenbruger, etc.,
sur les nombreuses pièces citées par l'académicien lyonnais, nous estimons qu'il n'y a aucun inconvénient à lui
conserver son orthographe la plus connue, celle qui se voit
sur l'inscription du portrait exécuté par Pierre Wœiriot.
C'est donc pour cette raison que nous continuerons à
nommer notre luthier Gaspard Duiffoprugcar.

C'est bien un homme de quarante-huit ans, aux traits
nobles et énergiques, que Pierre Wœiriot a représenté à
mi-corps et regardant à gauche; il a le front découvert, les
cheveux ras et une longue barbe qui lui descend jusqu'à la
poitrine. Vêtu d'un costume riche, il tient de la main droite

---

1. HENRY COUTAGNE. Gaspard Duiffoproucart et les luthiers lyonnais, Paris, 1893.
2. Archives de la ville de Lyon, etc.

un compas entr'ouvert, et, de la gauche, le manche d'un
luth qu'il s'apprête à mesurer. Sa tête est surmontée d'une
couronne de laurier, au centre de laquelle est inscrite la

GASPARD DUIFFOPRUGCAR
Par Pierre Woeiriot (1562).

marque que l'on retrouve sur ses œuvres. Devant l'artiste
sont étalés, avec beaucoup d'art, quantité d'instruments :
luth, harpe, guitare, viole, violon, etc., qui paraissent re-

produits très fidèlement. Au bas, sur le devant d'une élégante tablette est inscrit le nom de Gaspard Duiffoprugcar, suivi d'une devise latine[1], puis son âge en chiffres romains et les initiales de Pierre Wœiriot de Bouzey avec la date de 1562.

En résumé, comme le dit fort bien le Dr Coutagne :

« La gravure de Wœiriot nous apprend à elle seule que Duiffoprugcar a été un luthier éminent et qu'il est né vers l'année 1514. Elle nous renseigne sur les caractères des instruments qu'il a fabriqués, sur la marque dont il les signait et sur sa devise. »

Le musée Donaldson à Londres, possède une charmante « viola a gambe » de Duiffoprugcar, qui est un des plus purs modèles de ce maître. Cet instrument, que nous avons vu il y a quelques années dans l'atelier de M. Chardon, avant qu'il ne le cédât à M. Donaldson, est en parfait état de conservation. Seuls, le cordier et le chevalet ont été très habilement refaits par M. Chardon. Nous le reproduisons d'après une photographie que M. Donaldson a bien voulu nous communiquer.

On peut supposer, étant donné la forme des échancrures sur les côtés de la caisse, que c'est une « viola a gambe » de dame, ou plutôt une « viola a gambe » tenor, car elle est d'assez petites dimensions, la longueur totale du corps sonore n'étant que de 65 centimètres. Montée de six cordes, le cheviller se termine par une tête de cheval finement sculptée. Les ouïes sont découpées en forme d'ailes. Le vernis, rouge brun clair, en est fort beau, et l'ensemble de l'instrument d'une rare élégance. La table supérieure est unie; celle du fond est ornée de marqueterie en bois de couleur représentant sur les côtés des bouquets

---

1.   *Viva fui in sylvis; fui dura occisa securi.*
          Dum vixi, tacui; mortua dulce cano.

J'ai été vivante dans les forêts. La hache cruelle m'a tuée. Vivante, j'étais muette; morte, je chante doucement.

de fleurs, et au centre le groupe d'un évangéliste et d'un

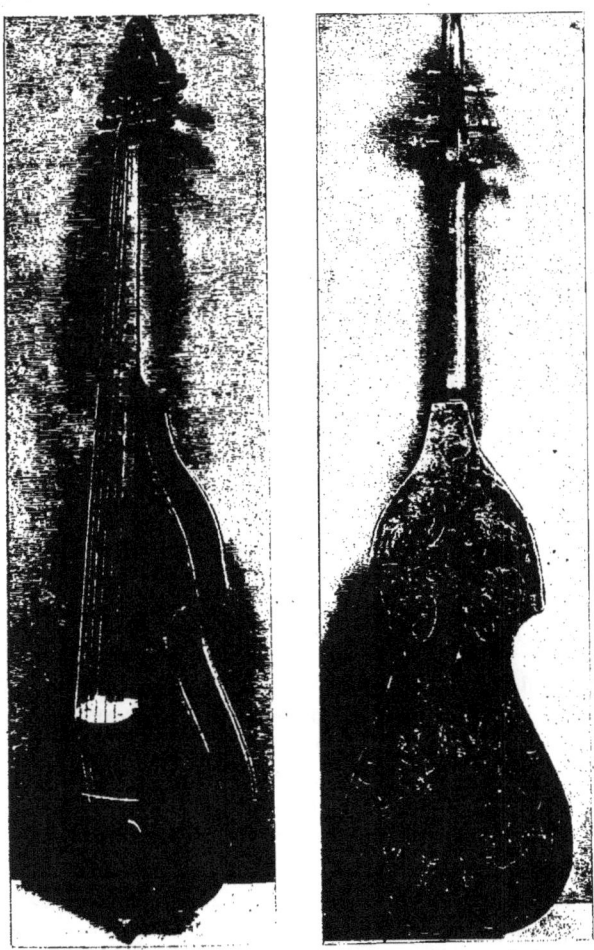

VIOLA A GAMBE DE GASPARD DUIFFOPRUGGAR
Musée Donaldson, à Londres.

ange. Cette viole porte la marque et le distique latin de Gas-

16

pard Duiffoprugcar, inscrits sur la gravure de Wœiriot[1].

Vidal donne la reproduction d'une non moins belle « viola a gambe » de Duiffoprugcar, qui a aussi une tête de cheval à l'extrémité de son cheviller, et sur le fond de laquelle est représenté, toujours en marqueterie, le sujet connu sous le nom du *Vieillard à la chaise d'enfant*, dont on attribue le dessin à Baccio Dardinelli et à Augustin Vénitien la gravure, qui aurait été publiée de 1520 à 1536. Vidal a négligé de faire connaître les dimensions de cette viole qui est un très beau modèle de la lutherie de cette époque et appartenait en 1876 à M. Louis de Waziers.

Nous allons parler maintenant de la basse de viole dite *au plan de la ville de Paris*, qui, après avoir appartenu successivement à MM. Roquefort, Raoul, J. B. Vuillaume, et s'être promenée pendant quelque temps en Russie, se trouve actuellement au Musée du Conservatoire de Bruxelles.

Plus petite qu'un violoncelle, elle est de la grandeur ordinaire des basses de violes, car elle mesure :

Longueur totale de la caisse . . .	700 millimètres.
Largeur du bas	380 —
— du milieu des C.	220 —
— du haut.	285 —

Quant à sa décoration, nous laissons la parole à Henry Coutagne, car nous ne saurions mieux la décrire :

« On est frappé tout d'abord, dit-il, de la richesse et de la variété de sa décoration. Le manche se recourbe en avant sous la forme d'une tête de cheval assez grossière, mais sa face postérieure est recouverte de sculptures compliquées et très délicates représentant une tête de femme, deux lions, un satyre jouant de la flûte de Pan, le tout encadré d'animaux, de fruits et d'instruments de musique. Le tire-corde lui-même est recouvert d'incrustations où sont figurés,

---

1. La marque se trouve sur le talon du manche. La légende latine est placée, dans un petit cartouche, à l'extrémité de la touche.

outre plusieurs ornements, une femme jouant du luth et un chien attaché par un collier.

« La table de dessus est en sapin, le fond et les éclisses sont en érable. La première partie est recouverte d'un vernis rouge mat, celui du reste de la caisse est jaune et plus brillant. Même contraste entre le caractère des décorations des deux faces. Il n'y a sur le devant que des peintures en couleur noire représentant des papillons, un bouquet de roses et d'œillets sortant d'un pot, des oiseaux sur une branche, et un bâtiment à plusieurs corps où l'on remarque une tour et une pagode chinoise ; bref, un décor hollandais du XVIIᵉ siècle. La face postérieure, au contraire, est couverte de marqueteries en bois multicolores du travail le plus compliqué. Tout le haut est rempli par une scène religieuse que paraît avoir inspirée la *Vision d'Ezéchiel*, de Raphaël ; elle représente un saint Luc vu de profil, assis sur un bœuf, et s'enlevant dans les airs vers des nuages d'où sortent des trompettes embouchées par des anges. En bas, un plan cavalier figure une ville considérable traversée par un fleuve parsemé d'îles et entourée de murailles ; plus de deux cents maisons mesurant à peine un centimètre carré et d'autres édifices constituent le fond de ce décor pittoresque où circulent même quelques hommes microscopiques. Une inscription porte le nom de *Paris* et nous avons trouvé à la Bibliothèque nationale un plan presque identique de cette ville auquel est assignée la date 1564. Pour compléter la description de ces marqueteries, indiquons plusieurs bouquets de fleurs sur le pourtour des sujets principaux.

« L'instrument a dû subir des remaniements attestés par les traces de recoupages sur les côtés des tables et aussi par des tentatives pour donner la forme des *ff* du violoncelle aux ouïes qui avaient été primitivement dessinées en CC comme pour les violes. Notons enfin *l'absence de toute étiquette, monogramme ou autre marque quelconque pouvant se rapporter au nom du fabricant.*

« Notre impression première, à la vue de cette basse, nous avait fait croire à un instrument composite dont le fond seul pouvait être daté rationnellement du xviᵉ siècle. Nous avons été heureux de voir partager notre avis par M. Mahillon, puis par M. Chardon, luthier à Paris [1]. »

Nous sommes aussi d'avis que cette basse est composite, que le fond et les éclisses sont incontestablement de Duiffoprugcar, et qu'il n'y aurait rien d'impossible à ce que la table que l'on y voit actuellement provînt d'une viola a gamba de Barak Norman, car elle rappelle le travail du célèbre luthier anglais.

On doit certainement beaucoup regretter que la table primitive ait été remplacée, sans doute à la suite de fâcheux accidents qui la rendaient irréparable; accidents, ne pouvant arriver au fond, lequel est doublé, sinon triplé, à cause du travail de marqueterie. Mais cela n'empêche que, même dans son état actuel, la basse de viole au plan de la ville de Paris ne soit un document du plus haut intérêt pour l'histoire de la lutherie, et tout à fait digne du musée de Bruxelles.

En somme, Duiffoprugcar a laissé de beaux instruments, mais n'a pas fait école, car il semble s'être préoccupé davantage de la décoration que de l'épaisseur des tables. Or, dans un instrument, il faut d'abord rechercher une belle sonorité; l'ornementation ne doit venir qu'après et jamais au détriment du son. Toutefois, son influence fut très heureuse pour l'élégance des formes.

A partir du xviiᵉ siècle, il y eut des luthiers en France, en Angleterre et en Allemagne, qui construisirent quantité de violes de toutes tailles, et cela, jusqu'à la fin du siècle dernier. Un grand nombre de ces instruments sont fort beaux et peuvent rivaliser avec ceux des différentes écoles italiennes.

1. Ouvrage déjà cité.

XVIII

Déjà, au xvi° siècle, Tywersus, de Nancy, était luthier des princes de Lorraine [1] ; il passe pour avoir enseigné son art à Nicolas Renault, lequel aurait aidé André Amati à terminer les instruments que celui-ci vint, dit-on, livrer lui-même à la Chapelle de Charles IX, à Paris, vers 1566. Il y avait aussi à Lyon, en 1568, un faiseur de violes, nommé André Vinatte [2] ; peut-être avait-il travaillé avec Duiffoprugcar.

CHEVALET FRANÇAIS DE VIOLE D'AMOUR
(xviii° siècle).

Au début du xvii° siècle, Boissart et Jacques de la Mothe étaient luthiers à Paris. Commé ou Coinau exerçait à Blois ; une guitare de cet auteur fut saisie chez le comte de Lowendal [3].

Pierrre Le Duc est connu par une pochette datée de 1647, qui figurait dans la collection de M. Loup ; ce luthier habitait rue Saint-Honoré et avait pour enseigne *Au Duc doré*. Une basse de viole à six cordes, signée Simon Bongars, et portant la date de 1655, appartient à M. de Bricqueville. Les Médard, de Nancy, qui furent très nombreux, construisirent aussi des violes; ils travaillèrent soit à Nancy ou à Paris, depuis la première moitié du xvii° siècle jusqu'en 1770. D'après M. A. Jacquot, François Médard vint à Paris et fit des instruments pour la chapelle de Louis XIV.

1. A. Jacquot. *La musique en Lorraine*, Paris, 1882.
2. H. Coutagne, ouvrage déjà cité.
3. Bruni. *Liste des instruments de musique saisis chez les émigrés*, etc.

Le musée du Conservatoire de Bruxelles conserve une viole de 1701, signée Nicolas Médard.

A l'exposition rétrospective de 1889, figurait une basse de viole de Michel Collichon, datée de 1683. Un autre luthier parisien, Nicolas Bertrand, a aussi une basse de viole portant la date de 1687, et un dessus de viole de 1701, au musée de Bruxelles. On peut voir, au musée du Conservatoire, à Paris, de très belles violes : basses, etc., de Claude Pierray, Giquelier, Dieulafait, Fleury, Gaviniès, Guersan, Véron, Salomon, Delaunay, etc. Un quinton de Mathias Walters, faubourg Saint-Antoine, à Paris, 1749, faisait partie de la collection Savoye. Jean Ouvrard, qui fut juré-comptable en 1742-43, est représenté au Musée de Bruxelles par un quinton portant la date de 1745 et l'adresse : « Place de l'Ecole, à Paris. » Dans la collection de A. Sax se trouvait un quinton de Simon Gilbert, luthier et musicien à la cathédrale de Metz, en 1744. Nous possédons une charmante viole d'amour de Louis Socquet, datée de Paris 1750. Pierre Louvet, qui avait pour enseigne « A la vielle royale, rue Montmartre, à Paris », construisit aussi des violes ; nous avons vu une très belle viole d'amour de cet auteur, qui appartenait, il y a quelques années, à M. Planchat.

XIX

A Anvers, la corporation des luthiers était réunie avec celles des autres métiers d'art de cette ville, sous le patronage de saint Luc, et possédait, depuis 1480, sa *Chambre de rhétorique*, dite de *Violiren*. Mais on ignore les noms des premiers luthiers ; le plus ancien que l'on connaisse est Borlon, Artus ou Arnoult, qui travaillait vers 1579. D'autres faiseurs d'instruments à cordes, du nom de Borlon, sans doute les descendants du premier, se sont succédé à Anvers.

Les Willems travaillaient à Gand, au xvii° siècle, M. C. Snœck conserve dans sa collection une petite « viola a gambe » ou ténor de viole, dont l'étiquette manuscrite est ainsi libellée : « Jooris Willems tot Ghendt, 1642. » Une autre étiquette indique que l'instrument fut réparé par un apothicaire, nommé Aldenarde, en 1801. Le 28 mars 1670, Josse Willems livra à la cathédrale d'Anvers une basse de viole, qui lui fut payée cinq livres de Flandre[1].

XX

En Angleterre, où les violes furent très en honneur, plusieurs luthiers s'y sont fait remarquer, principalement comme constructeurs de basses de violes, lesquelles étaient des plus estimées.

Aldred, qui vivait à Londres vers 1560, est le plus ancien faiseur de violes anglais que l'on connaisse. Mace le cite comme le plus habile luthier de son temps[2]. John-Bridewell Rosse (ou Ross) construisit aussi des violes à Londres, en 1562. Dans une collection d'airs intitulée : *Tripla Concordia*, publiée à Londres, en 1667, par John Carr, on lit l'avertissement suivant : « Il y a deux jeux de violes à vendre : l'une a été faite par John Ross, en 1598[3]. » Celui-ci était le fils du précédent. Le musée du Conservatoire de Paris possède une charmante petite basse de viole à sept cordes (n° 171 du catalogue), qui est datée de Londres, 1624, et porte la signature de Henry Jaye. Ce luthier est justement célèbre par les beaux instruments qu'il a laissés. Bolles travaillait aussi à Londres pendant la première moitié du xvii° siècle. John Baker est connu

---

1. *Étude biographique et organographique sur les Willems, luthiers gantois du* xviiᵉ *siècle*, par E. Vander Straeten et César Snoeck, Gand, 1896, p. 15.

2. MACE. *Musiks monument*, London, 1676, p. 245.

3. R. NORTH's. *Memoirs of musik*, London, 1846, p. 10.

par une basse de viole, datée d'Oxford, 1648, qui figurait
à l'exposition du *Kensington Museum*, à Londres, en 1872.
Il est aussi question d'une viole de ce luthier dans le catalogue de musique et d'instruments de Tom Britton, le
charbonnier, dont nous aurons à parler plus loin. Un autre
Baker (Francis) était établi à Londres, en 1696. Cuth-
bert, faisait aussi des violes, à Londres, au xvii° siècle.
Il nous faut encore citer : Addisson (William), Meares
(Richard), et Cole (Thomas), qui travaillaient à Londres,
en 1670, 1677 et 1690; ainsi que Lewis (Edward), dont il y
a une élégante « viola a gambe », datée de Londres, 1687, au
musée du Conservatoire de Paris (n° 1037 du catalogue).
On peut voir aussi au même musée une très belle basse
de viole, signée Barak Norman, à Londres (n° 1038). Ce
luthier est certainement le plus estimé de tous ceux qui ont
construit des violes en Angleterre. M. Hart croit qu'il fut
l'élève de Thomas Urqhart, ancien faiseur de violes établi à
Londres au xvii° siècle, lequel aurait travaillé avec Jacob
Rayman, luthier tyrolien qui vint se fixer en Angleterre,
vers 1620[1]. En tout cas Barak Norman exerça de 1688 à
1740, et, pendant ce long espace de temps, il a produit
quantité d'instruments qui comptent parmi les meilleurs de
la vieille école anglaise. Il a inscrit son nom sur la plupart
de ses œuvres en l'entourant d'arabesques faites en filets,
et l'a placé, le plus souvent, sous la touche. Son monogramme y est quelquefois aussi exécuté en filets. Vers 1715,
Barak Norman s'associa avec Nathaniel Cross; ils s'éta-
blirent à l'enseigne de *la Basse de viole*, dans Saint-Paul's
Church-Yard. Une étiquette manuscrite de N. Cross, ainsi
libellée, se trouve dans une « viola a gambe » : « Nathaniel
Cross a fait mon fond et ma table. » Les éclisses et la volute
sont du travail de son associé[2].

---

1. Dans l'inventaire de Tom Britton, il est question d'un « extraordinaire
Rayman ». HART. *Le violon*, p. 281.
2. *Ibid.*, p. 278.

XXI

Nombreux furent les faiseurs de violes en Allemagne ; il
semblerait même que l'art de la lutherie aurait été importé
par eux en Italie. C'est du moins ce que laisse entendre
John Evelyn, qui, après avoir parlé dans son *Journal* (1635)
du fromage et des saucisses de Bologne, s'étend sur la
grande célébrité des luths des anciens maîtres de cette
ville : « Ces instruments, dit-il, étaient fort chers, et les
ouvriers étaient presque tous Allemands [1]. » Il fait mention
de Hans Frey, né à Nuremberg vers 1440, lequel travailla
assez longtemps à Bologne, et devint le beau-père d'Albert
Dürer. On a vu que Duiffoprugcar était d'origine allemande,
et il y eut à Venise, au début du xvie siècle, une famille de
luthiers allemands du nom de Trieffenbrücher, qui construisit des luths et des violes.

Quoi qu'il en soit de l'influence allemande sur la lutherie
italienne à ses débuts, voici les noms des faiseurs de violes
d'Allemagne.

Gerle (Conrad) vivait à Nuremberg en 1461 ; il mourut
en 1521, et fut inhumé dans l'église électorale de Saint-
Roch. On ignore si Gerle (Johann), qui travailla à Nuremberg de 1533 à 1550, où il publia un ouvrage sur le luth
en 1533, et Hans Gerle, lequel fit paraître, en 1546, toujours
à Nuremberg, un traité des gigues et des luths, étaient les
fils de Conrad. Meusidler (Johann) fit des violes à Nuremberg, vers 1550, et L Passen en fabriqua aussi, à Schœn-
gau, en Bavière, à la même époque. Felden (Magnus) est
connu par une « viola bordone », datée de Wien, 1556, qui
se trouve dans la collection de la *Gesellschaft der Musikfreunde*, à Vienne. Kolh (Johann) luthier de la Cour de
Bavière, exerçait à Munich vers 1580.

1. Hart. Ouvrage cité.

BASSE DE VIOLE
Appartenant à M. Jules Delsart.

Une « viola a gambe » de Paul Hiltz, Nuremberg, 1656, est conservée au Musée de cette ville, mais on ignore complètement les instruments de Greffts (Johann) installé à Füssen, en 1622, ainsi que ceux de Kambl (Johann), qui travaillait à Munich en 1640. Stainer (Andréas), Absam, vers 1660 (ne pas confondre avec le célèbre Jacob Stainer), et Stangtingher (Mathias), à Würzbourg, vers 1671, sont cités comme faiseurs de violes par Hart.

La famille Tielke, de Hambourg, a produit pendant plus de cent cinquante ans, de 1539 à 1701 environ, des instruments de toute sorte, qui ne portent qu'une seule et même signature, celle de Joachim Tielke, et sont pour la plupart richement décorés. Cette longue dynastie de luthiers est représentée au musée de Kensington par une « viola bordone », de l'année 1686 ; et M. Wilmotte, d'Anvers, avait exposé, en 1878, à Paris, deux basses de violes, l'une datée de 1669 et l'autre de 1701 ; cette dernière entièrement incrustée d'ivoire.

Il se trouve dans la collection de la *Gesellschafft Musik-*

freunde, à Vienne, une viole de Johann-Paul Schorn, Salzbourg, 1699. Celui-ci s'était d'abord fixé à Inspruck, vers 1680, et l'on ignore quand il quitta cette dernière ville pour aller habiter Salzbourg.

De Jacques Sainprœ, luthier à Berlin, vers la fin du xviie siècle, on connaît le baryton qui est au musée Kensington, à Londres. Cet instrument passe pour avoir appartenu au célèbre flûtiste Quantz.

A l'Exposition internationale de Paris, en 1878, figurait une « viola pomposa » de Martin Hoffmann, appartenant à MM. Mahillon frères, de Bruxelles. Nous avons déjà parlé de ce luthier qui vivait à Leipsig, vers la fin du xviie siècle et pendant la première moitié du xviiie siècle. Son fils, Johann-Christian Hoffmann, a fait également des violes.

Citons encore : H. Kramer, dont il y a une « viola bordone », datée de Vienne, à la *Gesellschafft* de Vienne; Elster (Joseph), Mayence, 1720-1750, qui a construit quantité de basses de viole; Weigert (J.-B.), représenté à la *Gesellschafft* par une viole d'amour, faite à Linz, en 1721 ; Eberle (J.-Ulric), à Prague, 1730 à 1750,

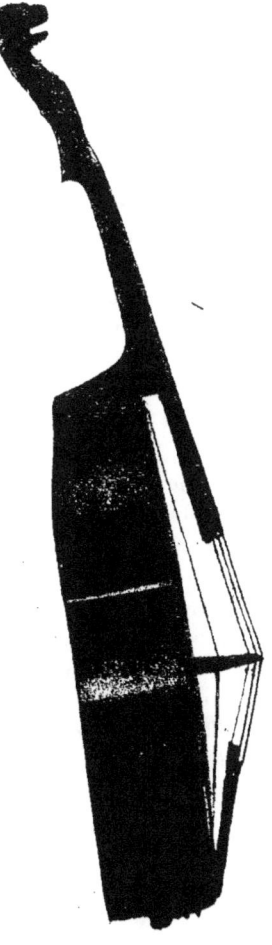

BASSE DE VIOLE
Appartenant à M. Jules Delsart.

lequel a laissé plusieurs violes d'amour ; Aletzie (Paul),
l'auteur de la viole d'amour de M. Louis Van Waefelghem,
reproduite plus haut, qui travailla à Munich et à Venise,
pendant la première moitié du xviiie siècle ; Belder (Norbert), luthier de la cour, à Würtzbourg, auquel on doit
le baryton du Conservatoire de Paris, que nous avons
donné ; Greissier (Mathias), qui a construit entre autres une
viole d'amour montée de sept cordes à boyau et de douze
cordes de laiton, Inspruck, 1727, que possède le Musée
instrumental du *Liceo filarmonico* de Bologne ; Klotz (Mathias), élève du grand Stainer, dont il y a une viole d'amour,
datée de Mittenwaldt, 1732, au Musée du Conservatoire de
Paris ; Ostler (Andréas), connu par une viole d'amour,
Breslau, 1730, exposée par MM. Mahillon, à Paris, en 1878 ;
et enfin, Voigt (Martin), dont une basse de viole richement incrustée en ivoire, portant la date de Hambourg,
1726, figurait à l'exposition de Kensington, à Londres,
en 1872.

Nous donnons la basse de viola du maître violoncel-
liste J. Delsart. Non signée, on pourrait l'attribuer soit à
Elster ou à Eberle et lui donner comme date 1740 ou 1750,
car c'est un beau modèle de la lutherie allemande de cette
époque.

Elle est à peu près de mêmes dimensions que la viole dite
au plan de la ville de Paris, et mesure :

Longueur totale du corps.	690	millimètres.
Largeur dans le haut	320	—
— dans le bas	410	—
Longueur du cheviller.	250	—
Hauteur des éclisses.	152	—

Le vernis en est jaune, légèrement teinté de rouge. Ses
ouïes sont découpées en *ff*, et les bords de la table sont
décorés d'un filet. Une petite bordure en bois noir et blanc
encadre le fond, et le cheviller, élégamment sculpté, se termine par une tête de chimère. Un jeu de cordes sympa-

thiques a été installé sous la touche à une époque assez rapprochée, mais au début elle n'était montée que de six cordes
en boyau, dont deux filées.

Plein de charme et de douceur, le son des violes n'est pas
aussi timbré ni aussi énergique que celui des instruments
composant le quatuor moderne. Cela tient à ce que les
éclisses des violes sont en général trop élevées par rapport
à la grandeur de la caisse de résonance; et aussi à leurs
nombreuses cordes, dont le poids fait un peu l'effet d'un
étouffoir sur la table.

Dans les violes les mieux proportionnées, comme la viole
d'amour et la « viola a gamba », le son, tout en étant fin et
pénétrant, ne manque pas d'ampleur. Mais dans le pardessus de viole, dont les éclisses sont démesurément hautes,
il est absolument sec et pointu. Du reste, par une anomalie
assez difficile à expliquer, les éclisses des petites violes sont
en proportion bien plus élevées que celles des grandes
violes.

XXII

Au xve siècle, on voit la viole figurer à la cour de Charles
le Téméraire. La chapelle de ce prince était composée de
vingt-quatre chantres, chapelains, clercs et demi-chape-
lains, non compris les enfants de chœur, l'organiste et les
joueurs de luth, de viole et de hautbois de sa musique de
chambre.

Dans son tableau des *Noces de Cana* (xvie siècle), Paul
Véronèse a représenté les fameux peintres vénitiens exécutant un concert. Le Titien y joue de la contrebasse
de viole, et Paul Véronèse lui-même y figure jouant de
la viole.

Une édition publiée à Venise, en 1615, de l'opéra *Orfeo*,
de Monteverde, qui fut représenté à la cour de Mantoue

en 1608, contient la composition détaillée de l'orchestre de cet ouvrage. On y remarque : *Due contrabassi di viola, dieci viole a braccio, due violini piccoli alla francese* et *tre bassi a gambe.*

Les différents instruments qui composaient l'orchestre de Monteverde jouaient toujours alternativement et n'étaient jamais réunis pour former un ensemble. Ainsi, les *dieci viole a braccio* faisaient les ritournelles du récitatif d'Eurydice; l'Espérance était annoncée par une ritournelle des *due violini piccoli alla francese* et d'un *clavecin*; Proserpine était accompagnée par les *tre bassi a gambe.*

Alessandro Romano, chantre de la chapelle du pape Paul III, en 1549, fut surnommé *della viola* à cause de son grand talent sur la viole.

Marco Fratinelli brilla aussi comme violiste à Rome vers la fin du xvie siècle[1]. Mais il semble qu'à partir de cette époque on négligea un peu la viole en Italie; c'est du moins ce que laisse entendre Maugars, lorsqu'il dit :

« Quant à la viole, il n'y a personne maintenant en Italie qui y excelle, et même elle est fort peu exercée dans Rome : c'est de quoy je me suis fort étonné, veu qu'ils ont eu autre-fois un Horatio de Parme qui en a fait merveille et qui en a laissé à la postérité de fort bonnes pièces; et aussi que le père de ce grand Farabosco, Italien, en a apporté le pre-mier l'usage aux Anglois, qui depuis ont surpassé toutes les nations[2]. »

Ainsi, Maugars nous apprend non seulement que la viole était quelque peu négligée en Italie, lorsqu'il y voyagea, en 1639, mais encore que Farabosco initia les Anglais à la viole, et que ceux-ci devinrent bientôt très habiles sur cet instrument.

Ce furent en effet les violistes anglais qui exécutèrent,

1. Cité par Blondeau.
2. MAUGARS. *Response faite à un curieux sur le sentiment de la musique d'Italie, escrite à Rome le 1er octobre 1689.*

des premiers, les pièces appelées *fantaisies*, et William
Bard, William White, John Ward, Thomas Ravenscrost,
N. Crawford, Th. Lupo et G. Coperano se distinguèrent
dans ce genre de composition, qui succédait à l'ancien ma-
drigal.

Jean Rousseau constate l'habileté des Anglais sur la viole
et déclare aussi qu'ils sont redevables de sa connaissance
aux Italiens :

« Cependant il faut avoüer, dit-il, que la viole paroit un
instrument assez nouveau en France, parce qu'il y a peu de
temps qu'elle y est estimée. Elle a passé des Italiens aux
Anglois, qui ont commencé les premiers à composer et à
jouer des pièces d'harmonies sur la viole, et qui en ont porté
la connoissance dans les autres royaumes[1]. »

Simpson fit paraître une méthode de viole, à Londres, en
1659[2]; il était très renommé comme joueur et compositeur.
John Jenkins, son contemporain, acquit aussi une grande
réputation. La méthode de viole de Playford parut en 1700;
elle est très remarquable. Ces maîtres furent les dernières
célébrités de la viole en Angleterre, car, là comme ailleurs,
le violon remplaça bientôt les violes dans la faveur du
public.

Mentionnons toutefois Thomas Britton, le modeste et
célèbre charbonnier, qui, après avoir parcouru les rues de
Londres avec un sac de charbon sur les épaules, se délassait
en jouant de la basse de viole. Cet amateur érudit organisa
des concerts dans son arrière-boutique, à Londres, en 1678,
auxquels prirent part les plus grands artistes de l'époque,
ayant comme auditeurs les membres de l'aristocratie anglaise. C'était à peu près l'équivalent des soirées actuelles de
La trompette, organisées par M. E Lemoine; seulement, au
lieu d'être données dans une salle spacieuse, les auditions
avaient lieu dans une soupente; et le côté piquant, c'est que

---

1. JEAN ROUSSEAU. *Traité de la viole*, ouvrage déjà cité.
2. SIMPSON. *The division violist*, etc., London, 1659.

pour y arriver, les invités étaient obligés de grimper à une
échelle de meunier dont les pieds reposaient au milieu des
sacs de charbons de maître Britton[1]. On voit que le snobisme
ne date pas d'hier.

XXIII

En France, Danoville publia une méthode de viole, la
même année que J. Rousseau, en 1687; il était aussi l'élève
de Sainte-Colombe. Nous en extrayons ce passage :

« L'art de toucher le dessus et la basse de viole, contenant
tout ce qu'il y a de nécessaire, d'utile et de curieux dans
cette science, avec des principes, des règles et observations
si intelligibles, qu'on peut acquérir la perfection de cette
belle science en peu de temps, et même sans le secours
d'aucun maître. »

Nous savons par J. Rousseau que ce sont les luthiers
français qui, les premiers, donnèrent du renversement au
manche des violes.

« Il est vrai que les Anglois ont réduit leurs violes à une
grandeur commode devant les François, comme il est facile
d'en juger par les anciennes violes d'Angleterre dont nous
faisons une estime particulière en France; mais aussi il faut
avoüer que les faiseurs d'instrumens françois ont donné la
dernière perfection à la viole, lorsqu'ils ont trouvé le secret
de renverser un peu le manche en arrière et d'en diminuer
l'épaisseur. »

Jean Rousseau nous apprend encore que l'on accompa-
gnait la basse continue[2] avec la viole comme on le faisait

---

1. Voyez F. Halévy. *Souvenirs et Portraits.*
2. « *Basse-continue* : ainsi appelée, parce qu'elle dure pendant toute la pièce.
« Son principal usage, outre celui de régler l'harmonie, est de soutenir la voix et
« de conserver le ton. On prétend que c'est un Ludovico Viana, dont il reste un
« traité, qui, vers le commencement du siècle dernier, la mit le premier en
« usage. » J.-J. Rousseau. *Dictionnaire de musique*, p. 41.

alors sur le clavecin, et donne les conseils suivants pour la
pratique de cet accompagnement :

« Ce jeu (celui de l'accompagnement), dit-il, demande que
l'on sçache la musique à fond, et que l'on possède le manche
de la viole parfaitement dans tous les tons transposez, aussi
bien que dans les naturels : car il ne s'agit pas icy de joüer
des pièces estudiées, mais de joüer à l'ouverture du livre
tout ce que l'on peut présenter, et de sçavoir transposer en

DAME DE QUALITÉ JOUANT DE LA BASSE DE VIOLE
(XVIIe siècle).

toute occasion et sur toutes sortes de tons... Il faut que
celuy qui accompagne n'ait aucune manière de joüer qui
soit affectée, car il n'est rien de plus contraire à l'esprit de
l'accompagnement et du concert que d'entendre une personne qui ne joüe que pour se faire paroistre : c'est une
manière qui n'est bonne que quand on joüe seul [1]. »

Un certain nombre de nos accompagnateurs modernes

1. *Traité de la viole*, déjà cité.

feraient bien de méditer ces sages conseils et d'en tirer profit.

Il est bon de faire remarquer que Jean Rousseau ne dit pas sur quelle viole se pratiquait le jeu de l'accompagnement, et qu'il se sert du mot viole tout court, sans qualificatif, comme il le fait, du reste, tout au long de son traité, imitant en cela la plupart des anciens auteurs; mais il est bien certain que l'accompagnement de la basse continue n'était possible que sur la « viola a gambe », et qu'il n'aurait pas été d'un effet très heureux sur une taille, et encore moins sur un dessus de viole.

Tout ceci pour arriver à démontrer que, dans les vieux textes, le mot viole, employé seul, s'applique généralement à la basse de viole et qu'il est toujours précédé ou suivi d'un qualificatif quelconque, quand il s'agit d'un autre membre de la famille des violes.

Titon du Tillet ne s'exprime pas autrement dans le *Parnasse François*. — Rameau indique par le seul mot : viole, la partie de basse de viole de ses *Pièces de clavecin en concerts*, qu'il publia en 1741. — J.-J. Rousseau dit à propos des sons harmoniques : « Si l'on fait résonner avec quelque force une des grosses cordes d'une viole ou d'un violoncelle, en passant l'archet un peu plus près du chevalet qu'à l'ordinaire, on entendra distinctement, pour peu qu'on ait l'oreille exercée et attentive, outre le son de la corde entière, au moins celui de son octave[1]. » Or, la viole proposée par J.-J. Rousseau, en même temps que le violoncelle, pour faire cette épreuve des sons harmoniques, ne peut-être que la basse de viole, qui est à peu près de la même grandeur que celui-ci. En s'exprimant ainsi, notre grand philosophe ne faisait que de se conformer à un usage consacré.

Cet usage paraît remonter aux premières années du

---

1. *Dictionnaire de musique*, p. 449.

xvii° siècle, époque où l'on commença à se servir du violon de préférence aux petites violes pour jouer les parties de dessus ; car dès lors la basse de viole devint l'instrument principal de sa famille et la personnifia à elle seule.

DAVID TÉNIERS ET SA FAMILLE

La « viola a gambe » réussit à tenir le violoncelle en échec pendant plus d'un siècle, grâce à ses nombreuses cordes, qui, si elles lui enlevaient de la sonorité et de l'éclat en pesant sur la table, lui permettaient en tout cas d'avoir plus d'étendue, à la première position, et d'offrir par conséquent plus de ressources que son rival puisque l'on ne démanchait pas à cette époque. Les harmonies aussi étaient également plus faciles à obtenir avec l'accord par quartes et tierces, qu'avec celui par quintes.

Voilà pourquoi la basse de viole fut si longtemps en faveur et cultivée bien après que les autres violes eurent disparu. C'est aussi la raison pour laquelle on en trouve de si nombreuses représentations. Nous en donnons seulement deux exemples : une dame de qualité jouant de la basse, ou plutôt de la double basse de viole ; et David Téniers, peint par lui-même, en train de charmer sa famille au son de la « viola a gambe ».

Le Dominiquin fait jouer à sa *Sainte Cécile*, du Louvre, une basse de viole à six cordes se rapprochant beaucoup, par le dessin des contours de la table, de la belle basse de viole faite par Pelegrino Zanetto, à Brescia, en 1547, qui est au musée du Conservatoire de Paris (n° 170 du catalogue).

Parmi les instruments, à moitié brisés, que l'on voit aux pieds de la *Sainte Cécile* de Raphaël, du musée de Dresde, il y a également une basse de viole fidèlement reproduite. On se demande, toutefois, comment le chevalet peut se maintenir debout, car toutes les cordes sont cassées et aucune d'elles ne passe dessus[1].

1. Les anomalies de ce genre ne sont pas rares chez les peintres. Dans une fresque de Melozzo da Forli, qui orne un des panneaux de la sacristie de Saint-Pierre de Rome, un ange joue d'une viole où le chevalet n'est pas figuré, et on est bien étonné de voir les cordes se maintenir à une certaine hauteur de la table, sans avoir un point d'appui.

Nous trouvons des cas semblables parmi les modernes.

Un pastel de M. Carrier-Belleuse, exposé en janvier 1893 chez un marchand de papier peint, 8, boulevard Magenta, représente une jeune Italienne jouant de la mandoline napolitaine. Détail bizarre, la tête des chevilles se trouve placée en dessus du chevillier, au lieu d'être en dessous, et la charmante brune appuie ses doigts de la main gauche sur la tête des chevilles qu'elle a l'air de vouloir enfoncer, comme si c'étaient des touches ou des pistons.

C'est surtout dans la sculpture que les instruments sont le plus sacrifiés à l'harmonie et à l'élégance des lignes.

Si le statuaire Jean Baffier, qui a fait Compagnon, le célèbre joueur de musette nivernais, d'après nature, nous montre un instrument exact de tous points, un autre artiste, et l'un des plus éminents, M. E. Barrias, a mis un instrument qui

Mignard, qui fait jouer de la harpe à sa *Sainte Cécile*, coiffée d'un turban, a également placé une basse de viole près d'elle.

Il existe encore quantité de tableaux que nous pourrions citer, et sur lesquels la viole mise entre les mains et les jambes du modèle est toujours une « viola a gambe ».

On ne sera donc pas étonné d'apprendre que les violistes les plus célèbres, furent presque exclusivement des joueurs de basse de viole.

Voici les plus réputés de France :

Claude Gervaise, violiste de la chambre sous François Ier. Cet habile artiste a publié, en 1556, un livre de pièces de viole, à quatre parties, qui sont très remarquables comme facture pour l'époque. Elles offrent même un détail assez intéressant au point de vue de l'écriture musicale, il n'y a pas une seule barre de mesure, mais seulement des doubles barres avec des points pour indiquer les reprises. Fétis, qui ne les avait sans doute pas vues, dit qu'elles sont écrites à cinq parties[1]; nous n'en avons trouvé que quatre, elles sont désignées sous les noms de : *superius, contraltus, tenorus* et *bassus*.

Granier, dont il a été parlé à propos du page enfermé et chantant dans une basse de viole.

Maugars, ou Maugard, violiste de la chambre sous

tient à la fois de la basse de viole, du violoncelle et de la mandoline, entre les mains de sa belle statue en marbre, *la Musique*, qui orne l'Hôtel-de-Ville de Paris; et l'on s'explique très bien les raisons qui l'ont amené à le faire ainsi.

Il fallait un instrument pour symboliser la musique. Le violon avait été déjà choisi par M. Delaplanche pour une statue symbolique du même genre. La lyre, c'était peut-être un peu *pompier*, puis il est de convention en art que la lyre personnifie la poésie. Une flûte n'aurait sans doute pas donné le mouvement si gracieux des bras qui a été obtenu avec une basse d'archet. Mais voilà, une basse d'archet, violoncelle ou basse de viole, c'est gros; les éclisses y sont hautes, l'ensemble devenait lourd; c'est pourquoi la caisse a été rétrécie, arrondie par derrière, le manche allongé et finalement le tout monté sur une pique. De cette façon, rien ne masque la gracieuse figure, que l'on peut regarder de n'importe quel côté. Malheureusement l'instrument n'a pas de sexe, il est composite, et s'il s'harmonise merveilleusement avec le sujet dont il n'est que l'accessoire, par contre, il serait assez difficile dans la réalité d'en tirer des sons heureux.

1. *Biographie universelle*, 1re édit., Paris, 1836.

Louis XIII, qui eut, dit-on, des démêlés avec le cardinal de Richelieu[1].

Hotmann, l'illustre, comme le montrent les vers suivants :

> De ce mois-le cinquième jour,
> Le monarque et toute sa cour,
> Que composoient maints gens célèbres,
> Allèrent entendre ténèbres
> Aux feuillants, couvent célèbre.
> Cette musique sans égale,
> Qu'on nomme musique royale,
> Toute l'assistance y ravit
> Chantant les psaumes de David.
>
> . . . .
>
> Le sieur Lambert les soutenoit
> Qui son téorbe en main tenoit,
> Et le rare Hotman cet illustre
> Qui met la viole en son lustre,
> Precédoit leurs illustres chants.. [2]

Le père André, bénédictin, « un homme, dit Jean Rousseau, qui auroit obscurcy tous ceux de son temps, s'il avoit été d'un estat à faire profession de cet instrument[3]. »

Sainte-Colombe, très réputé, élève de Hotmann.

« Sainte-Colombe, dit Titon du Tillet, faisoit quelque bruit pour la viole ; il donnoit même des concerts chez lui où deux de ses filles jouoient, l'une du dessus de viole et l'autre de la basse, et formoient avec leur père un concert à trois violes, qu'on entendoit avec plaisir, quoiqu'il ne fût composé que de symphonies ordinaires et d'une harmonie peu fournie d'accords[4]. »

---

1. M. Thoinan a publié la biographie de Maugars suivie de *Response faite à un curieux sur les sentiments de la musique en Italie*, etc., qu'il lui attribue, Paris, A. Claudin, 1865. Or, Fétis déclare dans la *Biographie universelle* que cette *Response* est de Maugars (Ande), prieur d'Esnac. Qui de Thoinan ou de Fétis a raison ?

2. TITON DU TILLET. *Le Parnasse françois*.

3. LORET. *La Muze historique*, 15 avril 1662, p. 53.

4. *Traité de la viole*.

Marin Marais, le plus célèbre de tous, dont nous avons donné le portrait.

Né le 31 mars 1656, il fut enfant de chœur à la Sainte-Chapelle, et l'élève de Chaperon, le maître de cette chapelle; puis il étudia la basse de viole, d'abord avec Hotmann et ensuite avec Sainte-Colombe. Voici l'anecdote rapportée à ce sujet par Titon du Tillet :

« Sainte-Colombe fut le maître de Marais; mais s'étant aperçu au bout de six mois que son élève pouvait le surpasser, il lui dit qu'il n'avoit plus rien à lui montrer. Marais, qui aimoit passionnément la viole, voulut cependant profiter encore du sçavoir de son maître pour se perfectionner dans cet instrument: et comme il avoit quelque accès dans sa maison, il prenoit le temps en été que Sainte-Colombe étoit dans son jardin enfermé dans un petit cabinet de planches, qu'il avoit pratiqué sur les branches d'un mûrier, afin d'y jouer plus tranquillement et plus délicieusement de la viole. Marais se glissoit sous ce cabinet; il y entendoit son maître, et profitoit de quelques passages et de quelques coups d'archets particuliers que les maîtres de l'art aiment à se conserver; mais cela ne dura pas long-tems, Sainte-Colombe s'en étant aperçu et s'étant mis sur ses gardes pour n'être plus entendu par son élève : cependant il lui rendoit toujours justice sur le progrès étonnant qu'il avoit fait sur la viole; et étant un jour dans une compagnie où Marais jouoit de la viole, ayant été interrogé par des personnes de distinction sur ce qu'il pensoit de sa manière de jouer, il leur répondit qu'il y avoit des élèves qui pouvoient surpasser leur maître, mais que le jeune Marais n'en trouveroit jamais un qui le surpassât[1]. »

Titon du Tillet ajoute : « Pour rendre la viole plus sonore, Marais est le premier qui ait imaginé de faire filer en laiton les trois dernières cordes des basses. »

1. *Le Parnasse*, déjà cité.

Nous nous sommes déjà expliqué à ce sujet, nous n'y reviendrons pas.

En 1685, Marin Marais fut nommé viole solo de la chambre du roi, et conserva cet emploi pendant quarante ans. Il appartenait à l'orchestre de l'opéra et en devint le chef conjointement avec Colasse. De plus, il publia quantité de musique pour la viole et fit représenter plusieurs opéras, dont un, *Alcione*, resta longtemps célèbre à cause d'une tempête qui produisait un effet surprenant au dire des contemporains.

MÉDAILLON DE MARIN MARAIS
D'après le *Parnasse François* de Titon du Tillet.

« Il a eu dix-neuf enfans de Catherine d'Amicourt, avec laquelle il a été marié pendant cinquante-trois ans. Neuf de ses enfants étaient encore vivants en 1732, dont six fils[1]. » En 1709, il en présenta quatre à Louis XIV et lui donna un concert de ses pièces de viole, exécuté par lui et trois de ses fils : « Le quatrième, qui portoit pour lors le petit-colet, avoit soin de ranger les livres sur es pupitres et d'en tourner les feuillets. Le roi entendit ensuite ces trois fils séparément et lui dit : « Je suis bien « content de vos enfans; mais vous êtes toujours Marais, et « leur père. » Une de ses filles était très habile sur la viole.

Trois ou quatre ans avant sa mort, Marais se retira dans une maison, rue de Lourcine, faubourg Saint-Marceau, « où il cultivoit les plantes et les fleurs de son jardin. Il louoit cependant une salle rue du Batoir, quartier Saint-

1. Ouvrage cité.

André-des-Arts, où il donnoit deux ou trois fois la semaine
des leçons aux personnes qui vouloient se perfectionner
dans la viole ». Il mourut le 15 août 1728[1].

Nous donnons la reproduction du médaillon de Marin
Marais, publié par Titon du Tillet.

En 1665, Pierre de la Barre et Charles de la Fontaine
étaient basses de viole dans la musique de la Reine. Étienne
Richard et Pierre Martin figurent la même année, l'un
comme dessus et l'autre comme basse de viole, chez Monsieur frère du roi.

Antoine Forqueroy, nommé violiste de la chambre du
roi, le 31 décembre 1689, a laissé de la musique de viole. Il
eut un fils qui se distingua aussi sur cet instrument.

On trouve encore : De Machy, Garnier, Bellier, Mlle Mau-
gey, Du Buisson; Desmarets, né à Paris en 1662, qui dé-
buta comme violiste de la chambre, fit représenter un grand
nombre d'opéras, et mourut à Lunéville le 7 septembre 1741,
après avoir été successivement maître de la chapelle de
Philippe V, roi d'Espagne, et surintendant de la musique
du duc de Lorraine; Le More, Roland Marais, fils de Marin
Marais, lequel fit paraître des pièces de viole. Le Couvreur.
Hurel, Hatot, De Caix d'Hervelois, violiste élégant, auteur
de plusieurs pièces de viole; Léonard et Nicolas Itier, violistes de la chambre du roi; le premier enseignait en même
temps le luth et le téorbe aux Pages.

Louis Couperin, le premier du nom, qui est surtout
connu comme claveciniste, tint aussi le dessus de viole
dans la musique de la chambre sous Louis XIV. En 1736,
Nicolas Danican et Pierre Danican Philidor étaient basses
de viole à la Chapelle.

Avec Mlles Sainte-Colombe et Marais, déjà citées comme
violistes, n'oublions pas de mentionner Mlle de Cury, qui
excellait aussi dans l'art de jouer de la viole. Cette aimable

---

1. En 1691, Marin Marais habitait rue Quincampoix; l'année suivante, il était
rue Bertin-Poirée. (*Le Livre commode.*)

personne épousa la Lande en 1723. Mlles Hilaire, Sercamann et de la Barte, figurent parmi les basses de viole de la musique de la chambre, en 1694[1]. Mlles de Caix l'aînée, de Caix la cadette et de Caix la troisième, s'y trouvaient également comme basses de viole avec de Caix fils, leur frère, en 1749.

Violiste de la chambre, en 1736, Alexandre Sallentin y était encore en 1749.

XXIV

C'est François Ier qui fonda la musique de la chambre, en créant, en 1543, un corps de musiciens indépendants du service de la Chapelle; car, jusque-là, les artistes qui prenaient part à l'exécution musicale des offices paraissaient aussi aux fêtes et aux divertissements de la cour. Le célèbre violiste, Claude Gervaise, y occupait une place prépondérante.

La musique de la chambre comptait aussi des joueurs d'épinettes et de luths; le fameux Albert se faisait remarquer parmi ces derniers[2].

François Ier ne se contentait pas d'encourager la musique, il voulut aussi faire apprécier l'art français par les Turcs, et cela ne lui réussit guère :

« Après avoir conclu un traité d'alliance avec Soliman II, empereur des Turcs, dit Castil-Blaze, il ne crut pas pouvoir faire à son nouvel allié un présent plus agréable et plus

---

1. *État de la France.*
2. C'est en l'honneur d'Albert, que Clément Marot composa les vers suivants :

> Quand Orphéus reviendrait d'Élysée,
> Du ciel Phébus, plus qu'Orphéus expert,
> Jà ne serait leur musique prisée
> Pour le jourd'hui, tant que celle d'Albert;
> L'honneur d'ainesse est à eux comme appert,
> Mais de l'honneur de bien plaire à l'ouïr,
> Je dis qu'Albert par droit en doit jouir,
> Et qu'un ouvrier plus exquis n'oût su naître,
> Pour un tel roi que François réjouir,
> Ne pour l'ouvrier un plus excellent maître.

digne de sa grandeur que de lui envoyer un corps d'excel-
lens musiciens. Le Sultan les reçut d'abord favorablement;
il assista à trois concerts qu'ils donnèrent dans son palais;
mais ayant observé que ce divertissement amollissait son
âme guerrière, et jugeant, par lui-même, qu'il pouvait faire
encore plus d'impression sur ses officiers, il loua le talent
des musiciens, les récompensa et les renvoya après avoir
fait briser leurs instrumens, avec défense de s'établir dans
son empire sous peine de la vie. Soliman crut que c'était un
trait de politique du roi et dit à l'ambassadeur de France
qu'apparemment son maître avait voulu imiter les Grecs,
qui envoyèrent aux Persans le jeu des échecs pour ralentir
leur ardeur belliqueuse[1]. »

Et Fétis qui nous raconte que l'on cultivait la viole
d'amour à Constantinople, au xv° siècle!

Castil-Blaze nous apprend encore que les musiciens de la
Chapelle figurèrent aux processions de pénitents blancs
instituées par Henri III. La première eut lieu à Paris, le
25 mars 1583; elle se rendit du couvent des Augustins à
Notre-Dame :

« Les pénitens marchaient deux à deux, couverts d'un
sac de toile, avec un chapelet et une discipline à la ceinture, dont ils se frappaient les épaules en cadence toutes les
fois que la musique jouait. Les seconds fustigeaient les
premiers, et ainsi de suite, en observant les figures du
rythme, les *piano*, *forte*, *crescendo*, *smorzando*, etc. Un *tutti*
vigoureux et brillant devait présenter un coup d'œil original
et pittoresque, la manœuvre des disciplines marchant avec
le jeu des archets, le fouet s'apaisant sur un *pizzicato*, pour
sangler à tour de bras sur un accord sabré...

« ... Le roi, vêtu comme les pénitens, était mêlé parmi
eux, sans gardes ni rien qui le distinguât. Le cardinal de
Guise portait la croix, le duc de Mayenne faisait la fonction

1. Castil-Blaze. *Chapelle et musique*, p. 62 et 63.

de maître des cérémonies, et frère Edmond Auger, jésuite, bâteleur de son premier métier, dont il avait encore tous les traits et farces, dit l'Estoile, conduisait le demeurant[1]. »

Rabelais cite la viole parmi les instruments de musique que Gargantua « apprint » à jouer :

« Gargantua s'esbaudissoit à chanter musicalement à quatre et cinq parties, ou sus un thème à plaisir de gorge. Au regard des instrumens de musique, il apprint jouer du luth, de l'espinette, de la harpe, de la flute d'alleman et à neuf trous, de la viole et de la saquebute. »

Agricola conseillait déjà, en 1529, d'enlever les sillets avec le couteau, et de jouer d'oreille[2]. Il ne fut pas très écouté, puisque l'on voit encore ces sillets sur les touches des deux basses de viole que nous montre le frontispice de la partition de *Médée et Jason, tragédie en musique, dédiée au roy, par Monsieur Salomon*, etc., représentée pour la première fois le 24 avril 1713. Parmi les nombreux instruments de musique qui décorent le titre de cet ouvrage, quatre seulement sont à cordes et à archet : un violon, deux basses de viole et une trompette marine.

Encore très en honneur à l'époque où cette partition fut publiée, la viole ne tarda pas à être supplantée par son redoutable concurrent, le violoncelle. Elle trouva bien un défenseur dans l'abbé Le Blanc, docteur en droit, qui publia, mais sans succès, un livre intitulé : *Défense de la basse de viole contre les entreprises du violon et les prétentions du violoncel, Amsterdam, 1740*, où il traite le violon d'orgueilleux, d'arrogant, visant à l'empire universel de la musique ; et le violoncelle, un pauvre hère, qui se cache tout honteux derrière le clavecin et dont la condition est de mourir de faim[3].

1. Ouvrage cité, p. 67 et suiv.
2. Ouvrage déjà cité.
3. Fétis raconte que l'abbé Le Blanc ne trouvant pas d'éditeur à Paris, envoya son manuscrit à Amsterdam : « Lorsqu'il apprit que Pierre Mortier consentait à « l'imprimer ; il en fut si transporté de joie, qu'on assure qu'il partit pour la Hol- « lande en l'état où il se trouvait quand la nouvelle lui parvint, c'est-à-dire, en « robe de chambre, en pantoufles, et en bonnet de nuit. » *Biographie universelle.*

FRONTISPICE DE « MÉDÉE ET JASON »

Corrette, le fameux Corrette, celui dont les élèves étaient appelés par dérision *les anachorètes* (les ânes à Corrette), vint aussi à la rescousse, en inventant la *viole d'Orphée!*

Il explique le nouvel instrument dans un ouvrage ayant pour titre : *Méthodes pour apprendre à jouer de la contrebasse à 3, à 4 et à 5 cordes, de la quinte ou alto et de la viole d'Orphée, nouvel instrument ajusté sur l'ancienne viole, utile au concert pour accompagner la voix et pour jouer des sonates*, etc., par M. Corrette, Paris, 1780.

Voici le boniment de l'auteur :

« L'ancienne basse de viole, après avoir brillé à la cour et à la ville, à la fin du xviie siècle et au commencement de celui-ci, se vit préférer le violoncelle. Malgré la défense qu'en prit M. l'abbé Le Blanc....., elle périt d'orgueil à ses yeux et fut trop heureuse de se retirer dans un petit sentier des Champs-Élysées, où elle a fait sa cinquantaine dans un silence perpétuel, et sans être regrettée d'aucun amateur.

« L'essai que je fais aujourd'hui de la retirer de son exil dans la manière d'en jouer expliquée au chapitre dixième, me fait croire qu'elle durera présentement aussi longtemps que le jeu de l'oie renouvelé des Grecs.

« Je la présente au public sous le nom de viole d'Orphée, parce que je suppose qu'Orphée, pour charmer la cour infernale, quand il fut pour retirer des Enfers son Euridice, choisit l'instrument le plus mélodieux, le plus touchant et le plus analogue à la voix, telle qu'est en effet notre *viole d'Orphée*, sur laquelle on pourra jouer non seulement la basse continüe, mais encore des sonates, sans avoir l'embarras de démancher à tout moment, car ce n'est que la différence des sons aigus qui peut faire plaisir à l'oreille et non la difficulté de les exécuter.

« Les dames, en jouant de notre *viole d'Orphée*, n'en paraîtront que plus aimables, l'attitude en étant aussi avantageuse que celle du clavecin. Si les dames n'ont point

adopté le violoncelle, c'est la difficulté de démancher pour
exécuter les clés d'ut et la dureté des cordes qui en sont
cause; aussi les instruments agréables comme clavecins,
orgues, harpes, guitares, mandolines, quintons, cistres et
la viole d'Orphée, sont plus analogues à la douceur de leur
caractère que les hautbois, bassons, trompettes, cors de
chasse et timballes. »

Malgré les invectives de l'abbé Le Blanc et l'invention de
Corrette, la viole finit par s'éteindre tout doucement, après
une longue et brillante carrière.

La viole a hérité de quelques locutions populaires qui
appartenaient primitivement à la vièle. Bœuf violé est de ce
nombre.

« On appelle bœuf violé, dit Richelet, celui qu'on promène
le jeudi gras par les rues au son de la vielle. »

Et aussi : La viole fait la plus douce musique.

Certains proverbes se rattachent directement à la viole :

> A douleur de dent
> N'ay de viole n'instrument.

Le Parlement n'a presque jamais dansé sans viole

Cependant, La Fontaine n'admet pas la viole pour la
danse, et dit :

> Car la viole, propre aux plus tendres amours,
> N'a jamais jusqu'ici pu se joindre aux tambours.

L'amour est joueur de viole, dans l'*Histoire comique de
Francion*, par Charles Sorel, 1633. Voici le passage :

« L'avarice joue de la harpe, la prodigalité du cornet;
mais ce n'est pas du cornet-à-bouquin, c'est du cornet à
jeter les dés. L'amour joue de la viole; la trahison joue de
la trompe et la justice joue du hautbois. »

Selon le père Mersenne, le son de la viole est languissant
et propre à exciter la dévotion. La vision de saint François
d'Assise semble lui donner raison. Voici cette mystique
légende :

« Un jour, dit la tradition, épuisé par ses abstinences et
haletant de ses combats, le saint demanda à Dieu de lui
accorder un instant du bonheur du ciel. Pendant qu'il le
priait ainsi, un ange lui apparut, environné d'une grande
lumière, lequel tenait une viole de la main gauche et un
archet de la main droite ; et François demeurant tout ébloui
à l'aspect de cet ange, celui-ci poussa une seule fois l'archet
sur la viole et en tira une mélodie si douce qu'elle pénétra
l'âme du serviteur de Dieu, le détacha de tout sentiment cor-
porel ; et si l'ange eût retiré l'archet jusqu'en bas, l'âme du
saint, entraînée par cette irrésistible douceur, se fût échappée
de son corps[1]. »

La poétique viole personnifia donc à la fois, au cours de
son existence, la musique terrestre et la musique céleste.

1. KASTNER. *Parémiologie musicale.*

MÉDAILLON DE MARIN MARAIS
D'après le *Parnasse François* de Titon du Tillet.

E'OUD   KEMANGEH   NAY-CHAH

LES

INSTRUMENTS A ARCHET DE L'ORIENT

I

NOTRE étude ne serait pas complète si nous ne présentions aussi les instruments à archet de l'Orient, et cela afin de permettre au lecteur de se rendre compte, en les comparant avec ceux de l'Europe que nous venons de décrire, s'ils n'ont pas exercé une influence, aussi petite soit-elle, sur la construction du violon et du violoncelle.

Assez nombreux, ces instruments se résument à deux types principaux : 1° les tambourins à manche, imités des tambourins à cordes pincées, qui pullulent en Orient ; 2° ceux dont la forme rappelle des petites barques, ou des sabots, lesquels n'ont généralement pas de manche.

18

11

Parmi les premiers, nous trouvons le ravanastron de l'Inde, dont nous avons déjà longuement parlé dans l'*Introduction* de cet ouvrage, et qui passe pour avoir été inventé par Ravana, cinq mille ans avant l'ère chrétienne. De l'Inde, il s'est répandu en Chine, où il porte le nom de « r'jenn ».

Celui qui est reproduit ici a été rapporté du Tonkin par le général Bichot, et fait aujourd'hui partie de notre collection particulière.

Monté de deux cordes de soie, il mesure :

Longueur totale de l'instrument. . 0^m,440
Hauteur de la caisse ou tambourin. 0^m,110
Diamètre du tambourin. . . . . . 0^m,055

C'est le ravanastron que les minstrels font entendre dans les Music-Halls sous le nom de violon-chinois, et que le plus souvent ils construisent eux-mêmes, vu sa grande simplicité.

Il ne se compose en effet que d'un tout petit tambourin, fait d'un morceau de bois creusé, et recouvert, à une seule de ses extrémités, par une peau de serpent tendue, qui remplit les fonctions de table d'harmonie. Le manche, tige de bois, carrée dans le haut à l'emplacement des deux chevilles servant à tendre les cordes, est arrondi ensuite jusqu'au tambourin, qu'il traverse de part en part et qu'il dépasse suffisamment pour qu'on puisse y accrocher les deux cordes, lesquelles passent sur un petit chevalet appuyé sur la peau, qui sert de table. Et c'est tout.

Pour le construire, les indigènes ne suivent aucune règle et se laissent guider par leur fantaisie. Ils se préoccupent fort peu de la quantité d'air que doit contenir la caisse, aussi trouve-t-on des ravanastrons de toutes dimensions, avec des tambourins plus ou moins grands, dont les bords sont pres-

que plats, comme ceux d'un tambour de basque. Parfois la
peau de serpent y est remplacée par une peau d'agneau ou de
chevreau. Il est à remarquer que plus le tambourin du ravanastron est de grand diamètre, moins ses bords sont élevés.

L'archet du ravanastron est
aussi primitif que l'instrument
lui-même, et fait le plus souvent
d'une simple tige de bambou un
peu fine, à chaque bout de laquelle est attachée une mèche de
soie, assez tendue pour lui donner la forme d'un arc.

D'une sonorité sourde et nasillarde, le ravanastron acquiert
une certaine intensité de son
lorsqu'il est de grand patron, et
monté d'une seule corde; mais
il faut que celle-ci soit en boyau
et assez grosse.

La kemàngeh persane, également connue des Arabes, qui la
nomment « kemàngeh a'gouz »,
est un instrument à archet du
même genre que le précédent;
seulement, le tambourin, qui lui
sert de caisse de résonance, ressemble à une timbale minuscule,
c'est-à-dire que le fond y est

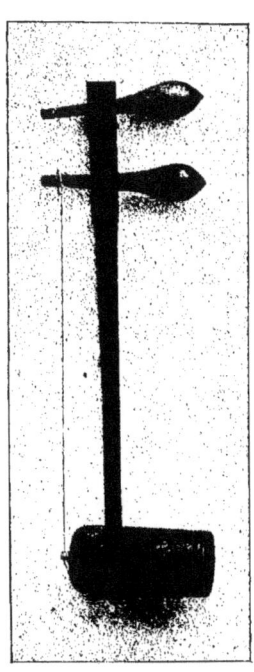

RAVANASTRON

plein et de forme arrondie, au lieu d'être ouvert comme
dans le ravanastron.

Ordinairement faite avec une noix de coco vidée et coupée
par le milieu, cette caisse est recouverte d'une peau quelconque, collée sur les bords extérieurs; et comme on ne
pourrait pratiquer des ouvertures pour figurer les ouïes,
dans cette table de cuir, sans qu'elle ne risque de se déchirer

jusqu'aux bords, on les a remplacées par des trous percés symétriquement dans le fond, et qui permettent à l'air contenu à l'intérieur de s'échapper chaque fois que la table fait pression en vibrant simultanément avec les cordes.

KEMANGEH A'GOUZ

La pique en fer, placée au-dessous de la caisse, et perpendiculairement au manche, est utilisée à la fois par le musicien : comme point d'appui, et pour faire tourner la kemângeh de droite à gauche, selon qu'il joue sur l'une ou l'autre des deux cordes ; car il a l'habitude, paraît-il, de déplacer l'instrument et non l'archet.

Ce n'est pas en dessous du manche, comme dans le ravanastron, que sont placées les chevilles de la kemângeh, mais
sur le côté, de même que dans les instruments européens
modernes, et il y a aussi une ouverture, au milieu du cheviller, pour le passage des cordes.

Nous empruntons le dessin représentant un Arabe jouant
de la « kemângeh a'gouz » à Villoteau, qui l'a publié sous
le titre de *Joueur de violon*[1]. Accroupi, le musicien appuie
la pique à terre, et tient l'archet assez délicatement. D'après
la position de l'instrument, on prévoit qu'il le fera tourner,
lorsqu'il voudra jouer sur l'autre corde.

Habituellement, on ne monte cet instrument que de deux
cordes; mais il n'y a rien de bien fixe à ce sujet, car il en
existe un possédant trois cordes, deux en soie et l'autre en
cuivre, dans la collection de M. A. Couesnon. Sa caisse est
en bois de mûrier et divisée en tranches avec de l'ivoire.
M. Lemaire, général directeur des musiques de S. M. le
Schah, qui l'a rapporté de Perse, le nomme « kémantché[2] ».

Il est bien évident que le ravanastron et la kemângeh
ont emprunté leur caisse de résonance aux instruments à
percussion, et qu'ils ne sont en réalité que des tambours
augmentés d'un manche et parfois d'une pique.

III

Le rebab africain et le saròh de l'Inde procèdent du
deuxième type, de celui qui est imité des petites barques et
des sabots.

Ici, le corps sonore ne ressemble plus à un instrument à
percussion; mais c'est tout de même un tambour, car on y

---

1. Villoteau. *Description historique, technique et littéraire des instruments de musique des Orientaux*, dans *Description de l'Égypte*, Paris 1809 et années sui-vantes, t. II, pl. E, fig. 4.
2. Voir l'*Instrumental* du 16 avril 1898.

voit encore une peau tendue remplir les fonctions de table
d'harmonie. Ce qui, selon nous, est la preuve que le rebab
et le sarôh sont moins anciens que le ravanastron et la
kemângeh, puisqu'ils ont emprunté leur table parcheminée
à ces derniers.

Avec le rebab africain, nous avons le modèle d'une
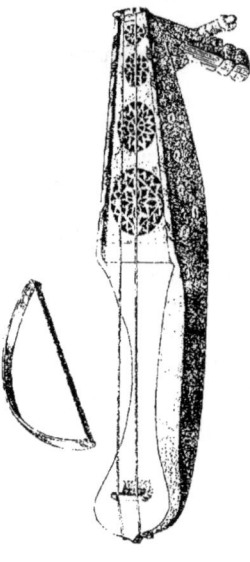
barque; le cheviller représente
même assez fidèlement la quille
d'un bateau, et des ouvertures
percées sur les côtés rappellent
aussi les sabords d'un navire [1].
Comme il était très usité sur les
bords du Nil, on pourrait dire,
qu'il est une imitation de la « dahabied [2] ».

Construit d'un seul morceau de
bois creusé, une peau tendue lui
sert de table d'harmonie, mais ne
couvre qu'un peu plus de la moitié
de la surface supérieure. C'est
une feuille de cuivre, percée de
quatre rosaces, qui recouvre l'autre partie, celle qui se trouve près
du cheviller. Il n'y a pas de manche, et c'est tout juste si l'on peut
y faire une note ou deux sur chaque
corde en appliquant les doigts.

REBAB

La caisse est fortement « chanfreinée » sur les côtés pour le
passage de l'archet, et les deux cordes, accrochées à une
saillie du bas de la boîte, passent sur un petit chevalet. L'archet placé à côté a la forme d'un arc, il est on ne peut plus
primitif.

1. Nous avons emprunté le dessin de ce rebab à Alexandre Christianowitsch.
*Esquisse historique de la musique arabe aux temps anciens avec dessins d'instru-
ments*, etc. Cologne 1863, pl. I. fig. 1.
2. *Dahabied* est le nom d'un bateau usité sur le Nil.

Nous connaissons un rebab absolument semblable à celui-ci, provenant de la Tunisie, qui appartient à M. Prosper Colas, marchand-luthier, à Paris, et dont la table est entièrement faite d'une feuille de cuivre.

Le mot rebab est devenu depuis bien longtemps déjà une expression générique, qui s'applique à la plupart des instruments à archet de l'Afrique et de la Perse. Celui que nous venons de décrire est un des plus anciens modèles. Depuis on en a fait ayant des tables en bois et aussi des manches plus ou moins allongés.

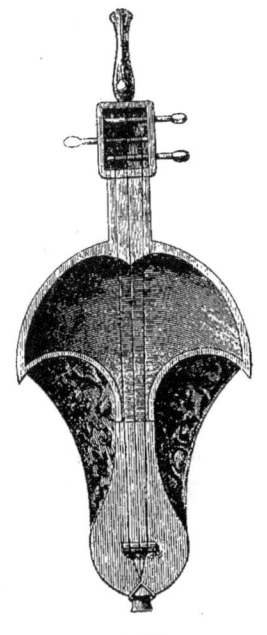

SAROH

Fétis va nous fournir la description et le dessin du saròh indien, lequel est construit d'après les mêmes principes que le rebab africain, avec cette différence que les chanfreins des côtés sont remplacés par de grandes cavités, et que la peau représentant la table d'harmonie couvre à peine la moitié de la longueur de la caisse, dont tout le reste est complètement à jour :

« La longueur totale de l'instrument, dit-il, depuis l'extrémité de l'ornement de la tête[1] jusqu'au tire-cordes, est de 66 centimètres, et depuis le haut du cheviller jusqu'à l'extrémité inférieure, de 54 centimètres. Sa plus grande largeur est de 27 centimètres. Le manche et sa touche n'ont que 9 centimètres. Au-dessous de ce manche, la caisse présente

1. Une sorte de trompe d'éléphant.

un vide qui s'étend jusqu'à la table à une longueur de 18 centimètres, et laisse à découvert tout l'intérieur du corps de
l'instrument. La table est une peau de gazelle préparée et
collée sur les bords de la caisse sonore. Les cordes, au
nombre de trois, sont tendues par trois longues chevilles
qui traversent la boîte du cheviller. Soutenues par un chevalet assez élevé pour laisser à l'archet sa liberté d'action,
elles vont s'attacher à une lanière que retient la cheville du
tire-cordes. Le corps du sarôh est chargé d'ornements
peints, dorés et vernis avec beaucoup de délicatesse[1]. »

Ce que Fétis oublie de nous dire, c'est que, le chevalet du
sarôh étant tout à fait plat, le musicien peut jouer sans
aucune difficulté sur les deux cordes placées de chaque côté ;
mais qu'il lui est tout à fait impossible de mettre celle du
milieu en vibration sans toucher les deux autres. Dès lors,
on se demande l'utilité des grandes cavités aménagées à
droite et à gauche de la caisse du sarôh pour faciliter le jeu
de l'archet.

On peut voir deux sarôh à peu près semblables à celui-ci
au Musée instrumental du Conservatoire de musique, à
Paris, où ils sont catalogués sous les n°ˢ 789 et 790.

Les quatre instruments à archet que l'on vient de voir
sont les principaux et les plus anciens de l'Orient. Nous
estimons qu'il est inutile de décrire toutes les variétés qui
en dérivent, attendu que l'on y retrouverait les mêmes procédés de construction, et qu'il importe peu que tel détail y
soit plus ou moins développé.

IV

Il en est un cependant, relativement moderne, la sarungie
de l'Inde, qui mérite une mention toute particulière à cause

1. Fétis. *Histoire générale de la musique*, t. II, p. 296.

de son double jeu de cordes. Nous allons encore en emprunter la description à Fétis :

« La sarungie, dit-il, est de deux espèces : la première a trois cordes de boyau et cinq cordes métalliques; l'autre a quatre cordes de boyau et onze cordes métalliques. Le premier de ces deux instruments est la sarungie de Bénarès. Sa construction est élégante, comme tous les produits de la lutherie de cette ville, et ses ornements sont de bon goût...

« ... La longueur totale de l'instrument est de 54 centimètres et la caisse sonore, y compris le manche, depuis le cheviller jusqu'à l'extrémité inférieure, a 42 centimètres de hauteur. Les trois cordes de boyau sont tendues par autant de chevilles, qui traversent la boîte du cheviller. Ces cordes passent sur un chevalet assez élevé pour qu'elles résonnent sous l'action de l'archet; elles vont ensuite se réunir au tire-cordes. Cinq chevilles échelonnées sur le côté gauche du manche tendent les cordes métalliques, lesquelles passent sous le chevalet et vont aussi s'attacher au tire-cordes [1]. »

SARUNGIE

Rien de plus charmant en effet que l'instrument dont parle Fétis, et qui est reproduit ici. Un oiseau, un bengali sans doute, perché à l'extrémité du cheviller, semble tenir les cordes au bout de son bec; les côtés de la petite boîte renfermant les chevilles rappellent ceux d'un bonnet Médicis; la touche se trouve au même plan que la table; l'attache-cordes se compose d'un simple ruban, et les décorations de la caisse sont d'un goût exquis. Mais il n'y a pas de manche à proprement parler, la caisse, qui va en s'amincissant, en

---

1. Fétis. *Histoire générale de la musique*, t. II, p. 297 et 298.

tient lieu. En résumé, cette sarungie est construite identi-
quement comme notre ancien rebec, avec, en plus, de légers
évidements à droite et à gauche pour le passage de l'archet.

Usitée dans le Bengale, principalement dans le district de
Moursed, ou Mourched-Abad, l'autre sarungie, celle qui est
montée de quatre cordes à boyau et de onze cordes métalliques, est beaucoup plus lourde d'aspect; le manche y est
presque aussi épais que la caisse, et de forme carrée, comme
celle-ci. Ajoutons que le nombre de cordes vibrantes de la
sarungie varie très souvent, et qu'il est tantôt de cinq, de
sept, de onze, ou de treize.

Décrivant les deux sarungies qui se trouvent au Musée
du Conservatoire de musique, à Paris, G. Chouquet, dit,
non sans raison : « F.-J. Fétis, dans son *Histoire générale
de la musique*, déclare que l'idée des instruments à archet
et à double espèce de cordes appartient à l'Hindoustan,
et Villers Stuart, en étudiant les peintures murales des
monuments de l'antique Egypte, a démontré que, 1.400 ans
avant l'ère chrétienne, les Egyptiens montaient de cordes
métalliques plusieurs de leurs instruments de musique
(V. *Nile Gleanings*, etc., London, 1879) » [1]. Or, jusqu'ici, rien
n'est encore venu fournir la preuve que la sarungie à archet
existait 1.400 ans avant Jésus-Christ. L'opinion émise par
Fétis est donc très discutable.

Construit d'après les mêmes principes que la sarungie,
le « robab » persan, qui figure dans la collection de M. A.
Couesnon, est monté de trois cordes en boyau, et de dix
cordes en cuivre jaune, attachées aussi à des chevilles placées sur le côté gauche de l'instrument. Le « barbett »,
encore usité en Afghanistan, possède vingt cordes ; il est
de forme à peu près semblable à la sarungie du Bengale.
En Birmanie, le sarôh, imité de celui que nous donnons,
est monté de quatre cordes de boyau et de six cordes mé-

1. GUSTAVE CHOUQUET. *Le Musée du Conservatoire national de musique*, Paris, 1884,
p. 200.

talliques. L'usage de ces dernières cordes est donc très répandu dans tout l'Orient.

V

De nos jours, les Arabes nomment le rebab monté d'une seule corde « rebab-ech-chàér » (rebab de poète), parce que le musicien qui s'en sert pour accompagner le narrateur ou l'improvisateur soutient toujours le même son, pour empêcher la voix de changer d'intonation. Le rebab à deux cordes est appelé « rebab-el-moganny », c'est-à-dire rebab de chanteur; il est utilisé pour jouer les ritournelles, si chargées de fioritures, et pour accompagner et doubler parfois la mélodie. Il ne semble pas toutefois que l'instrumentiste y fasse usage de la double-corde, tout son art consiste à soutenir une note qu'il orne au gré de sa fantaisie.

Villoteau a donné le dessin d'un « rebab-el-moganny »[1], qui offre un certain intérêt par sa construction, car il est le seul de tous les instruments orientaux ayant des éclisses. On ne se trouve plus cette fois en présence d'un tambourin, ou d'une petite timbale; mais la table et le fond de ce rebab étant formés chacun par une feuille de parchemin collée sur les côtés, il offre beaucoup d'analogie avec un tam-

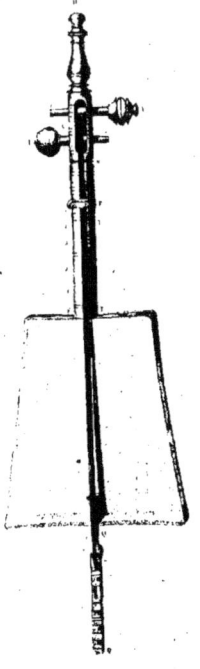

REBAB-EL-MOGANNY

---

1. VILLOTEAU. *Description historique*, etc., ouvrage déjà cité, t. II, pl. BB, fig. 11.

bour très plat, dont la caisse aurait la forme d'un trapèze.

Fétis, qui adora l'Orient musical et lui attribue l'honneur d'avoir été le berceau des instruments à archet, définit ainsi le « rebab-el-moganny » :

« La hauteur totale du rebab est de 92 centimètres. Il diffère de la kemângeh a'gouz en ce que le corps de l'instrument est un trapèze dont le sommet est parallèle à la base, et dont les côtés sont égaux. Les quatre côtés sont en bois et assemblés à queue d'aronde. La table et le dos sont formés chacun par une feuille de parchemin collée sur les côtés.

« Le manche est de forme cylindrique, et le cheviller en est la continuation. Ce cheviller est creusé sur le devant, et il est percé sur les côtés d'un ou de deux trous pour autant de chevilles, suivant le nombre de cordes. Le pied, en fer comme celui de la kemângeh a'gouz, est ajusté dans le manche et traverse le corps du rebab. Les cordes, l'abaisse-cordes, le chevalet et l'archet sont semblables à ceux de la kemângeh [1] ».

En reproduisant les descriptions de Fétis, nous avons tenu à faire preuve de notre bonne foi, et à éviter que l'on puisse nous accuser de partialité; car, si nous ne partageons pas l'avis du bénédictin de la musicographie, quant à l'origine des instruments à archet, nous désirons, ainsi que nous l'avons déjà fait à propos de la rote, mettre toutes les pièces du procès sous les yeux du lecteur, afin qu'il puisse se faire une opinion, même différente de la nôtre, en toute connaissance de cause.

Avant d'aller plus loin, il est bon de rappeler que Fétis attribue l'invention des instruments à archet à l'Orient, mais ne se préoccupe aucunement des rapports qui peuvent exister entre la construction du corps sonore de ces derniers avec celui du violon. Pour lui l'archet résume tout, et cela, que la caisse de résonance soit un tambourin, ou une petite tim-

---

1. Fétis. *Histoire générale de la musique*, t. II, p. 141 et 145.

bale, ou bien encore une petite barque, ou un tambour plat.
Tandis que tout notre travail n'a d'autre but que de recon-
stituer le chaînon qui relie le violon au premier instrument
à archet ayant deux tables, des éclisses, un chevalet, une
âme et un manche ; en un mot, à l'instrument contenant tous
les principes qui constituent le violon.

Nous pourrions donc nous mettre facilement d'accord avec
Fétis ; malheureusement, il ne fonde son opinion que sur des
probabilités, et sur trois mots de sanscrit, qui, selon lui,
seraient les noms de l'archet primitif en bambou[1]. Or, on sait
combien il est facile de faire dire tout ce que l'on veut aux
anciennes écritures, et Fétis lui-même avoue ingénuement
que la plupart des indianistes auxquels il s'est adressé pour
la traduction d'anciens manuscrits « ont décliné cette mission, à cause de l'obscurité des textes[2] ». Après cet aveu,
et devant l'absence complète de représentations d'instruments à archet sur les monuments de l'antiquité, nous
estimons qu'il est beaucoup plus sage, en attendant la
découverte d'un document précis, irréfutable, de s'en tenir
à ce que nous avons déjà dit sur ce sujet dans notre introduction.

Le lecteur doit être édifié sur le ravanastron, la kemângeh,
le sarôh et le rebab, nous n'avons donc pas besoin d'y
revenir pour démontrer qu'ils n'ont que l'archet de commun
avec le violon. Quant au « rebab-el-moganny », le seul possédant des éclisses, est-il antérieur au crouth ? Qui pourra le
dire et en établir la preuve ?

VI

Le nom de « kemângeh roumy », donné à la viole grecque,
dont la forme est analogue aux produits de la lutherie euro-

1. *Ibid.*, t. II, p. 242.
2. *Ibid.*, t. II, renvoi p. 200.

péenne, nous paraît être une indication, et laisse entendre que l'instrument à archet et à éclisses serait originaire de l'Occident. Comment expliquer en effet le qualificatif de roumy, donné à cette kemângeh, sinon pour la distinguer des autres, et désigner en même temps sa différence de construction et d'origine? Or, roumy, se traduit par *chrétien* ou plutôt par *chien de chrétien*. Donc, on peut très bien en conclure, et cela sans crainte de contestation aucune, que cet instrument a été importé en Orient par les chrétiens, et que l'emploi des éclisses, dans les instruments à archet, n'y était pas connu avant son introduction.

Cette «kemângeh roumy», que nous reproduisons d'après le dessin qu'en a donné Villoteau[1], est une viole d'amour, possédant six cordes à boyau et six cordes en laiton; elle tient le milieu, comme proportions, entre le violon et l'alto. Son accord, imité de celui de nos anciennes violes, n'a rien d'oriental, le voici :

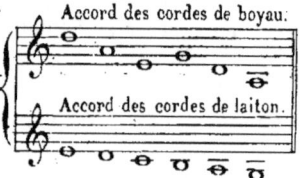

Toutes les «kemângeh roumy» de ce modèle ne sont pas de même taille :

«Nous avons vu, dit Villoteau, des kemângeh roumy de plusieurs dimensions, les unes plus grandes ou plus grosses, les autres moins; celles-ci d'une forme qui nous paraissait fort ancienne, et celles-là d'une forme plus moderne; mais nous n'avons pas remarqué qu'on les distinguât les unes des autres par un nom particulier, ni qu'elles fussent accordées différemment[2]. »

1. Ouvrage cité, t. II, pl. AA, fig. 14.
2. Ouvrage cité, chap. vii, art. iii.

Celle que l'on vient de voir est de forme relativement moderne. Fétis en donne une de construction absolument semblable, mais beaucoup plus grande, qui faisait partie de sa
collection; elle a sept cordes de boyau et sept de laiton. Son
accord procède des mêmes principes que celui de la précédente.

En Birmanie, sous le nom de « turr », il existe un instrument à archet, monté de trois cordes, qui
est fidèlement imité de notre violon. Il est
surchargé d'ornements, petits miroirs,
perles fausses, nacre, etc.

Quant aux « kemângeh roumy » dont
la forme paraissait très ancienne à Villoteau, nous ne pouvons mieux faire que
de citer entièrement la description détaillée qu'en donne Fétis :

« La plus originale des kemângeh roumy est un instrument évidemment asiatique. Un corps étroit et long, déprimé
dans sa largeur en remontant vers le manche, et ce manche tenant d'une seule pièce
avec le corps de l'instrument et avec la
tête ou le cheviller, donne à cette kemângeh l'aspect qu'on voit ici.

KEMANGEH ROUMY
OU
VIOLE GREGQUE

« L'instrument tout entier est formé
d'un seul bloc de bois d'orme ou de sycomore. Sa longueur
totale, depuis le sommet du cheviller jusqu'à l'extrémité
inférieure, est de 53 centimètres; sa plus grande largeur est
de 104 millimètres, et la plus petite de 78 millimètres. Le
corps sonore est creusé dans le bloc, à la profondeur de 6 centimètres. Sur le manche, dont la longueur n'est que de
63 millimètres, est placée la touche, qui s'avance au-dessus
de la table, et sans la toucher, jusqu'à la longueur de 22 centimètres. La table est faite d'une seule planche de sapin de
32 centimètres de longueur, et de 3 millimètres d'épaisseur.

Une bordure en écaille règne autour de cette table. Le cheviller, d'une forme grossière et bizarre, est terminé à son
sommet par une arête aiguë. Il est creusé dans le bloc, à la
profondeur de 3 centimètres, et percé de quatre trous pour
lès chevilles des cordes de boyau, lesquelles sont placées
sur le devant, dans le plan de la touche. Ces chevilles sont
fendues comme celles de nos guitares, pour y ajuster les
cordes, lesquelles sont attachées à une queue semblable à
celles des violons, s'appuient sur un chevalet, et vont passer
par les trous d'une plaque en ivoire, incrustée au-dessus du
sillet; c'est par ces trous que les cordes sont introduites dans
l'intérieur du cheviller, pour être attachées aux chevilles qui
les tendent. Quatre cordes de laiton, fixées au-dessous de

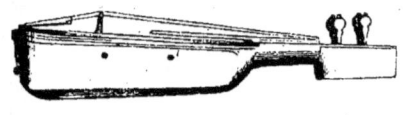

KEMANGEH ROUMY DE FORME TRÈS ANCIENNE

l'attache de la queue, passent sous cette queue et par des
trous percés dans le chevalet, puis sous la touche, et vont
s'attacher à des chevilles de fer dans l'intérieur du cheviller.
L'archet, un peu plus petit que celui de la kemângeh a'gouz,
a la même forme [1]. »

On voit que Fétis n'hésite pas à déclarer que cette kemângeh roumy « est un instrument évidemment asiatique ».
Il n'est cependant pas indispensable, à notre avis, de mettre
ses lunettes et son bel habit noir, comme on dit dans les
Noces de Jeannette, pour s'apercevoir qu'il n'existe aucune
ressemblance, aucune affinité, entre cet instrument et ceux
de l'Asie. Pour s'en convaincre, le lecteur n'a qu'à les com-
comparer, et il aura bientôt vu qu'ils ne sont pas construits
d'après les mêmes principes, d'après les mêmes procédés.

1. Fétis. *Histoire générale de la musique*, t. II, p. 141 et 142.

D'origine chrétienne, ainsi que son nom l'indique, cet instrument a été importé en Orient par les chrétiens, et sans nul doute cette importation a dû se faire au moment des croisades, car il rappelle nos instruments en usage aû Moyen Age : la vièle à archet, par son manche, son cheviller creusé avec les chevilles en dessous, sa touche, etc., et la gigue par l'étroitesse de sa caisse.

Dans un pays comme l'Orient, où tout se transmet par tradition, lorsqu'un objet est usité depuis trois ou quatre siècles, l'indigène vous dira de très bonne foi qu'il est connu et pratiqué depuis la plus haute antiquité, et cela, parce que non seulement son aïeul s'en servait, mais aussi son bisaïeul, son trisaïeul, etc. Dans ces conditions, l'instrument de

ARCHET ARABE
(XVIIe siècle).

musique importé par les chrétiens au moment des croisades c'est-à-dire au XIe siècle, doit, pour tout habitant de l'Orient, remonter jusqu'au déluge. C'est pourquoi nous nous permettons de dire que l'introduction de l'archet en Orient date probablement de l'importation de cette « kemàngeh roumy » c'est-à-dire des croisades.

L'archet reproduit d'après un dessin de Villoteau[1] donnera une idée de la construction orientale de cet agent du son.

Tous les instruments à archet de l'Orient que l'on vient de voir sont destinés à disparaître complètement d'ici peu et à être remplacés par les produits de Mirecourt et du Tyrol. Depuis longtemps déjà le violon a fait son apparition en Algérie, en Tunisie, en Egypte, en Perse, en Indo-Chine, etc., et les joueurs de rebab commencent à se servir de préférence d'instruments européens, moins nasillards et plus timbrés

1. Ouvrage cité, t. II, pl. BB, fig. 7.

que les leurs. Les indigènes se mettront aussi à construire des violons, et qui nous dit que dans deux ou trois siècles il ne se trouvera pas des musicographes pour déclarer que Stradivarius n'a été que le copiste des luthiers de Las Palmas ou de Tombouctou?

TABLE DES MATIÈRES

CONTENUES DANS LE TOME PREMIER

www.ingramcontent.com/pod-product-compliance
Lightning Source LLC
Chambersburg PA
CBHW050149030726

47505CB00005B/1290